Andrea Gerecke
Die Mühlen des Todes

Im Verlag CW Niemeyer sind bereits
folgende Bücher der Autorin erschienen:

Mörderischer Feldzug
Der Tote im Mittellandkanal

Bibliografische Information der Deutschen Nationalbibliothek
Die Deutsche Nationalbibliothek verzeichnet diese Publikation in der Deutschen Nationalbibliografie; detaillierte bibliografische Daten sind im Internet abrufbar über http://dnb.ddb.de

www.niemeyer-buch.de

Der Umschlag verwendet ein Motiv von shutterstock.com
Gloomy landscape Slava Gerj 2013
Druck und Bindung: AALEXX Buchproduktion GmbH, Großburgwedel
Printed in Germany
ISBN 978-3-8271-9423-7

Andrea Gerecke

Die Mühlen des Todes

CW Niemeyer

Der Roman spielt direkt am Treffpunkt von Weser- und Wiehengebirge im Nordrhein-Westfälischen. Malerisch liegt das mittelgroße Städtchen an der Weser, die beide Erhebungen teilt oder vereint. Je nachdem, aus welcher Perspektive man das betrachtet. Alle Handlungen und Charaktere sind natürlich frei erfunden. Eventuelle Ähnlichkeiten ergeben sich also rein zufällig. Regionale Wiedererkennungseffekte sind indes erwünscht…

Über die Autorin:
Gebürtige Berlinerin mit stetem Koffer in der Stadt. Studierte Diplom-Journalistin und Fachreferentin für Presse- und Öffentlichkeitsarbeit. Kurz vor dem Jahrtausendwechsel Entdeckung der Liebe zum Landleben mit den dortigen kreativen Möglichkeiten. Umzug ins vorletzte Haus an einer Dorfstraße in NRW. Arbeit als freie Autorin und überregionale Journalistin. Literarische Spezialität sind mörderische Geschichten, in denen ganz alltägliche Situationen kippen. Nach den Gutenachtgeschichten für Erwachsene „Gelegentlich tödlich" folgten „Warum nicht Mord?!" und „Ruhe unsanft". 2011 erschien der erste Fall von Kommissar Alexander Rosenbaum „Mörderischer Feldzug" innerhalb der Weserbergland-Krimi-Reihe, der in Minden spielt. Dem schloss sich 2012 der zweite Fall an: „Der Tote im Mittellandkanal". Dazu kommen humoristische und satirische Texte, Prosa und Lyrik. Veröffentlichungen in zahlreichen Anthologien, Zeitungen und Zeitschriften. Mitglied der Mörderischen Schwestern und des Syndikats sowie des Leitungsteams der Mindener Lesebühne.
Siehe auch: www.autorin-andrea-gerecke.de

„Hör ich das Mühlrad gehen:
Ich weiß nicht, was ich will –
Ich möchte am liebsten sterben,
Da wär's auf einmal still!"

(Josef von Eichendorf aus „Das zerbrochene Ringlein")

Marita blickte aus dem Küchenfenster. Schon von Weitem erkannte sie den blondgelockten Benjamin, der sich mit seiner Schultasche auf dem Rücken hüpfend dem Anwesen näherte. So ein Glück aber auch, dass die beiden Jungen sich gefunden hatten, dachte sie bei sich. Marita lächelte jetzt, schob die Brille mit dem linken Zeigefinger auf dem Nasenrücken hoch und legte noch eine Gurkenscheibe in das Pausenbrot für Laurenz. Dann blieb alles frisch und der Kleine mochte schließlich Gemüse leidenschaftlich gern. Diese Vorliebe musste er von ihr haben. Denn der Vater und der große Bruder Konstantin bevorzugten Fleisch in jeder Variation, Hauptsache deftig und herzhaft.

Jetzt schloss die Mutter sorgsam den Behälter, öffnete ihn dann doch noch einmal und legte einen kleinen Schokoriegel hinein. Nur gesunde Kost ging ja nun auch wieder nicht. Ein wenig Nervennahrung war schon wichtig. Der Jüngste würde sich bestimmt darüber freuen. Sie drehte sich Richtung Flur und rief energisch: „Renzi, dein Freund ist im Anmarsch. Du musst dich langsam sputen, wenn ihr pünktlich in der Schule sein wollt."

Kein Echo kam. Es herrschte absolute Stille, so als wäre das Haus verlassen. Benjamin hatte sich bereits der Hofeinfahrt genähert.

„Laurenz! Bummel nicht wieder. Wenn ihr zu spät kommt, gibt es Ärger." Ihre Stimme wurde lauter.

Als sich auch daraufhin nichts rührte, lief sie in den Flur und stieg die Treppe nach oben ins Kinderzimmer, zwei Stufen auf einmal nehmend. Marita seufzte vor sich hin. Jeden Tag das gleiche Theater, immer mal etwas abgewandelt. Nur ja alles bis zur letzten Minute hinauszögern. Bloß nicht auf den ersten Ruf reagieren ... Aber gut, dass sie selbstständig als Lektorin arbeitete, da konnte sie sich den Tag wenigstens einigermaßen einteilen. Wenngleich sich die Arbeit meist in die späten Abend- oder Nachtstunden verschob. Was nun wieder fürs Lesen nicht unbedingt förderlich war, denn Tageslicht bot da im Grunde die besseren Voraussetzungen.

Sie müsste mal wieder zum Augenarzt, fiel ihr in dem Moment ein. Die Brillenstärke schien nicht mehr auszureichen. Oder sollte sie doch lieber jenen Ratgeber bestellen, der ein Leben ohne dieses Hilfsmittel versprach und wofür vor Kurzem in einer Mail geworben worden war? Einfach nur Augentraining, entsprechende Ernährung und ein paar Tipps in den Alltag integrieren. Aber ja, auch dafür müsste sie doch wieder Zeit aufwenden, die an allen Ecken und Kanten fehlte. Marita atmete tief durch. Der Tag mit seinen vierundzwanzig Stunden war eben insgesamt zu eng bemessen.

Was mochte es bei Laurenz wohl heute sein? Sie drückte die Klinke herunter. An der Tür hing ein Schild mit der Aufschrift: Bitte nicht stören! Aus dem Zimmer von Konstantin, das gegenüber lag, drangen die Bässe einer Musikgruppe. Was ihm an der nur gefallen mochte, dachte Marita kurz bei sich, sie hatte doch in dem Alter ganz andere Leidenschaften gehabt, eher das Sanft-Melodische, wo man sich beim Tanzen aneinanderschmiegen konnte, so wie damals, als sie ihre erste und einzige große Liebe Richard kennenlernte. Plötzlich lachte sie kurz auf. Verdammt, ich werde wohl alt und sentimental, wenn ich jetzt solche Vergleiche anstelle.

„Laurenz, wo bleibst du denn?“, fragte sie mit leicht ungeduldigem Unterton in den Raum hinein. Die Sonne ließ ein paar feine Staubpartikel tanzen. Der Junge saß an seinem Schreibtisch und hatte noch einen Stift in der Hand. Konzentriert blickte er auf ein Blatt Papier. Sein Handy lag auf dem Fensterbrett.

„Ja, gleich Mama. Ich muss das eben hier noch fertig machen!“, stöhnte Laurenz.

„Du musst jetzt überhaupt nichts fertig machen, sondern dich schleunigst auf den Weg in die Schule.“

In dem Moment klingelte es an der Tür und der Ton schallte durch das gesamte Haus.

„Siehst du, sag ich doch. Das ist dein bester Freund Benjamin. Der wenigstens ist immer pünktlich. Was ich von dir nicht behaupten kann. Du bist die größte Trödelnummer weit und breit.“

Laurenz zog jetzt einen Flunsch und blickte weinerlich.

„Ich bin doch keine Trödelnummer ... Das ist hier nur ganz wichtig für Papa, damit er heute daran arbeiten kann. Sonst kommt er nicht voran.“

„Ach was, mein Junge. Das war jetzt nicht böse gemeint. Ich hab dich lieb und du kannst das für den Papa ja heute Abend beenden.“

„Na, wenn es dann mal nicht zu spät ist“, maulte Laurenz.

Marita strich ihrem Sohn über das kurzstoppelige Haar. „Keine Widerrede, mein Lieber.“

Und sie schob den Jungen mit leichter Gewalt aus seinem Zimmer in Richtung Flur.

„Dein Handy hast du eingesteckt?“, fragte sie noch auf dem Weg, woraufhin Laurenz nur zerstreut nickte.

In der Zwischenzeit hatte der Vater die Haustür geöffnet und Benjamin eingelassen. Beide blickten nach oben, als Marita und Laurenz die Treppe hinunterstiegen.

„Na, ihr beiden, habt ihr heute wieder Abenteuer zu bestehen?", erkundigte sich Richard gut gelaunt.

Jetzt strahlten die beiden Kinder.

„Viel Zeit habt ihr dafür aber nicht", ergänzte der Vater noch mit einem prüfenden Blick zur Wanduhr.

„Jetzt drängelst du auch noch Papa", entgegnete Laurenz schlagartig missgestimmt.

„Ach was! Das schafft ihr schon. Aber nicht zu lange unterwegs aufhalten. Dann könnt ihr noch absolut pünktlich ankommen."

„Und was ist mit unserer gemeinsamen Arbeit, Papa? Mit unserem großen, ganz besonderen Projekt?", erkundigte sich Laurenz und zwinkerte seinem Vater überdeutlich zu.

„Das machen wir, wenn du aus der Schule zurück bist. Ich muss mich momentan um ein wichtiges Konzept kümmern. Aber bis nachher bin ich so weit fertig, dass wir zusammen loslegen können. Und nun: Ab durch die Mitte!"

Die beiden Jungen bewegten sich Richtung Haustür.

„Tschüss dann, Mama", warf Laurenz noch in den Raum.

„Was, bekomme ich denn keinen Abschiedskuss?", fragte Marita mit gespielter Entrüstung. Sie wusste, dass das ihrem Jüngsten in Gegenwart seines Freundes schon peinlich war. Aber trotzdem zog sie ihn gern damit auf.

„Oh, Mama. Ich bin doch kein Baby mehr", kam auch die prompte Antwort. Auf dem Gesicht von Laurenz zeigte sich eine intensive rote Farbe und er ließ sich widerwillig einen Kuss geben, wobei er sich anschließend mit dem Handrücken über die Wange strich. Benjamin tat so, als habe er nichts bemerkt. Er verabschiedete sich formvollendet und wünschte den Eltern seines Freundes wohlerzogen noch einen guten Tag.

Als Marita die Tür hinter den beiden geschlossen hatte, blickte Richard sie ein wenig vorwurfsvoll an.

„Sag mal, Liebes, kannst du das nicht sein lassen, mit dieser ewigen Küsserei. Nimm einfach mich dafür! Du weißt doch, dass Renzi das nicht mag. Du blamierst den Jungen vor seinem Freund. Bis auf die Knochen!“

„So dramatisch wird es schon nicht sein! Ach, Richard, ich will einfach irgendwie nicht wahrhaben, dass die Kinder erwachsener werden. Gerade eben noch habe ich doch den klitzekleinen Laurenz im Arm gehalten und gestillt ...“

„Na ja, eben noch ist maßlos übertrieben. Das ist nun schon ein Weilchen her.“

„Und um was für ein spannendes Projekt geht es bei euch beiden?“, lenkte Marita jetzt ab. Diese Anspielungen auf ihr Alter konnte sie momentan überhaupt nicht vertragen.

„Laurenz soll da was für eine Theateraufführung basteln. Er ist quasi der Bühnenbildner. Und ich helfe ihm natürlich“, fiel es Richard spontan ein.

Die Wahrheit konnte er nicht sagen, denn es handelte sich in Wirklichkeit um das Geburtstagsgeschenk für Marita. In vierzehn Tagen beging sie ihren Vierzigsten. Und der sollte mit großem Brimborium gefeiert werden. Konstantin komponierte dafür gerade mit seiner Musikgruppe ein besonderes Lied, weshalb er entgegen seiner Gewohnheit auch schon in den Morgenstunden aktiv war. So wie heute. Und mit Laurenz bastelte der Vater eine Skulptur für den Garten, in der auch die Vögel Unterschlupf und Futter finden sollten. Dafür malte der Junge gerade seine Entwürfe, die der Vater dann auf ihre Umsetzbarkeit prüfen würde, ehe beide ans Werk gingen.

Die beiden Jungen liefen die ersten Meter schweigend nebeneinander her. Doch dann brach Benjamin das Eis.

„Meine Mama ist auch immer so daneben. Diese ewige Knutscherei kann ich nicht ausstehen.“

Laurenz fiel ein Stein vom Herzen. Wenn es seinem besten Freund ebenso erging, dann war das Ganze wohl doch kein so großes Problem.

„Ich habe ihr schon hunderttausend Mal gesagt, dass ich das nicht will. Aber sie behandelt mich immer wie ein Kleinkind. Dabei gehen wir schon ewig in die Schule und der Ernst des Lebens hat schon lange für uns begonnen.“

Laurenz war richtig stolz auf die letzte Formulierung. Das mit dem Ernst des Lebens hatte die Oma damals gesagt, als er in die Schule kam. Und das hatte er sich ganz genau gemerkt. Schließlich erschien ihm das sehr gewichtig und nun passte es prima, wie er fand.

Benjamin blickte seinen Freund anerkennend-bestätigend von der Seite an, um sofort nachzulegen: „Genau! Wir sind keine Säuglinge mehr und haben mal wieder einen verdammt harten Tag vor uns.“

Sie liefen einvernehmlich schweigend Richtung Grundschule, wobei sie an der Mühle, einem Wallholländer, vorbeimussten. Etliche Felder waren schon abgeerntet und erlaubten weite Blicke ins Land. Die Luft roch würzig. Eben blitzte es saphirblau auf.

„Schau mal, Laurenz, ein Eisvogel!“ Benjamin wies mit der Rechten zur Uferböschung. Und auch sein Freund hatte sowohl den pfeifenden Ton als auch das rasche Flugmanöver wahrgenommen.

„Lass uns das prüfen. Bestimmt hat er dort in der Nähe seine Brutröhre!“

Laurenz erinnerte sich genau an die Worte von Benjamins Opa, der ihnen gerade erst diesen Vogel mit seinem überaus prächtigen Gefieder gezeigt und erklärt hatte. Die beiden kletterten an der Uferböschung entlang, wurden aber nicht fündig.

„Ach, das können wir auch auf dem Heimweg noch einmal genauer untersuchen“, meinte jetzt Laurenz und stieg als Erster wieder auf den Feldweg zurück.

Richtung Norden markierten im Hintergrund linkerhand das Kaiser-Wilhelm-Denkmal und rechterhand die Fernsehrelaisstation den Flusseinschnitt zwischen Wiehen- und Wesergebirge.

Irgendetwas war heute auffällig an einem der Mühlenflügel. Da hing etwas Unförmiges. Fast gleichzeitig entdeckten es die Jungen und schauten sich bedeutungsvoll an.

„Du, Renzi, da ist bestimmt etwas Furchtbares passiert“, kombinierte Benjamin spontan.

„Ja, das sehe ich auch so. Lass uns rasch zu unserer Mühle laufen.“

Und beide rannten plötzlich los, um gleichzeitig unterhalb des Walls anzukommen. Der Anblick stoppte ihren Lauf. Jetzt nahmen sie sich unwillkürlich an die Hand, was sonst unter ihrer Würde gewesen wäre.

„Don Quichotte!“, entfuhr es Laurenz.

„Oder Sancho Pansa?!“, warf Benjamin mit ernstem Gesicht ein.

Die Oma von Laurenz erzählte den beiden hin und wieder die alte Geschichte und flocht dabei immer Gegenwärtiges mit ein. Sie konnten nie genug davon bekommen.

„Komm, das müssen wir uns näher anschauen", forderte Laurenz seinen Freund auf.

„Ich weiß nicht", antwortete Benjamin unschlüssig und trat von einem Fuß auf den anderen. „Mir macht das Angst."

Jetzt war es an Laurenz, Mut zu beweisen.

„Ach, sei kein Feigling, das müssen wir uns schon genau ansehen. Vielleicht können wir noch helfen? Dann sind wir echte Lebensretter und werden gefeiert und geehrt und kommen ganz bestimmt in die Zeitung!"

Die Jungen kletterten den Wall nach oben und standen jetzt direkt vor dem Mühlenflügel, der senkrecht nach unten hing und an dem ein Mann befestigt war, in kunstvollen Tauen gewunden.

„Don", flüsterte Laurenz.

„Sancho", legte Benjamin nach. Beide noch in gebührendem Abstand.

Aber es kam kein Echo. Der Mann rührte sich nicht. Laurenz setzte einen Fuß vor den anderen und Benjamin folgte ihm ganz dicht. Jetzt konnten sie Augenbrauen und Wimpern erkennen und einen unmenschlich verkrampften Zug um den Mund. Unterhalb der Nase klebte geronnenes Blut. Im Schritt und an den Oberschenkeln zeichnete sich auf den Jeans ein dunkles, feuchtes Feld ab. Laurenz rümpfte die Nase, nahm allen Mut zusammen und stupste mit einem Finger erst vorsichtig und dann etwas kräftiger in die rechte Seite des Mannes. Wieder nichts.

„Ich glaube, der ist tot", konstatierte Laurenz und atmete tief durch. „Und in die Hose hat er sich auch gemacht. Wir müssen die Polizei alarmieren."

Und nach einer winzigen Pause setzte er hinzu: „Das glaubt uns keiner."

Benjamin sagte kein Wort und nickte nur.

„Hast du dein Handy dabei", fragte Laurenz, als er sich daran erinnerte, es daheim auf dem Fensterbrett vergessen zu haben.

„Nein", gestand Benjamin nach kurzem Überlegen. „Das steckt noch zu Hause in der Ladestation."

„Dann müssen wir wohl schleunigst in die Schule", erklärte Laurenz.

Beide machten auf dem Absatz kehrt und rannten davon.

In der Schule herrschte schon konzentrierte Stille. Alle Kinder befanden sich in ihren Klassen. Die erste Stunde hatte bereits begonnen. Laurenz riss die Tür zum Klassenzimmer auf, völlig außer Atem. Benjamin dicht an seiner Seite.

„Herr Wagenknecht, Herr Wagenknecht, es ist etwas passiert. Da gibt es einen Toten an der Mühle", ergriff Laurenz aufgeregt das Wort und Benjamin nickte nur bestätigend.

„Aha", sagte Helmfried Wagenknecht. „Guten Morgen erst einmal."

Er unterrichtete Mathematik und hatte gerade die ersten Zahlen an die Tafel geschrieben. Dass Laurenz und Benjamin mit einer blühenden Fantasie gesegnet waren, war ihm nicht unbekannt. In seinem Unterricht bewegten sie sich eher im Mittelfeld, was die Leistungen anging. Insofern gehörten sie nicht zu seinen Lieblingsschülern.

„Jetzt setzt euch erst einmal hin und stört hier nicht den Unterricht", sagte der Lehrer.

Und als das Getuschel im Raum größer wurde, fuhr er fort: „Ihr bringt nur die anderen aus dem Konzept. Ich will keine Lügenmärchen hören."

„Aber", warf Laurenz ein, „das ist nicht gelogen. Das ist die volle Wahrheit."

„Jetzt reicht es aber." Helmfried Wagenknecht zog die Stirn kraus und hob die Stimme. „Das hat ein Nachspiel. Nicht genug, dass ihr zu spät kommt, dann auch noch solche Albernheiten. Ich rede nachher mit eurer Klassenlehrerin."

Laurenz zog die Schultern hoch und ließ den Kopf sinken. So hatte er sich den Auftritt nicht vorgestellt. Er blickte seitlich zu Benjamin, der ihn nur verstohlen musterte. Sie wollten zu ihrer Bankgruppe laufen, als der Lehrer sie noch einmal ansprach.

„Ich werde euch jetzt mal für die Stunde auseinandersetzen. So geht das nicht. Sonst spinnt ihr eure Abenteuergeschichte noch weiter."

Und er schob Laurenz neben Sina und Benjamin zu Corinna am anderen Ende des Raumes. Beide Mädchen schauten abfällig zu ihren neuen Nachbarn. Die Schulstunde nahm ihren gewohnten Lauf.

Als es klingelte, packte Helmfried Wagenknecht seine Sachen zusammen und verließ das Klassenzimmer. Das Geschehen mit den beiden Jungen vergaß er zunächst. Erst in der Mittagspause fiel es ihm wieder ein. Da sah er Maike Rau, die gerade fröhlich summend das Lehrerzimmer betrat. Er erhob sich und ging auf sie zu.

„Also, deine beiden, Benjamin und Laurenz, sind mal wieder heftig zu spät gekommen und dann haben sie mir eine derart abstruse Geschichte aufgetischt ... Ich wusste ja immer, dass sie eine begnadete Fantasie haben. Aber das hat in meinem Unterricht nichts zu suchen."

„Was haben sie dir denn erzählt?", fragte Maike sachlich und biss in einen Apfel.

„Also, sie hätten da einen Toten an der Mühle gesehen, auf dem Weg zur Schule."

„Hm", gab Maike von sich, leckte sich etwas Fruchtsaft von den Fingern und kaute.

„Ja, hm, und? Was soll ich nun damit anfangen?"

„Ich weiß nicht. Die beiden sind sehr begabt und bestimmt einfallsreich, aber auf keinen Fall Aufschneider. Vielleicht sollte man dem doch nachgehen."

„Also, wenn du für solchen Blödsinn Zeit hast! Ich jedenfalls nicht."

In dem Moment ertönte auch schon wieder das Signal zum Unterricht und alle verließen das Lehrerzimmer. Maike Rau grübelte, während sie in ihre nächste Stunde ging. Dann fiel ihr ein, dass sie ja noch später in der Klasse von Benjamin und Laurenz zu unterrichten hatte. Da wollte sie die beiden mal behutsam ausfragen. So viel Zeit sollte sein.

In den Pausen hatten Laurenz und Benjamin im Mittelpunkt ihrer Klasse gestanden. Wieder und wieder hatten sie davon erzählt, wie da ein Mann mit mächtigen Tauen an die Flügel der Windmühle gefesselt worden sei und sie erst vermutet hätten, es wäre Don Quichotte oder vielleicht Sancho Pansa. Was ja eigentlich auch noch nicht ganz ausgeschlossen sei. Aber das könne schließlich erst die Polizei herausfinden!

Ungläubig und zugleich furchtsam hatten die anderen gelauscht, Fragen gestellt und weiter aufmerksam zugehört. Die beiden Jungen übertrafen sich im Ausschmücken des Ortes und seiner Gegebenheiten, auch fiel der Begriff Marterpfahl.

Aber eigentlich sagten sie doch nur die Wahrheit.

Keiner in der Klasse konnte sich wirklich auf den folgenden Unterricht konzentrieren. Einer um den anderen handelte sich eine schlechte Note ein.

„Was ist denn heute nur mit euch los“, fragte die Musiklehrerin, als sie zum fünften Mal mit dem Lied ansetzte und immer wieder ein Teil der Kinder nachhinkte oder sich im Ton vergriff.

Laurenz sah gebannt auf die Wanduhr. Die Zeit wollte aber partout nicht vergehen. Schließlich war auch die Stunde mit Maike Rau zu Ende und die beiden Freunde wollten sich schon auf den Weg nach Hause machen, um schnellstens zu ihrer Mühle zu laufen. Vielleicht war dort schon die Polizei im Einsatz. Sie durften nichts von den weiteren Geschehnissen verpassen! Aber als sie in der Tür standen, hörten sie hinter sich ihre Lehrerin.

„Kommt mal kurz zu mir“, bat sie.

Benjamin und Laurenz sahen sich an. Was war denn nun noch?

„Ihr seid heute zu spät gekommen und habt Herrn Wagenknecht davon erzählt, dass euch die Begegnung mit einem Toten an der Windmühle aufgehalten hätte. Nun erzählt mir mal die ganze Geschichte. Es passiert euch auch nichts. Ihr müsst nur bei der Wahrheit bleiben und dürft nicht flunkern.“

In dem Moment fing Benjamin an zu schluchzen und auch Laurenz schossen die Tränen in die Augen. So lange hatten sie ihre Gefühle noch bändigen können. Aber die einfühlsamen Worte ihrer Klassenlehrerin öffneten jetzt ihr Inneres. Immerhin hatten beide noch nie in ihrem Leben zuvor eine Leiche gesehen. Und so erzählten sie Stück um Stück den ganzen Ablauf vom Morgen, inklusive der Begegnung mit dem Eisvogel, bis sie in der Schule eingetroffen waren.

Maike Rau unterbrach die Kinder nur kurz, als sie sich in Details verlieren wollten. Aber schließlich gewann sie den Eindruck, dass an allem wirklich etwas dran war.

„Schaut mir mal in die Augen", forderte sie die beiden auf. Laurenz und Benjamin blickten sie offen an. „Ihr schwört mir, dass das auch alles wirklich so ist? Ich will dann nämlich jetzt die Polizei anrufen. Und wenn ihr gelogen habt, gibt es ganz viel Ärger."

„Es ist alles wahr", schluckte Laurenz. Benjamin nickte und drängte sich dicht an seinen Freund.

„Gut. Dann setze ich mich jetzt mit der Polizei in Verbindung."

Und Maike Rau wählte die drei Zahlen.

Es war Sonntagabend. Alexander hatte eben noch an der Tankstelle in Rothenuffeln angehalten. In den Abendstunden seien die Preise meist etwas günstiger, hatte ihm der nette Tankwart einmal verraten. Also legte er fortan die nötige Spritbefüllung in diese Zeiten. Aber Alexander war mit seinen Gedanken nicht bei der Sache. Er hielt die Zapfpistole vom Diesel in der Hand und setzte schon an, als ihm die Verwechslung ein wenig zu spät auffiel. Erschrocken riss er sie zurück und eine Tropfenspur legte sich auf den Boden.

Er biss sich auf die Lippen und griff zur richtigen Seite. So ein wenig Diesel würde wohl nichts ausmachen, überlegte er.

Erst als Benzin aus dem Tank herauslief, stoppte er. Himmelarschundzwirn, konzentrier dich endlich, fluchte Alexander innerlich. Er zog etwas Papier von der Rolle an der Säule und wischte die übergelaufene Feuchtigkeit an seinem Fahrzeug weg. Jetzt nur noch die paar Meter nach Hause zu Albert und dann abschalten von dieser irren Familienaktion,versuchte er sich zu beruhigen.

Die Einschulung der Kleinen in Berlin war ein ziemliches Fiasko. Nach außen hin vielleicht nicht, aber die Grundstimmung war immer kurz vor dem Explodieren. Jeder versuchte sich zusammenzureißen, aber keinem gelang es wirklich. Olga hatte tatsächlich Gregor zur Feier eingeladen, der mit einem strahlenden Lächeln versuchte, alle für sich einzunehmen. Bei Lena und Tina zumindest gelang es ihm fast, unter anderem deshalb, weil er mit großartigen Geschenken aufwartete.

Die ältere Tochter allerdings schaute immer zweifelnd von ihrem Vater zu „Onkel" Gregor. Ob man in dem Alter schon ein Gefühl für solche atmosphärischen Störungen hat, hatte sich Alexander gefragt und Lena in den Arm genommen. Ganz bestimmt, war er sich dabei sicher!

Bei der offiziellen Feier in der Schule ging noch alles gut. Das hing aber bestimmt auch mit den vielen Anwesenden zusammen, da riss sich jeder am Riemen. Fröhliche Großeltern, stolze Eltern und erwartungsfrohe Mädchen und Jungen redeten durcheinander und waren kaum zu bremsen.

Lena trug für die Neuen sogar ein Gedicht vor. Schließlich zählte sie nun schon zu den erfahrenen Schülern und ließ das auch deutlich spüren, mit einem winzigen Hauch von Arroganz. Kerzengrade stand das Kind, mit durchgedrücktem Rücken, als habe es ein Lineal verschluckt, und ernster Miene. Und die Verse saßen perfekt mit schöner Betonung, das musste man ihr lassen. Alexander strahlte voller Stolz auf seine Große und vergaß für Augenblicke den Nebenbuhler Gregor, der eine Reihe hinter ihm saß.

Später im Restaurant hatte es Olga so organisiert, dass die Feier gemeinsam mit einem Nachbarskind ausgerichtet wurde. Dann wäre alles kostengünstiger, hatte sie Alexander vor vollendete Tatsachen gestellt. Aber ihm gefiel die Lösung schon recht gut. Denn so hatten die Kinder alle gleichaltrige Spielgefährten und auch die Erwachsenen konnten sich ausgiebig austauschen.

„Na, meine Lieben, gefällt euch die Feier?"

Olga stand hinter Alexander und dessen Mutter Hella und legte die Arme um beider Schultern. Alexander spürte wieder diesen Zorn in sich aufsteigen. Er war zusammengezuckt, sodass es sogar seine Mutter wahrnahm, die besorgt erst zu ihm hinsah und dann zu ihrer Schwiegertochter aufschaute.

„Das hast du gut organisiert", lobte Hella sachlich und kniff danach die Lippen ein wenig zu fest zusammen.

Olga lächelte breit, bedankte sich überschwänglich und schon im Abwenden verschwand dieses Lächeln aus ihrem Gesicht, sodass Hella den überaus raschen Ausdruckswandel noch wahrnahm.

„Junge, was ist nur los mit euch?", fragte die Mutter.

„Ach, Mutti, es ist alles in Ordnung. Wahrscheinlich ist es nur der Stress, der uns allen ein wenig zu schaffen macht."

„Junge, eine Mutter spürt das", entgegnete die Mutter. „Und welche Rolle spielt eigentlich dieser Kollege von dir. Was hat der denn auf unserer Familienfeier zu suchen?"

„Der Gregor ist doch nur ein netter Nachbar aus dem Haus und wir sind quasi miteinander befreundet", wiegelte Alexander ab und versuchte den Blicken seiner Mutter auszuweichen.

Die griff jetzt mit einer Hand nach seinem Kinn und zog sein Gesicht in ihre Richtung. So, wie sie es auch in seiner Kindheit immer mit ihm gemacht hatte, wenn er die Unwahrheit sagte. Fehlte jetzt nur noch etwas Spucke auf einem Taschentuch, um mit kräftigem Reiben irgendwelche Spuren im Gesicht zu beseitigen – Alexander musste grinsen, obwohl ihm nicht danach war.

„So, so. Ein Nachbar und ihr seid befreundet. Da habe ich aber einen ganz anderen Eindruck gewonnen."

Alexander entwand sich dem Handgriff seiner Mutter und ließ seine Augen unruhig in die Runde schweifen. Nein, von den anderen war niemand auf sie beide aufmerksam geworden. Jeder hatte mit sich zu tun. Sollte er seiner Mutter jetzt und hier auf der Stelle die Wahrheit sagen? Dieser Gedanke blitzte nur kurz auf. Um Gottes Willen, doch nicht die ganze Feier verderben, riet ihm eine innere Stimme und er lenkte ein.

„Weißt du, Mutti, Gregor steht ja auch Olga zur Seite, wenn ich nicht da bin und es etwas Technisches im Haushalt zu erledigen gibt."

Er spürte eine heftige Hitze in sich aufsteigen.

„Na, hoffentlich erledigt er da nicht mehr", murmelte die Mutter in sich hinein.

„Was hast du gesagt, Mutti?", erkundigte sich Alexander scheinbar beiläufig, obwohl er die Worte sehr wohl vernommen hatte.

„Ach, nichts weiter. Ist schon gut, mein Junge. Wir feiern heute das Fest eurer Kleinen und die Lena hat ja ganz wunderbar ihr Gedicht aufgesagt. Ich bin sehr stolz auf meine Enkelkinder."

Schon wieder fuhr Alexander ein Stich durchs Herz, aber er lächelte jetzt seine Mutter gefasst an und sie wurde im selben Augenblick auch bereits durch eine gegenüber sitzende ältere Dame in ein Gespräch verwickelt, die ebenfalls die Aufführungen der Schüler so überaus bezaubernd gefunden hatte.

„Sind sie nicht süß, die Kleinen und wie hübsch sie alle aussehen", hörte Alexander im Stimmengewirr der Menschenmenge und widmete sich seinem Kaffee, der inzwischen kalt geworden war. Er rührte und rührte darin herum, obwohl er doch dazu gar keinen Grund hatte.

Alexander unterhielt sich später ausgiebig mit seinem Vater und redete auch lange mit seiner Cousine Vanessa. Sein Vater war glückselig in den schönen Anlass abgetaucht und genoss das Fest intensiv.

„Junge, hier hast du noch einen Umschlag mit einem kleinen Zuschuss für die Lütte", schob er seinem Sohn ein Kuvert über den Tisch.

„Aber Vati, das wäre doch gar nicht nötig gewesen."

„Nein, nötig nicht, aber schön ist es doch bestimmt. Oder?", lächelte er seinem Sohn zu.

Alexander ging dankbar darauf ein, als er in den Umschlag blickte und dort zwei Fünfhundert-Euro-Scheine entdeckte: „Oh, so viel Vati?! Dankeschön. Es gibt ja jetzt jede Menge, was Tina für die Schule benötigt. Und das ist alles dermaßen hochpreisig heutzutage."

„Ich weiß, mein Junge. Und wir haben eine auskömmliche Rente, da können wir euch gern ein wenig unterstützen. Was macht eigentlich mein schönes Auto?", wechselte der Vater das Thema.

Einerseits war das Alexander ganz recht, denn so ein technisches Gespräch zeugte von mehr Neutralität. Auf der anderen Seite wollte er sich schon längst einen neuen Wagen zugelegt haben, zumal die Kollegen doch ziemlich geringschätzig die Mundwinkel sinken ließen, wenn er damit vorfuhr.

In Berlin war das mit dem Prestigesymbol Auto nicht so ein vorrangiges Thema, da fuhren auch einige von den Kollegen ziemliche Schrottkisten. Und ansonsten parkte man „jwd", also janz weit draußen, und wurde nicht unbedingt mit seinem Auto identifiziert, weil es eben drei Querstraßen weiter stand, wenn man denn endlich einen freien Platz gefunden hatte, was einem bei der Rückkehr viele Stunden später gelegentlich schon mal intensive Suchaktionen bescherte, denn man erinnerte sich mitunter nicht mehr genau, wo sich endlich die Parklücke eröffnet hatte.

Aber in Minden drehten sich die Gespräche der Kollegen laufend um Neuanschaffungen und Motorenleistungen sowie besondere Ausstattungsmerkmale. Und das nun war kein Thema, was er mit seinem Vater erörtern wollte.

Mit Josef und Edwina, seinen Schwiegereltern, hielt er sich etwas zurück. Auch hatte er den Eindruck, als ob die beiden schon längst wüssten, was sich gerade in der Familie ereignete. Sie musterten ihn zwischendurch immer so eigenartig. Insofern kam ihm Vanessa gerade recht, die ihn am Arm packte.

„So, Onkel Gunter, jetzt entführe ich dir mal meinen Cousin. Wir sehen uns ja so selten."

Woraufhin der Vater lächelnd über den Tisch nickte und sich einem angefangenen Stück Obsttorte widmete, von dem die eingefallene Sahne bereits heruntergerutscht und auf den Teller gelaufen war.

„Wie läuft's bei dir so", fragte Vanessa direkt und strich sich eine Strähne hinters Ohr.

„Gut, und bei dir? Bist du schlanker geworden?", versuchte Alexander das Gespräch in eine andere Richtung zu bringen.

„Lenk mal jetzt nicht ab", kam Vanessa auf ihr Anliegen zurück. „Bei mir sitzt jedes Kilo zu viel felsenfest. Selbst wenn ich mich nur noch von Salatblättern ernähre oder die gar nur anschaue. Aber darum geht es überhaupt nicht. Ich merke doch, dass bei euch Gefahr im Verzug ist. Deine Versetzung nach Minden kam bestimmt nicht von ungefähr! Schon bei einem deiner letzten Besuche in Berlin machtest du mir so einen merkwürdigen Eindruck. Das spüre ich einfach."

„Du klingst wie meine Mutter."

„Ich bin ja auch eine und außerdem deine Lieblingscousine, wenn ich mich recht entsinne."

„Na ja, meine einzige", nahm Alexander jetzt Vanessa grinsend auf den Arm.

„Und", stieß sie ihm lachend in die Rippen, „deshalb ..."

„Aua, du sagst es, meinc allerbeste Cousine."

„Alex, wenn du Hilfe brauchst, dann melde dich. Du kannst jederzeit bei mir anrufen. Gar keine Frage. Manchmal reicht es schon, wenn man sich ein wenig aussprechen kann. Dann ist alles nicht mehr so schlimm. Das nimmt den Druck von der Seele. Man soll einfach nicht alles in sich hineinfressen." Vanessa holte tief Luft. „Ich hatte mit meinem Mann auch eine schwere Zeit, als er im Außendienst war und dabei auf sehr dumme Gedanken kam. Wir wollten uns fast schon scheiden lassen ..."

Alexander blickte erstaunt auf. Solche Intimitäten wurden ansonsten in der Familie eher nicht erörtert. Aber er wollte auch nicht weiter auf seine Cousine eindrängen. Er stand nicht auf derartige Verhöre, die im Dienst reichten ihm schon mehr als aus. Wenn, dann sollte sie von sich aus erzählen, also sparte er sich jeden Kommentar.

„Ach, weißt du, Alex. Wir sollten heute mal die ernsten Gespräche lassen. Schließlich steht jetzt deine Tochter im Mittelpunkt. Aber mein Angebot gilt. Wenn es Probleme gibt, dann melde dich. Was in meiner Kraft steht, will ich tun!"

Jetzt nahm Alexander seine Cousine in die Arme und drückte sie wortlos. Ihr rann eine Träne über das

Gesicht und sie löste sich gerührt aus seiner Umarmung.

Im Festsaal des Restaurants herrschte ein ziemlich hoher Geräuschpegel. Die Kinder liefen quirlig durch den Raum und spielten Fangen. Dazwischen versuchten die Kellner, ihre Getränke und Speisen wohlbehalten bis zum Tisch zu bringen und auch auf dem Rückweg das schmutzige Geschirr gut auszubalancieren. Das Lächeln des Personals wirkte einigermaßen gefroren.

Das Wohnhaus lag im Dunkeln. Alexander parkte den Wagen vor der Einfahrt zur Garage. Als er in die Reichweite des Bewegungsmelders gelangte, erleuchtete die Außenlampe das Areal. Am Himmel breiteten sich majestätisch die Sterne aus und der Große Wagen hatte wieder seine Position direkt über den Bastau-Wiesen eingenommen.

„Na, mein Albert, wo bist du denn?", rief Alexander in die Runde. „Albert, Aaaaaaaalbeeeeeeeeert!"

Der Ruf verhallte. Nur der Wind fuhr durch die Bäume und hinterließ ein heftiges Rauschen. Alexander griff sich seine Reisetasche aus dem Gepäckraum und ging zur Haustür. Auch dort schaltete der Bewegungsmelder eine Lampe an, sobald er sich ihm ausreichend genähert hatte. Wieder nicht der Kater, der sonst mit seinen Aktivitäten zuerst für die Beleuchtung sorgte und generell liebend gern mit verschränkten Pfoten auf der Bank vor der Tür saß, um nichts zu verpassen und stets als Erster ins Haus zu stürmen, wenn sich eine Gelegenheit dazu ergab. Schließlich lohnte sich immer ein Blick in die Futterschüssel ... Alexander steckte den Schlüssel ins Schloss, öffnete und stellte seine Tasche in die Deele.

Dann machte er noch einmal kehrt und verschloss das Haus hinter sich. So weit weg konnte der Kater doch eigentlich gar nicht sein. Oder hatte er wieder seine überwallenden Gefühle, die sich im Frühling und im Herbst einstellten und die ihn zwangsläufig in Richtung der bereitwilligen Katzen trieben, die von Zeit zu Zeit auffordernd maunzten und sich erotisch gebärdeten? Theoretisch war das ja mit dem kastrierenden Eingriff ausgeschlossen, aber praktisch zog Albert trotzdem gelegentlich um die Häuser.

Alexander lief ein Stück in die Nacht und sah in einer der mächtigen Eichen eine Eule durch das Geäst segeln. Der Anblick beruhigte ihn und er beschloss für sich, dass sein Kater sicher einmal wieder Zeit und Raum vergessen hatte und sich irgendwo in der näheren Umgebung befinden würde. Kommt Zeit, kommt Rat, dachte Alexander bei sich, als er noch die Dorfstraße entlang schlenderte und den Anblick der Sterne genoss.

Da hörte er plötzlich ein klägliches Fiepen. Er bewegte den Kopf in die Richtung, aus der er das Geräusch gehört hatte. Vielleicht doch nur eine Maus, die gerade der Eule entwischt war und nun darüber erfreut piepste? Aber irgendwie klang das anders, so hilflos, richtig ängstlich und doch auch wieder bekannt ...

„Albert", rief Alexander erneut in die Nacht.

„Albert, wo steckst du denn, mein Lieber? Ich bin's, dein Herrchen. Komm nach Hause. Da ist es gemütlich, es gibt was Leckeres zu fressen und wir können es uns gemeinsam auf der Couch bequem machen."

Als Echo kam erneut dieses klägliche Fiepen. Alexander blickte in die Höhe und entdeckte auf einem der dicken unteren Äste seinen Kater Albert. In sich zusammengekauert, mit einem heftigen Buckel. Er näherte sich dem Tier und hielt die Hand nach oben. Der Kater rückte ein Stück weiter zurück, noch dichter an den Stamm. Er presste sich eng an die Rinde und gab schon wieder diese merkwürdigen Laute von sich, fast schien er zu knurren.

„Was hast du denn, Albert? Hat dich einer verschreckt. Komm zu mir." Und er hob beide Hände nach oben, um sich das Tier zu greifen. Albert zitterte und maunzte erbärmlich.

„Ganz ruhig", sprach Alexander auf seinen Kater ein und schob ihn sich unter die Weste. Dabei streichelte er ihm über das Fell, das wie elektrisiert wirkte.

Es waren nur wenige hundert Meter bis zum Haus. In der Dunkelheit hatte Alexander kaum etwas erkennen können, als er auf seinen Vierbeiner blickte. Doch jetzt, nachdem er die Tür geöffnet, wieder hinter sich geschlossen und den Lichtschalter betätigt hatte, sah er in der hellen Deele das Malheur. In einem Auge klaffte eine riesige, tiefe, trichterförmige Wunde. Und aus dem anderen blickte ihn der Kater schmerzvoll an.

„Was um alles in der Welt ist denn mit dir passiert?", entfuhr es Alexander erschrocken und er streichelte sanft über das schwarz-weiße Fell. Dann griff er sich eine Taschenlampe und leuchtete in das Gesicht von Albert. Blutrot zeigte sich das Loch anstelle des Auges und ringsum war alles mit Dreck verschmiert und verkrustet.

„Wer tut denn so was?", entrüstete sich Alexander und war den Tränen nahe.

Beim Blick auf seine Uhr stellte er fest, dass es schon bald auf Mitternacht zuging und das an einem Sonntag. Heute bestand wohl keine Chance mehr beim Tierarzt. Morgen, gleich morgen früh, wollte er zuerst zum alten Markt in Hille fahren.

Jetzt lief Alexander zum Kühlschrank, nahm sich die Sprühsahneflasche aus der Tür, schüttelte sie und spritzte einen großen Berg in eine Schüssel. Albert hatte schon beim ersten Geräusch des Schüttelns die Ohren gespitzt und saß nun vor der süßen, weißen Leckerei und schleckte, laut schmatzend, alles hintereinander weg. Dann sah er Alexander mit einem Auge dankbar an, machte auf den Hinterpfoten kehrt und kletterte geräuschvoll auf seinen Kratzbaum ins Obergeschoss, um dort sofort einzunicken.

„Das hast du jetzt wohl gebraucht, mein Kleiner", seufzte Alexander, der ihm gefolgt war und den Kater zwischen den Ohren kraulte.

Über all dem war die Aufregung bei der Einschulung seiner Tochter Tina in Berlin in den Hintergrund gerückt. In der Nacht träumte Alexander davon, wie er verfolgt wurde und einer der Verfolger, der wie Gregor aussah, ihm ein Auge ausstach, das auslief und dabei eine breite, nasse Spur auf seinem Oberkörper hinterließ. Er bekam kaum Luft und heftige Angst quälte ihn.

Der Kater hatte sich zu ihm ins Bett begeben, saß auf seiner Brust, schnurrte stark und rieb wieder und wieder mit der Pfote, die er zuvor ableckte, über das zerstörte Auge.

„Haben Sie Feinde?", fragte der Tierarzt am anderen Morgen, als Alexander schon vor Beginn der Sprechstunde erschienen war.

„Wie kommen Sie denn darauf? Ich denke, der Kater hat sich irgendwo draußen verletzt oder er hatte einen Kampf mit einem Konkurrenten oder eine der Damen war nicht wirklich willig."

„Ja", entgegnete der Arzt, „das könnte es natürlich auch sein. Aber es sieht mir eher danach aus, als ob jemand dem Tier was ins Gesicht gespritzt hätte. Irgendetwas ganz Aggressives. Die Spuren könnten auf ein Unkrautvernichtungsmittel hindeuten."

„Aha, das passiert aber nicht einfach so...", warf Alexander fragend ein.

„Ja, ich hatte so einen ähnlichen Fall schon einmal in meiner Praxis. Da wollten sich die Nachbarn rächen, weil der Kater angeblich immer in ihrem Garten Verwüstungen anrichtete."

„Verwüstungen? Mein Albert? Der doch nicht. Bei mir ist der Auslauf auch viel zu groß. Da gibt es gar keine aufdringliche Enge."

„Na ja, vielleicht das nicht. Aber möglicherweise sind Sie jemandem zu nahegetreten?", warf der Tierarzt ein.

„Sie wissen ja gar nicht, wozu die Leute aus Rache so alles fähig sind."

Alexander war still geworden und dachte nach. Oh ja, er wusste wohl, was Rache alles auslösen konnte. Damit hatte er laufend in seinem Berufsalltag zu tun. Dabei blickte er auf seinen Vierbeiner, der die Prozedur auf dem Behandlungstisch mit dem schwarzen Gummibelag relativ ruhig über sich ergehen ließ. Ob er vielleicht mit seinen Familienrecherchen in der Region jemandem auf den Schlips getreten war? Er schob den Gedanken rasch weit von sich.

„Und was kann man jetzt bei Albert machen?"

„Ich habe vorerst die Wunde gesäubert und ihm etwas gespritzt, damit es sich nicht weiter entzündet. Man könnte das Auge rausoperieren ..."

Alexander erstarrte.

Der Arzt überlegte kurz. „Aber eigentlich hilft sich die Natur bei Tieren häufig selbst. Es käme auf einen Versuch an. Operieren können wir immer noch."

Er stand auf, lief zu seinem Medikamentenschrank und wählte eine Packung aus.

„Hier", er reichte sie zu Alexander hinüber. „Mit der Salbe müssen sie den Kater morgens und abends versorgen. Immer eine kleine Portion in der Wunde verteilen. Und kommen Sie in vierzehn Tagen wieder vorbei. Sollte es schlimmer werden, dann natürlich eher."

Alexander bedankte sich und bezahlte bei der Sprechstundenhilfe die Behandlung, indem er den Betrag großzügig für die Kaffeekasse aufrundete.

„Gute Besserung für Ihren Albert und eine angenehme Woche noch", hörte er im Weggehen die jugendliche Frauenstimme hinter sich.

„Tschüss dann und danke", sagte Alexander und ließ die Tür hinter sich ins Schloss fallen.

Albert verhielt sich in seinem Katzenkorb ganz still. Erst als er im Auto auf dem Beifahrersitz saß, miaute er leise protestierend vor sich hin.

„Ist ja gut, mein Alter. Das wird wieder, hat der Onkel Doktor gesagt", erklärte Alexander und startete den Motor.

Er grübelte und kombinierte und stellte Vermutungen an. Aber nichts führte in eine sinnvolle Richtung. Vielleicht war das alles doch nur ein Unfall, eben ein Kollateralschaden im Kampf um eine geliebte Katze. Wer weiß, vielleicht sah der Widersacher noch viel schlimmer aus. Und Albert war gewissermaßen noch mit einem blauen Auge davongekommen. Jetzt musste Alexander doch lächeln, als ihm der Vergleich mit dem blauen Auge einfiel. Das musste doch höllisch wehtun, dachte er aber gleich wieder bei sich und streichelte das Tier mit zwei Fingern durch die Gitter der Transportbox.

Vor seinem Haus parkte er den Wagen, ging hinein und ließ den Kater erst nach einer Handvoll Käse-Rollis und einer kleinen Weile durch die Hintertür in den Garten. Dann klingelte er noch bei der Nachbarin, die schon beim Ansatz des Fingers auf der Klingel die Tür öffnete.

„Sie haben mich wohl erwartet", erkundigte sich Alexander.

„Ach, junger Mann. Ich dachte mir eben, es wäre was passiert. Als ich dieser Tage Ihren Kater füttern wollte, tauchte der gar nicht auf. Sonst ist er immer so zutraulich und kommt angeschnurrt, wenn ich was hinstelle. Der Kleine ist ja jederzeit für Leckereien zu haben! Waren Sie etwa beim Tierarzt mit ihm?"

Ich bin durchschaut, dachte Alexander bei sich. Solch wachsame Zeitgenossen sollte man bei der Polizei einstellen. Wobei, als Nachbarn waren sie auch ganz gut zu gebrauchen. Ob Hertha Jendritzky etwas gesehen hatte? Er schilderte ihr in groben Zügen die Ereignisse und fragte schließlich:

„Ist Ihnen etwas aufgefallen, liebe Frau Nachbarin?"

„Ach, da höre ich doch den Kommissar heraus", scherzte Hertha Jendritzky und ihre Augen blitzten kokett, wie die eines jungen Mädchens.

„Wahrscheinlich muss ich das auch genau hinterfragen, bis sich alles aufklärt", sagte Alexander ernst.

„Da verstehe ich Sie schon, junger Mann. Aber ich passe hier auf wie ein Schießhund. Ha, ha, lustiger Vergleich, ich und Schießhund. Na ja, Sie verstehen, was ich meine. Mir entgeht nichts."

„Ich weiß", lächelte Alexander nun. „Das ist prima so. Und vielleicht fällt Ihnen im Zusammenhang mit meinem Kater noch etwas ein, was sachdienlich sein könnte."

Kaum war ihm dieses Wort herausgerutscht, verfluchte er sich auch schon. „Sachdienlich“ war ja wieder einmal klasse und typisch Polizeideutsch.

„Jawoll, Herr Kommissar“, konterte Hertha Jendritzky mit Schalk im Blick.

„Ich muss dann auch los“, wechselte Alexander das Thema. „Die Pflicht ruft. Ich habe mich ja im Büro entschuldigen müssen, weil wir erst beim Tierarzt waren. Schauen Sie dann bitte tagsüber mal nach dem Rechten?“

„Aber wie immer. Geht klar. Dafür kann ich mich ja auf Sie verlassen, wenn es mal wieder schneit …“

Schneien? Was sollte denn dieser Gedankensprung. Ach ja, Schneeschieben. Die lästige Pflicht an der Straße, die er auch für sie übernehmen sollte, wenn denn die weiße Pracht in Massen kam. Alexander blickte in den Spätsommerhimmel.

„Keine Frage. Immer wieder gern.“ Und er verabschiedete sich von seiner Nachbarin.

Wolfhard Schmidt besprühte gerade behutsam seine Kakteen, als Alexander das Büro betrat.

„Hallo Wolfhard. Störe ich?"

„Willst du mich auf den Arm nehmen? Du siehst doch, dass ich mich gerade meiner wichtigen Blumenpflege hingebe ..."

„Ja, ich weiß, und dabei sammelst du dich innerlich und denkst über die jeweils aktuellen Fälle nach."

„Und mir kommen dabei immer die besten Erkenntnisse, wie dir bekannt ist. Der Umgang mit der Natur hat so eine beruhigende Wirkung. Das fährt den Stress runter und lässt dich alles viel sensibler erkennen. Solltest du öfter mal machen, dann wärst du nicht so verkrampft."

„Du hast ja so was von recht."

„Und ich weiß natürlich, lieber Alex, dass du mit mir nicht über die Hege und Pflege von Blumen und Pflanzen plaudern willst, sondern darüber, was in der zurückliegenden Woche passiert ist."

„Genau."

„Wie war denn die Einschulung deiner Tochter", erkundigte sich Wolfhard, ohne mit der Wimper zu zucken. „Hat alles geklappt und hat sie sich gefreut?"

Alexander wollte sich zu diesem Thema jetzt überhaupt nicht auslassen und sagte nur kurz angebunden: „Ja, alles bestens. Das Kind ist eingeschult und geht nun in die erste Klasse."

„Aha."

Wolfhard klang leicht sauer, was Alexander aber doch auffiel. Um auszuweichen, erzählte er kurz von seinem Kater und was dem passiert war. Wenn er Wolfhards stete Neugierde stillte und ihr ein paar Brocken hinwarf, dann war er vielleicht besänftigt und horchte ihn nicht weiter aus.

„Junge, Junge“, entfuhr es Wolfhard. „Das ist aber starker Tobak. So Mann gegen Mann, wenn es was zu klären gibt, das finde ich schon gelegentlich fair. Aber hinterrücks, ein Anschlag auf ein Tier. Das ist dermaßen fies.“

„Vielleicht war es auch gar kein Racheakt gegen mich. Möglicherweise höre ich nur Flöhe husten. Aber der Tierarzt hat sich so komisch geäußert. Das verunsichert mich irgendwie. Und dann weißt du doch, wie das so ist mit unserem Beruf. Freunde machen wir uns damit nicht immer.“

„Na ja, es gibt schließlich jede Menge Berufe, in denen man sich keine Freunde macht! Aber hinzu kommt deine Recherche in deiner Vergangenheit. Damit hast du hier schon einiges Aufsehen erregt.“

Alexander blickte erstaunt hoch. „Wie kommst du denn jetzt darauf?“

Wolfhard zuckte mit den Schultern. „Meinst du, irgendjemand will die Wahrheit darüber wissen, ob einer aus seiner Verwandtschaft vor mehr als einem halben Jahrhundert die Nachbarn verraten und verkauft hat? Da will bestimmt niemand im Nachhinein Verantwortung übernehmen.“

„Aber höre mal! Spielst du jetzt auf die Zusammenhänge in der Nazizeit an?

„Genau. Das will so mancher wirklich nicht wahrhaben. Dafür waren zu viele in die Geschichte verstrickt. Im Grunde ja fast unser ganzes Volk. Bei dir in Berlin mag das nicht so direkt erlebbar sein. Dafür ist die Stadt viel zu groß und anonym. Aber hier in Minden kennt doch einer den anderen. Na ja, mehr oder weniger."

„Du meinst also, ich sollte meine Finger davon lassen? Und das mit dem Attentat auf meinen Albert war eventuell ein ganz direkter Hinweis?"

„Also von Attentat würde ich nun nicht gleich reden wollen. Aber leg einfach einen Gang zurück. Und versuche nicht alles auf einmal. Mit deinem Berliner Temperament machst du dir gelegentlich tatsächlich Feinde, nichts für ungut. Es gibt eine Menge Leute, die deine Art von Ironie überhaupt nicht begreifen."

Alexander blickte jetzt traurig auf. „Aber du verstehst mich schon. Oder?"

„Mensch, Junge, würde ich dir hier sonst so eine Moralpredigt halten? Ich will nur dein Bestes. Bist mir schließlich in der kurzen Zeit ans Herz gewachsen. Und ich habe immerhin schon erlebt, wie der eine oder andere mit bestimmten Situationen im Leben nicht klarkam und sich dann bei unserem Psychodoc wiederfand."

„Nein, da musst du keine Bange haben. Ein Fall für den Seelenklempner werde ich schon nicht."

„Na, dein Wort in Gottes Gehörgänge. Und nun mal zu den derzeitigen brennenden Fällen. Also, da wäre erstens der Blitzeinbruch in den Telefonladen in der Bäckerstraße. Unbekannte sind da in den frühen Morgenstunden gewaltsam in das Geschäft eingedrungen. Gegen drei Uhr in der Früh ist der Hinweis bei uns eingegangen. Die Kollegen waren auch gleich vor Ort und haben noch nach den Tätern gesucht, allerdings erfolglos. Natürlich wurden etliche Mobiltelefone entwendet. Die gläserne Eingangstür und die Scheiben der Auslagen haben sie mit Pflastersteinen zertrümmert. Wir haben die Bevölkerung um Unterstützung gebeten. Vielleicht hat ja jemand was gesehen.

Und dann gab es einen Scheunenbrand in Nammen. Da war ein Großaufgebot unserer Feuerwehrleute gefragt – die Portaner, unsere Mindener, Kollegen aus Bückeburg und Rinteln. Der böige Wind und die Gasflaschen im Gebäude haben alles ziemlich erschwert. Immer wieder explodierte da eine. Und weil das Objekt auf einer Anhöhe liegt, gab es auch noch Probleme mit der Wasserzufuhr. Aus den Hydranten kam immer nur begrenzt Löschwasser wegen dem niedrigen Druck. Alle Tiere konnten gerettet werden und für Menschen bestand keinerlei Gefahr."

„Und warum erzählst du mir das jetzt?", erkundigte sich Alexander, schon etwas ungeduldig, und legte dabei die Stirn in Falten.

„Na, um dich zu beruhigen. Es ist alles im grünen Bereich. Keinerlei Aktionen, die uns direkt betreffen. Nur die üblichen Katastrophen."

„Das soll mich jetzt also ruhig stimmen?"

„Genau", sagte Wolfhard und strich liebevoll-zärtlich mit dem rechten Zeigefinger über die cremefarbene Blüte von einem Kaktus.

„Sei doch nicht immer so hektisch. Wir bekommen schon wieder genügend Arbeit. Und wie sagt doch unser Kriminaloberrat Riechmann immer so schön, er will geklärte Fälle und ihm liegt an einer guten Presse. Sorgen wir dafür. Hier!"

Und Wolfhard wies auf einen Stapel Akten, der auf seinem Schreibtisch lag. „Du kannst dir gern was davon nehmen. Die Berichte erledigen sich schließlich auch nicht von allein."

Alexander blickte auf den Haufen. „Nanu, Sven Kruse? Das ist doch wohl abgeschlossen?"

„Na, nicht so ganz. Es gibt wohl noch ein paar Anfragen, die der Staatsanwalt geklärt haben will. Kennst ja Marc Oberländer. Der ist eben besonders akribisch, um nicht zu sagen pingelig, und will sich nichts nachsagen lassen. Aber wenn du mich fragst, dann geht es ihm nur um seine Beförderung. Da darf auch nicht die geringste Spur eines Makels an ihm haften. Und bei uns landet immer die ganze mühselige Drecksarbeit", sagte Wolfhard Schmidt und setzte mit gekonntem Schwung einen zarten Wassernebel aus der Sprühflasche über seine Pflanzensammlung.

„Hm", brummte Alexander und verkniff es sich, jetzt irgendetwas zu den Pflanzen zu sagen und zur Arbeit im Allgemeinen und Besonderen. Schließlich liebte auch er Grünes und wollte es sich mit Wolfhard nicht verderben.

Eben fiel ihm noch etwas ein: „Sag mal, Wolfhard, wo genau in der Bäckerstraße war das mit dem Einbruch?"

„Ist doch nicht unsere Baustelle. Wieso interessiert dich das?", erkundigte sich Wolfhard.

„Ach, nur so am Rande", lenkte Alexander ein. „Sag schon."

Und Wolfhard beschrieb die genaue Lage in der Fußgängerpassage. Das müsste doch eigentlich passen, grübelte Alexander und griff nach der Akte von Sven Kruse: „Dann werde ich mal schauen, was sich hierbei machen lässt. Frohes Schaffen."

„Dir auch. Und das mit deinem Kater wird sich schon wieder einrenken. Katzen haben schließlich sieben Leben."

Alexander zog die Tür hinter sich ins Schloss und lief durch den Flur. Beim Stichwort Bäckerstraße war ihm jetzt eine Idee gekommen. Da könnte er nachhaken.

Er fühlte sich allein und verlassen und unglücklich. Wäre es besser gewesen, wenn er in Berlin geblieben wäre, fuhr es ihm durch den Kopf. Blödsinn, wischte er den Gedanken fort. Du bist jetzt hier und das ist gut so! Schließlich hast du bei der Gelegenheit eine zauberhafte Gegend kennengelernt, hob er sich ein Stückchen weit aus seinem seelischen Tief.

In dem Moment öffnete sich die Tür eines Büros und Janine Hacker trat rückwärts auf den Flur, um geradewegs in den Armen von Alexander zu landen.

„Hoppla", scherzte er. „Wenn ich jetzt nicht gewesen wäre, würdest du auf dem Boden liegen."

Janine Hacker ließ ein Lachen dahinperlen.

„Nein, nein, so nicht, Alex. Wenn du nicht als Blockade im Weg gestanden hättest, wäre gar nichts passiert. Und übrigens kannst du mich auch mal wieder loslassen."

Alexander löste schweren Herzens die Arme von dem warmen, duftenden Frauenkörper.

„Entschuldige bitte."

Er war heftig errötet, was in der noch sommerlichen Bräune als Folge zahlreicher Fahrradtouren allerdings nicht weiter auffiel.

„Versuche zu schlafen, mein Kleines. Ich erzähle dir noch eine schöne Gutenachtgeschichte. Komm, kuschle dich bei mir an. Dicht, ganz dicht. Dann kann dir nichts passieren, mein Sonnenschein."

Die Mutter hatte die kratzige graue Decke über sich und das Kind gezogen, um sich von der Außenwelt abzuschirmen. Was sie trugen, hätte fast wie Schlafanzüge wirken können, wären da nicht die angebrachten Nummern und die doppelten Dreiecke, zwei aufeinandergesetzte gelbe Winkel gewesen, die den Davidstern bildeten. Ihr linker, knochiger Arm lag unter dem Mädchen, mit dem rechten umschlang sie das Kind und hauchte ihm die Worte ins Ohr.

„Warum denn Sonnenschein, Mama?", kam die übliche Frage, auch nur geflüstert.

„Tja, mein Liebes, weil du ein solcher Sonnenschein für mich bist und weil dein Vorname aus dem Griechischen stammt und etwa so viel bedeutet wie Sonne und heller Schein. Dein Vater und ich, wir haben ganz lange überlegt, wie wir dich wohl nennen könnten. Und dann ist die Wahl auf deinen schönen Namen gefallen: Hella."

„Und jetzt die Gutenachtgeschichte", drängte das Mädchen sanft und hielt die Augen geschlossen.

„Ja, welche möchtest du denn am liebsten hören?", erkundigte sich die Mutter, obwohl sie längst wusste, was als Antwort kommen würde.

„Die von der Mäusefamilie an der Mühle. Das ist meine Lieblingsgeschichte."

Die Worte der Tochter zauberten ins Gesicht der Mutter ein Lächeln, das niemand sehen konnte. Jetzt knurrte der Kleinen der Magen und das Lächeln verschwand. Wieder waren sie nicht satt geworden. Wovon auch.

Draußen bellten die Hunde. Und ein Wachposten brüllte Drohungen in die Nacht.

„Hast du noch Hunger, mein Liebes?“, fragte die Mutter.

„Ach nein, ich will nur die Geschichte hören. Da geht es ja auch ums Essen und davon werde ich bestimmt satt“, entschied das Mädchen.

Meine tapfere Große, dachte die Mutter bei sich. Da redet sie wie eine Erwachsene und nimmt sogar mir die Angst. Wenn ich sie nicht hätte, dann würde ich verrückt werden. Bei diesem Gedanken drückte sie das Kind fester an sich.

„Aua, Mama, du tust mir weh.“

„Verzeih, mein Kleines. Das ist nur, weil ich dich so unendlich lieb habe. Und nun sei schön still, denn ich will dir die Geschichte von der Familie Maus an der Mühle unweit vom Wesergebirge erzählen.“

Und sie begann mit der Geschichte von der Mäusehochzeit:

Es trug sich zu vor vielen, vielen Jahren in einer Gegend, in der die Mühlen wie an einer Perlenkette nebeneinander aufgereiht sind. Die Winde zeigten sich dort am Bergland der Weser, an dem sie Schwung holen konnten, außerordentlich günstig. Vielfach half zudem Wasserkraft oder Pferdestärke. Müllersleute waren schon immer ein überaus findiges Volk.

In jener Region also schlug sich drei Jahre lang ein Hofbesitzer mit der Obrigkeit herum. So lange dauerte es, ehe er die Konzession zum Bau und Betrieb der Windmühle erhielt, die in einem kleinen Flecken unweit des Flusses lag. Von all dem Durcheinander bekamen die ganz, ganz kleinen Bewohner nichts mit, die 1802 in den Wallholländer einzogen. Sie liebten ihren Neubau. Das Holz roch frisch und gehaltvoll.

Hier, gleich in der Nähe von edler Speise, hatte es sich die Sippe um Margarete bequem gemacht. Es waren jene kleinen, gelblich-graubraunen, pelzigen Vierbeiner mit für sie schon bedeutenden Schnurrhaaren, punktigen Augen und wachsamen, kurzen Ohren. Sie nahmen da ein Körnchen und dort ein Körnchen, legten sich in ihren Mäusequartieren kleine Vorräte an, um auch den kurzen Zugriff zu haben.

Indes war es an der Zeit, dass Margarete, die Älteste, unter die Haube kam. Sie war ein Bild von einer Maus. Ein wohlgeformter kleiner Körper, schlanke Beine, blitzschnell, aufmerksam und liebevoll zu den zahlreichen Geschwistern. Mit dem Mühlenkater lebte sie als einzige Maus in friedlichem Miteinander. Sie hatte ihn einmal furchtbar erschreckt, als er vor sich hin dämmerte und die kleine Maus Margarete einen Milchbecher auf dem Küchentisch der Müllerfamilie umriss. Mit einem Klimmzug hatte sie sich seitlich an dem Gefäß hochgezogen und die Nase in das einmalige Getränk gehängt. Dabei aber bekam der Becher Übergewicht und kippte um. Kater Wind – so hatte ihn der Müller symbolisch getauft, damit auch immer die Naturkraft im Hause war – fuhr zusammen, entdeckte das Malheur, sah die flüchtende Maus und in dem Moment kam auch schon die Müllerin zur Tür herein. Natürlich entlud sich das ganze Gewitter über ihm, denn wer sollte sich schon an der Milch zu schaffen gemacht haben…

Jedenfalls herrschte von da an Anerkennung vom Kater für ihre Abenteuerlust und eine gewisse Achtung von Margarete, dass er die Schuld auf sich genommen hatte. Man grüßte sich sogar auf dem Anwesen, wenn man sich begegnete.

„Kind", sagte eines Tages der Mäusevater ernst, „meine geliebte Margarete, es ist an der Zeit, dass auch du einen eigenen Hausstand gründest."

Und er blickte sehr bedeutend, wobei er sich die Barthaare zwirbelte. Die Mäusemutter nickte zustimmend.

„Wir haben lange genug für dein Auskommen gesorgt. Es braucht nur den richtigen Mann für dich, dann könnt ihr eurer Wege ziehen. Für uns alle zusammen wird es an der Mühle zu eng. Und schließlich sind wir Feldmäuse."

Margarete schaute traurig zu ihrem Vater: „Aber so ohne euch, das kann ich mir überhaupt nicht vorstellen."

„Wart's nur ab." entgegnete der Papa. „Wenn der passende Freier kommt, dann wird es dir nicht schnell genug gehen können."

Und so geschah es denn auch.

Nur wenige Tage später kam eine Kutsche des Wegs. Sie hatte einen Reisenden an Bord, der weither von Italien stammte. Er wollte sich die Welt beschauen und Inspirationen sammeln. In seinem reichlichen Gepäck war ein blinder Passagier versteckt.

„Oh, tut mir der Rücken weh. Ich spüre jeden einzelnen Knochen von dem ganzen Geruckel auf der Fahrt." Mäusemann Marcello schüttelte seine Glieder, nachdem er vom Wagen gesprungen war.

„Endlich fester Boden unter den Füßen. Was hab ich mich danach gesehnt. Mir ist schon ganz übel."

In dem Moment verschwand der Reisende mit dem Müller im Haus, wo ihm Gastfreundschaft gewährt wurde.

Was aber sollte der kleine Marcello tun. Er schaute neugierig auf die gigantische Mühle, die in der frischen Brise klapperte.

„Was für ein stolzer Bau", entfuhr es ihm. Er hatte zwar einen solchen noch nie erblickt, aber er wusste davon. Denn Marcello war eine gebildete kleine Maus.

Noch als Winzling war er eines Tages mit einem Brotkorb im städtischen Theater von Mailand gelandet. Dort gefiel es ihm so gut, dass er, obwohl er eine Feldmaus war, einfach blieb. Jeden Abend fanden die wunderbarsten Vorstellungen statt. Überall gab es die herrlichsten Verstecke. Und Essen war reichlich vorhanden. Die Künstler krümelten um die Wette. Das reichte für Marcello allemal aus. Beim Orchester war sein Lieblingsinstrument das Cello, weil das in seinem Vornamen vorkam. Wenn jemand ihn aussprach, so klang das schon an sich musikalisch, wie eine kleine Sinfonie.

Von Mühlen hatte er erfahren, als eines Tages das Stück mit Don Quichotte und Sancho Pansa aufgeführt wurde. Was hatte Marcello mit Don mitgelitten und wie hatte ihm Sancho in seiner Rolle gefallen! Aber am meisten liebte er die Ballerina Mercedes. Und als die eines Tages einen tödlichen Unfall bei einer Probe erlitt, war seines Bleibens am Theater nicht mehr länger.

Zunächst weinte er sich die Seele aus dem Leib und dann wollte er nur noch weg. Die Erinnerung an die wunderbaren Stunden seines Lebens hätte ihn in dieser Umgebung umgebracht. So überlegte er also nicht lange, als einer der Künstler, ein Dichter, sich auf eine weite Reise begab. Er bestieg einfach mit ihm die Kutsche und schmuggelte sich zwischen das reichliche Gepäck.

Und nun also diese bezaubernde Landschaft, dachte Marcello bei sich, blickte auf die zarte Hügelkette in der Ferne und atmete tief die frische Luft ein. Er zupfte sich sein gepunktetes Halstuch zurecht, das ihm die angebetete Ballerina aus einem winzigen Rest eines Kostüms genäht hatte.

In dem Moment durchzuckte ihn ein Blitz. Sein Blick war auf Margarete gefallen, die gerade aus der Mühle getrippelt kam. Welch Schönheit, welch unglaublicher Sonnenschein, fuhr es durch den Mäusemann, denn eben dieser ließ Margarete noch wundervoller erstrahlen.

Aber auch Margarete war auf den Neuling aufmerksam geworden. Was für ein fescher, junger Mann, überlegte sie bei sich und errötete leicht.

Marcello lief auf Margarete zu: „Darf ich mich Ihnen vorstellen, gnädige Frau, mein Name ist Marcello und ich bin weit gereist. Geradewegs aus Italien von einem Theater komme ich hierher. Wo bin ich denn da eigentlich gelandet?"

Dass Marcello aus einem anderen Land kam, tat der Verständigung keinen Abbruch. Mäuse verstehen sich allenthalben auf der großen, weiten Welt.

„Oh, gnädige Frau ist bestimmt die falsche Anrede für mich. Ich bin nur die kleine Maus Margarete und wohne hier mit meiner zahlreichen Familie auf dem Anwesen an der Mühle, unweit vom Fluss Weser", hauchte das Mäuslein und blinzelte. Beide hatten mit einem Mal nur noch Augen füreinander.

Natürlich war es nicht so einfach, diese aufkeimende Beziehung auch den Eltern schmackhaft zu machen. Einen aus der Fremde hatten sie sich so gar nicht für ihre Margarete gedacht. Es sollte schon ein bodenständiger Westfale sein, vielleicht von einem der umliegenden Felder, mit einer ordentlichen Behausung, die über ein perfektes Gangsystem mit vielen Öffnungen verfügen sollte – und darin reichlich Futterkammern.

Aber das waren eben Träume von Vater und Mutter, denen die Tochter nun nicht gerecht werden konnte. Denn sie hatte sich unsterblich in Marcello verliebt, der ihr charmant den Hof machte. Stundenlang hielten sie Pfötchen beim Sonnenuntergang und wenn Kater Wind des Wegs kam und Maulaffen feilhielt, dann quiekte Margarete nur hell und der große Getigerte schüttelte amüsiert den Kopf.

„Meine herzallerliebste Margerite" nannte der glutvolle Italiener seine kleine Maus nach den kräftigen Wiesenblumen, die der Wind zauste.

Wie aber sollte Marcello die Eltern seiner Margarete für sich einnehmen? Lange fiel beiden nichts Sinnvolles ein.

Bis der verliebte Mäusemann eine geniale Idee hatte. Er stellte sich bei der Sippe um seine Angebetete an den Herd und zauberte für alle ein italienisches Spezialmenü aus der Heimat. Dazu organisierte er sich in der Küche der Mühlenbesitzer allerlei Zutaten, die einigermaßen in das Rezept passten. Denn hundertprozentig wurde es einfach nicht stimmig mit den Vorgaben von daheim, vor allem die Kräuter fehlten. Aber es ging auch so, mit Gartengemüse, Wurst und Käse. Marcello richtete Salat an und buk und buk; eine Leckerei nach der anderen kam aus dem kleinen Backofen der Mäusefamilie. Zufrieden rieb sich der Mäusevater den Bauch, kugelrund grinsten die Geschwister und wohlig stöhnte die Mäusemutter beim letzten Bissen auf: „Das nenn ich mal eine wundervolle Idee. Du bist der ideale Mann für unsere Margarete. Liebe geht durch den Magen!"

Damit hatte sie natürlich ihrem Mann die Worte vorweg genommen, was sich eigentlich nicht gehörte. Aber der Mäusevater war so rundum gut gelaunt, dass er wohlwollend nickte: „So soll es denn sein. Wir werden eine große Hochzeit feiern. Meinen Segen habt ihr!"

Es wurde ein rauschendes Fest, das drei Tage währte; die Tische bogen sich unter der Last der vielfültigen italienischen und westfälischen Köstlichkeiten und über Generationen hinweg wurde noch davon berichtet. Damals war's, erzählten dann die Nachfahren, wenn sie in Erinnerungen an Margarete und Marcello und deren große Liebe schwelgten. Und auch heute kann es wohl noch angehen, dass ein wenig Blut des Italieners durch die Adern der kleinen Mäuse fließt, die jetzt an der Windmühle in der Nähe der Weser zu Hause sind.

Gegen Ende der Geschichte hatte die Mutter sie nur noch sich selbst – kaum vernehmbar flüsternd – erzählt. Das Mädchen war längst in seine Traumwelt entrückt und schlief den tiefen Schlaf eines Kindes.

Schüsse hallten durch die Nacht, begleitet von einem markerschütternden Schrei. Und der Mond beleuchtete die Baracke mit den mehrstöckigen Betten, die dicht an dicht belegt waren. Die Kälte hatte Eisblumen auf die Fensterscheiben gezaubert.

Heike Langenkämpfer schrak aus dem Schlaf hoch. Das Handy vibrierte auf ihrem Nachttisch. Sie griff danach und blickte auf das Display. Fünfzehn Uhr dreißig und der Anruf kam von der Einsatzzentrale. Sie brauchte einen Moment, um sich zu orientieren.

„Oh, nein", murmelte sie vor sich hin, nahm das Ohropax aus beiden Ohren und drückte auf die Annahmetaste. Da hatte sie einmal einen freien Tag und wollte sich einen wohltuenden Mittagsschlaf gönnen, nachdem sie vorhin einen dringend nötigen Friseurtermin wahrgenommen hatte. Sie konnte sich die letzten Tage schon gar nicht mehr im Spiegel anschauen. Zum Abend hin war sie im Mindener Stadttheater mit einer Freundin verabredet, mit der sie dann noch ein wenig um die Häuser ziehen wollte.

„Ja, Kollege, was gibt's an einem wunderbaren Freitagnachmittag?", fragte sie und gähnte breit.

„Ich habe dich doch jetzt nicht etwa geweckt, Heike? Seit einer Stunde versuche ich, dich zu erwischen. Du klingst so verschlafen. Am helllichten Tag?! Wir hatten vorhin einen Anruf. Da wurde ein Toter an einem Mühlenflügel gemeldet. Klang nicht nach einem Scherz - kam schließlich auch von einer Lehrerin. Wir haben die zuständigen Kollegen vorbeigeschickt. Sind eben mit dem Streifenwagen vor Ort. Jetzt brauchen wir die Spurensicherung. Da hängt tatsächlich eine leblose Person an besagtem Mühlenflügel."

„Doch, du hast mich geweckt. Man wird sich wohl einmal im Leben einen Mittagsschlaf genehmigen dürfen“, entgegnete Heike etwas brummig. „Außerdem habe ich gar keine Bereitschaft!“

„Doch, jetzt ja. Dein Kollege hat sich heute früh krankgemeldet. Magen/Darm.“

„Na, klasse“, entgegnete Heike und ließ sich die Adresse geben. Auf dem Display des Handys sah sie jetzt, dass ihr Kollege schon dreimal angerufen hatte. Im selben Augenblick war sie auch schon hellwach und ihr Spürsinn war angelockt. Sie sprang aus dem Bett und lief schnell ins Badezimmer, um sich etwas frisch zu machen. Die neue Frisur war zumindest rasch gerichtet. Dann griff sie nach der für einen Fundort praktischen Garderobe. Man konnte nie wissen, was man vorfand. Sie musste ja meist auf allen vieren so ein Areal durchkämmen. Bequem und pflegeleicht waren da die geforderten Attribute. Also Jeans und ein Sweatshirt. Anerkennende Blicke konnte sie damit bei den Männern eher nicht ernten. Die Mädels in den Büros hatten da ganz andere Möglichkeiten, auf sich aufmerksam zu machen.

Die Kaffeemaschine hatte in der Zwischenzeit einen doppelten Espresso geliefert. In kleinen Schlucken trank sie davon und verbrannte sich doch die Lippen. Aber das Getränk wärmte gut durch und ermunterte auch noch den Rest in ihr. Im Flur griff sie sich ihre Arbeitstasche mit den nötigen Utensilien, die sie nach dem gestrigen Einsatz der Einfachheit halber übers Wochenende mit nach Hause genommen hatte.

Als Heike Langenkämpfer am Fundort eintraf, erkannte sie sogleich Alexanders alten Peugeot 505. Er könnte sich tatsächlich mal einen neuen Wagen zulegen, fuhr ihr durch den Kopf. Irgendwie passte die Grotte nicht wirklich zu ihm.

Beim Blick auf seine hochgewachsene, schlanke, durchtrainierte Gestalt seufzte sie tief auf und sah sich erschrocken um. Nein, das konnte keiner gehört haben. Dazu war sie noch zu weit von der kleinen Gruppe entfernt, die sich innerhalb des rot-weißen Absperrbandes befand.

Mit einem burschikosen „Hallo Leute" reihte sich Heike Langenkämpfer in die Runde ein. Alexander sah zu ihr hinüber, lächelte kurz, erklärte die Situation und fügte hinzu: „Schön, dass du da bist, Heike. Warst du beim Friseur? Sieht schick aus! Hoffentlich macht dir da der Regen nicht allzu viel aus!"

Heike strahlte selig und murmelte: „Danke … wird schon gehen. Ich bin ja nicht aus Zucker."

Doch Alexander fuhr gleich fort: „Wird für dich mal wieder sicher nicht einfach, hier in der freien Natur was zu finden. Und dann noch der Regen seit ein paar Stunden. Jedenfalls handelt es sich um Waldemar Schulze, nehmen wir momentan an. Der Mann hatte einen Ausweis im Portemonnaie in der Hosentasche. Wir haben auch alles extra so für dich gelassen, wie wir es vorgefunden haben. Hat ja diesmal ziemlich gedauert bei dir ..."

„Also dafür kann ich jetzt aber nichts", warf Heike ein. „Ich habe heute weder Dienst noch Bereitschaft, sondern eigentlich frei. Aber egal …"

Alexander ging nicht weiter darauf ein, sondern berichtete einfach: „Der Notarzt ist schon wieder weg, nachdem er nichts mehr ausrichten konnte, und Professor Engelbrecht ist auch gerade wieder losgefahren, weil er den Flieger zu einer Vorlesung erwischen wollte, die er nicht versäumen darf. Er hat schon alles gründlich inspiziert und seine nötigen Eindrücke gesammelt. Alles andere wie immer zu gegebener Zeit, hat er gemeint, am besten beim Treffen in der Pathologie im Klinikum. Dort kümmert er sich dann um die Obduktion. Aber nun schau mal, was du machen kannst."

Heike ließ ihre Blicke schweifen. Ihre Haare klebten inzwischen in feuchten Strähnen am Kopf, was den exakten Schnitt betonte. Das ist schon eine skurrile Szenerie, dachte sie bei sich. Der Regen hatte sich gerade in eine nieselnde Form zurückgezogen.

Da hing also ein Mann, von kräftiger Statur, etwa im frühen Rentenalter, an einem der Mühlenflügel. Mit sorgsam geknüpften Knoten hielten ihn grobe Taue am Holz fest, immer durch die Gevierte gezogen und fast unlösbar miteinander verbunden. Der Kopf lag auf der linken Schulter. Das Nasenbein schien gebrochen. Im Gesicht mussten Blutspuren gewesen sein; die etwas angetrockneten Ränder waren noch gut zu erkennen, aber den Rest hatte der Regen bereits weggewaschen. Insgesamt wirkte der Körper verkrampft. Eine Krähe machte lautstark auf sich aufmerksam. Jetzt zückte Heike ihre Kamera und begann mit den Aufnahmen. Gleichzeitig hielt sie ihre Plastiktüten bereit, um Fundstücke einzusammeln. Als Erstes griff sie sich die zerbrochene Brille am Boden, nachdem sie diese fotografiert hatte. Bild für Bild arbeitete sie den Toten und das nähere Umfeld ab, bis sie immer weitere Runden zog. Später ließ sich das am Computer gut nachvollziehen, wenn sie sich detailliert überlegte, was da wie geschehen sein konnte und wohin sich welche Spur gegebenenfalls zuordnen ließ.

Vorerst nahmen in ihrem Kopf Gedanken Kontur an, die einen Tathergang rekonstruierten, jedenfalls versuchten sie es. Profilermäßig. Das wirkt alles wie eine Hinrichtung, wie eine Inszenierung an einem Marterpfahl, dachte Heike Langenkämpfer bei sich und stieg die Böschung wieder hinunter. Natürlich könnte man in so einer Situation, gefesselt an einen Windmühlenflügel und eventuell zur Rede gestellt, entsprechend drangsaliert, auch durchaus einen Herzinfarkt erleiden. Alles war möglich. Aber es war nicht ihre Aufgabe, die Todesursache herauszufinden. Dafür gab es die Gerichtsmediziner. Die wussten, was sie taten. Professor Engelbrecht sowieso. Arbeitsteilung war schon okay.

Heike widmete sich weiter der akribischen Kleinarbeit und war sich jetzt schon darüber im Klaren, dass sie noch einmal herkommen würde. Nicht, um die Schönheit dieses Wallholländers zu konstatieren, sondern um sich auch zu einer anderen Tageszeit noch einmal einen genauen Überblick zu verschaffen. Außerdem fand man mitunter im Nachhinein noch einen bedeutenden Hinweis für das Puzzle.

Jetzt tat sie das Nötigste. Entdeckte da eine Zigarettenkippe, dort die Reste einer Fast-Food-Verpackung, die sowieso überall verstreut wurden. Aber vielleicht hingen sie ja doch irgendwie mit diesem Fall zusammen und es befand sich eine winzige Spur an ihnen, an dem Getränkebecher, an der Tüte. Es durfte nichts, aber auch gar nichts ausgeschlossen werden.

Im Hintergrund war ein heranfahrendes Auto zu hören. Keiner aus der Runde kümmerte sich groß darum, denn alle gingen davon aus, dass es sich um Staatsanwalt Marc Oberländer handeln müsse, den man noch erwartete. Vor Kurzem erst hatte er bei Alexander auf dem Handy angerufen und mitgeteilt, dass er noch ein paar Minuten brauchen würde.

Plötzlich blitzte es mehrfach hintereinander auf. Wolfhard, Alexander und Heike drehten sich in die

Richtung des Verursachers. Das war nicht der Staatsanwalt. Das war eindeutig ein Fotograf von der Presse, schon wegen seiner professionellen Ausstattung, aber keiner, den man kannte.

Bernd Langer und Dagmar Scholz, die den Fundort gesichert hatten und noch auf weitere Einsatzbefehle warteten, waren inzwischen aus ihrem Streifenwagen ausgestiegen und hinzugeeilt.

Der Polizist stellte den Fotografen zur Rede. „Was machen Sie hier? Sie stören die polizeilichen Ermittlungen."

„In unserem Lande herrscht Pressefreiheit und ich bin im Auftrag meiner Redaktion hier, um über diesen brutalen Mord an dieser beschaulichen Mühle zu berichten. Sieht ja wie eine Hinrichtung aus", erklärte gelassen der Fotograf Jasper Franzmann und starrte in Richtung des Toten.

„Von Mord kann hier überhaupt noch keine Rede sein", fiel ihm Dagmar Scholz ins Wort. „Das ist hier zunächst lediglich der Fundort einer offensichtlich leblosen Person."

„Sehen Sie, da lassen Sie ja doch mit sich reden", lächelte Jasper Franzmann. „Wann ist das denn passiert und um wen handelt es sich?"

„Ich kann Ihnen überhaupt keine Auskunft geben. Dazu bin ich nicht befugt", erklärte Dagmar Scholz, die sich darüber ärgerte, schon zu viel gesagt zu haben.

Alexander Rosenbaum war inzwischen vom Wall heruntergestiegen, hatte sich zu den dreien gesellt und schaute den Fotografen ernst an.

„Wie kommen Sie überhaupt hierher? Das kann wohl kaum ein Zufall sein!"

„Mit wem habe ich es denn zu tun?", erkundigte sich der Fotograf. „Mein Name ist Franzmann. Und ich habe da einen anonymen Tipp bekommen."

„Aha, und woher bekommt man anonyme Tipps?", ging Alexander nicht weiter auf die Frage nach seinem Namen ein.

„Das tut hier nichts zur Sache. Sie haben ja sicherlich auch Ihre Informanten, die Sie nicht preisgeben, Herr …?"

„Was soll das jetzt überhaupt!", brauste Alexander auf, ohne sich vorzustellen. „Sie behindern uns hier in unseren Ermittlungen. Das könnte für Sie durchaus ein Nachspiel haben. Für alle Fragen steht Ihnen jederzeit unsere Pressestelle zur Verfügung. Von dort gibt es dann die offiziellen Verlautbarungen."

„Aber an denen ist unseren Lesern eben nicht gelegen. Und das dauert uns auch viel zu lange. Wir sind eine Tageszeitung und unserem Ruf verpflichtet, außerdem stets viel näher am Geschehen dran und berichten ganz brutal und offen und absolut ehrlich."

„Das kann ich mir denken", brummte Alexander in sich hinein, der in diesem Augenblick das Logo der Boulevardzeitung entdeckt hatte. Das war jetzt eine ganz vertrackte Situation.

Auf der Landstraße näherte sich ein weiteres Fahrzeug. Es bog in den Feldweg zur Mühle ein, hielt an und daraus entstieg nun Staatsanwalt Marc Oberländer, mit einem deutlich genervten Zug um den Mund.

Der Fotograf nutzte die Gelegenheit, um auch ihn zu fotografieren und zu interviewen.

„Was sagen Sie zum Mühlenmord, Herr Staatsanwalt?"

Schon wieder blitzte die Kamera. Alexander zuckte zusammen. Dieser Presseheini war offensichtlich gut informiert.

Marc Oberländer hob abwehrend die Hände: „Was fällt Ihnen ein? Sie haben hier nichts verloren. Das ist eine absolut interne Angelegenheit. Wir informieren die Presse schon zu gegebener Zeit. Dann können wir Sie gern zu einer Pressekonferenz einladen. Lassen Sie mir am besten Ihre Visitenkarte da."

Im Laufe seiner Äußerung bekam er doch noch die Kurve und klang schließlich ganz neutral. Der Fotograf zückte eine Karte aus seiner Jackentasche, fuhr sich nebenbei über das rotblonde, kurze Haar und verabschiedete sich.

„Schon alles klar. Ich habe meine Fotos im Kasten. Sie können dann ja morgen den ersten Bericht lesen. Lassen Sie sich überraschen!"

„Ich untersage Ihnen das!", hörte sich Marc Oberländer noch rufen, aber da hatte Jasper Franzmann schon kehrtgemacht, war in seinen Wagen gestiegen und setzte diesen rückwärts in Bewegung.

Der Fotograf pfiff vor sich hin, während er das Navi betätigte und seine heimatliche Adresse antippte. Ohne Hilfsmittel würde er hier nie wieder hin-, geschweige denn nach Hause finden. Das würde eine super Story werden. Schon beim ersten fachmännischen Blick hatte er einschätzen können, wie originell allein das Fotomotiv war. Der Text dazu ließ sich rasch erstellen. Den Rest machte die Redaktion. Er lieferte schließlich als freier Mitarbeiter nur zu. So ein Wahnsinnszufall, dass er gerade in der Nähe war und den Polizeifunk abhörte …

Marc Oberländer und Alexander Rosenbaum sahen sich an.

„Hoffentlich geht das nicht schief", sagte der Staatsanwalt.

„Ich glaube, Ihre Hoffnung nutzt in so einem Fall nicht viel“, antwortete Alexander.

„Warum haben Sie das überhaupt zugelassen?“, konterte der Staatsanwalt.

„Na, Sie sind gut. Der Mann ist urplötzlich aufgetaucht und hat seine Fotos geschossen. Das war erstens nicht abzusehen und zweitens war er nicht im Mindesten zu bremsen.“

Beide musterten sich erneut, fast ein wenig abschätzend, wie Gegner im Ring vor dem Kampf, bis Marc Oberländer einlenkte.

„Warten wir es ab. Vielleicht wird die Berichterstattung nicht so schlimm.“

„Also, bei einer Zeitung wie dieser bin ich mir da nicht sicher“, entgegnete Alexander noch und beide liefen Richtung Mühle, als Marc Oberländer im Matsch ausrutschte und plötzlich auf den Knien lag. Und das mit seinem überaus schicken und edlen Anzug. Alexander musste sich ein Lachen verkneifen und auch die Gesichter der Kollegen bekamen mehr als einen Hauch von unterdrückter Heiterkeit.

„So ein elender Mist“, fluchte der Staatsanwalt und rappelte sich auf, wobei ihm Alexander helfen wollte. Aber Marc Oberländer schob ihn von sich.

„Nein, nein, das schaffe ich schon alleine“, gab er entrüstet von sich und strich über die verdreckten Hosenbeine. „Erst stecke ich im Stau, dann verfahre ich mich in dieser gottverlassenen Gegend und als Krönung auch das noch. Also, mein Bedarf ist eigentlich für heute gedeckt.“

„Aber Sie wollten die Situation hier ja unbedingt selbst in Augenschein nehmen“, konnte sich Alexander nicht verkneifen.

„Ja, ich weiß, das sind meine Worte. Sie brauchen mich nicht zu zitieren. Ihre Beschreibungen und Fotos nutzen mir nur bedingt. Ich muss mir schon selbst ein Bild von der Lage machen. Gerade, wenn es so eine mysteriöse Angelegenheit ist. Wer weiß, was sich daraus noch entwickelt."

Staatsanwalt Marc Oberländer grüßte kurz die beiden Streifenpolizisten, dann Wolfhard und Heike und umrundete schließlich die Mühle.

Um die Lösung der dicken Knoten wollten sich nach einer Weile die Männer kümmern.

„Eindeutige Schifferknoten", konstatierte Wolfhard. „Da kenne ich mich aus. Dort sind zum Beispiel anderthalb Rundtörn mit zwei halben Schlägen." Er wies auf eine Stelle. „Und dort sind zwei Seilenden mit einem Kreuzknoten verbunden. Ganz klare Sache."

„Aha", entgegnete Alexander Rosenbaum. „Und woher hast du die fachlichen Kenntnisse? Ich bin auf diesem Gebiet nämlich der totale Laie."

„Na ja, neben meiner Pflanzenleidenschaft bin ich früher immer Segeln gegangen. Mit meiner besseren Hälfte. Aber ihr ist das nicht wirklich bekommen. Rita hing so oft über der Reling und spuckte das Essen wieder aus. Da habe ich dieses Hobby ihr zuliebe fast völlig aufgegeben. Aber die Knoten kann ich noch aus dem Effeff."

„Dann sollte Heike das mal alles akribisch aufgenommen haben, ehe wir mit der Lösung des Falls beginnen. Ha, das nenn ich jetzt mal eine schöne Formulierung. Wir lösen ja wirklich schon einmal etwas von diesem Fall."

Auch Wolfhard stimmte in ein befreiendes Gelächter ein, dem sich Heike anschloss, die daneben stand und schon ihre nächsten Bilder schoss. Selbst Marc Oberländer hatte seinen Humor wiedergefunden.

„So, jetzt habe ich alles im Bild festgehalten und die nötigen Spuren gesichert, Jungs. Ihr könnt den Armen dann mal aus seiner Verankerung lösen", signalisierte Heike.

Wolfhard hatte schon zugegriffen und fachmännisch Knoten um Knoten gelöst, während er Bernd Langer Anweisungen gab, ihm zur Hand zu gehen. Wortlos folgte dieser ihm dabei. Schließlich rutschte der Tote auf den Boden.

Unterhalb des Walls warteten inzwischen schon zwei dunkel gekleidete Herren mit ihrem Wagen auf den Abtransport der Leiche zur Obduktion in der Pathologie des Mindener Klinikums.

Staatsanwalt Marc Oberländer warf einen letzten Blick auf den Toten zu Füßen des Mühlenflügels und verabschiedete sich, an Alexander und Wolfhard gewandt: „Meine Herren, ich erwarte umgehende Aufklärung. Wahrscheinlich wird uns die Presse dazu nötigen, alles noch mehr als sonst zu beschleunigen. Dass uns das nicht erspart geblieben ist, ..."

Er schüttelte den Kopf, lief zu seinem Auto, stieg ein und startete den Motor seines Fahrzeugs, das sich langsam in Bewegung setzte. Kurz winkte er den anderen mit der Rechten noch einmal zu.

„Junge, Junge, war das ein Auftritt", bemerkte noch Wolfhard Schmidt. Was aber keiner kommentierte.

Heike Langenkämpfer hatte ihre zahlreichen Plastiktüten mit den Fundstücken wieder in einem braunen Pappkarton verstaut. Als sie die Dienststelle betrat, begrüßte sie Janine Hacker, die gerade das Haus verließ. Beide Frauen blickten sich etwas unterkühlt an. Seit der Sache mit Alexander hatte ihre freundschaftliche Zusammenarbeit doch etwas gelitten. Dabei war es nur ein Ausrutscher von Alex gewesen, an den er sich nicht einmal erinnerte, fuhr es Heike wehmutsvoll durch den Kopf. Während Janine darüber nachdachte, warum er sich denn unbedingt mit einer Kollegin aus der Spurensicherung eingelassen hatte ... Unter Kollegen! Das war doch eigentlich ein Unding. Mehr als ein „Hallo" war also nicht drin.

Wie immer nahm Heike die Treppen in schnellem Spurt, stets zwei Stufen mit einem Mal. Bewegung und bewusste Nahrungsaufnahme, damit konnte man punkten, wenn einem an einem trainierten, wohlgeformten Körper lag. Mannomann, fluchte Heike innerlich, als ihre Gedanken nach dem Frust um Alexander schon wieder um das Thema Aussehen kreisten. Du hast einen neuen Fall auf dem Tisch, kümmere dich mal um den. Erfolg macht auch glücklich, es müssen nicht immer die Kerle sein, zog sie sich selbst hoch.

Und es klappte. Plötzlich hingen ihre Schultern nicht mehr so schlapp herunter und ein kleines Lächeln stahl sich in ihr Gesicht, als sie den Neuen von der Verkehrspolizei begrüßte. Der hatte sie tatsächlich richtig angestrahlt. Oder lag hier schon wieder einmal ein Fall von Fehldeutung vor? Ach was, Heike machte sich jetzt beschwingt an die Arbeit, wuchtete ihren Karton auf den Schreibtisch, wobei die Palme ein paar weitere Blätter verlor, was sie in ihrem traurigen Dasein nicht wesentlich unansehnlicher wirken ließ. Schließlich präsentierte sie schon etliche Kahlstellen.

Heidelinde Gerber fuhr mit dem Staubwedel über die Bücherreihe. Im Hintergrund telefonierte ihr Mann Franz: „Ja, Wolfram, geht klar. Wir sehen uns dann zum Abend hin."

Ein Segen nur, dass es den Verein und die Freunde gab. Ansonsten hätte sie überhaupt keinen Handschlag mehr in Ruhe erledigen können. Seit einem halben Jahr war Franz daheim und zwar in der passiven Altersteilzeit. Er musste nicht mehr in die Kaffeefirma an der Ringstraße, bekam aber weiter sein Gehalt, wenn auch weniger als früher. Ein Glück, dass sie die guten Rücklagen hatten, beruhigte sich Heidelinde Gerber immer wieder. Schließlich wollten sie weiterhin zweimal im Jahr in den Urlaub fahren. Die Seychellen waren es zuletzt gewesen, dann auch Neuseeland. Und jetzt war die dreiwöchige Tour mit dem Kreuzfahrtschiff geplant. Vietnam, die Philippinen, Sumatra, Borneo und Java standen dabei auf dem Reiseplan.

Im Kleiderschrank befanden sich schon ein paar funkelnagelneue edle Stücke, die Heidelinde im Kaufhaus Hagemeyer in ihren Lieblingsboutiquen ergattert hatte. Schließlich konnte man beim Dinner nicht ewig mit den gleichen Sachen auftauchen. Was sollten denn die Leute denken?!

Zwangsläufig hatte Franz Gerber in die Vorruhestandslösung eingewilligt. Denn eigentlich hätte er seinen Job schon gern bei vollem Salär bis zum allerletzten Tag ausgekostet. Er hing an der Arbeit, am

Büro, an seiner Sekretärin, an deren Fürsorge. Aber ihm blieb keine Wahl. Auch in seinem Unternehmen wurde abgespeckt und vor allem an den Personalkosten gespart. Dafür wurde andererseits in die Computer investiert. Na klar, die wollten keinen Urlaub, bekamen keine Kinder, wurden nicht krank, forderten keine höheren Löhne … Franz kam es immer übel hoch, wenn er daran dachte. Dass er auch noch in der Gewerkschaft aktiv war, hatte ihm nicht sonderlich geholfen. Nur konnte er sich selbst besser abwickeln und kannte sich mit den Spielregeln aus. Und nun jeden Tag daheim.

Heidelinde Gerber atmete tief durch. Wenn Franz nachher unterwegs war, dann konnte sie in Ruhe den Hausputz beenden. Solange er sich im Haus aufhielt, stand er nur ständig im Weg rum, stellte Fragen, ob er etwa helfen könne, was nicht wirklich ernst gemeint war. Sie hatte es ausprobiert. Die Wäsche legte er so zusammen, dass sie hinterher alles erneut bügeln musste. Und Bügeln, das war ja der blanke Horror überhaupt, als der Mann das plötzlich übernehmen wollte.

Da hatte sich doch Franz eines Tages das Bügelbrett so platziert, dass er sich währenddessen die Sportsendung ansehen konnte. Natürlich passierte ein Missgeschick. Seit wann konnten denn Männer mehrere Dinge gleichzeitig tun?! Bei einem jubelnden Torruf entglitt ihm in seiner Begeisterung das heiße Bügeleisen und landete auf dem Teppichboden. Das Ergebnis konnte sich in einem dauerhaften Abdruck allezeit sehen lassen. Aber vor allem wegen der lächerlichen Brandblase gab es ein unsägliches Gejammer von ihm. Sie konnte sich noch gut daran erinnern, wie sie die Wunde kühlen musste …

Heidelinde Gerber zog die Mundwinkel nach unten. Da hatte sie sich über die vielen Jahre so wunderbar in ihrem Hausfrauendasein eingerichtet, alles genau terminiert. Nichts ging ihr durch die Lappen. Doch nun, seitdem Franz zu Hause war, vergaß sie sogar Geburtstage. Ausgerechnet den ihrer besten Freundin. Und das war der Sechzigste! Es hatte ein Weilchen gedauert, ehe sie wieder etwas besänftigt war.

„Ich muss dann auch mal los", rief Franz ins Arbeitszimmer, wo seine Frau gerade die Computer abstaubte. Die zogen aber nun auch magisch den Dreck an. Und in den Tastaturen verfingen sich die Flusen. Manche Buchstaben waren durch die intensive Benutzung auch schon ganz unleserlich geworden. Ob man die vielleicht mal mit einem schwarzen Edding nachzog? Die Frau fädelte einen Lappen zwischen den Tasten hindurch.

„Sei vorsichtig mit der Technik!", mahnte Franz und schüttelte den Kopf, weil ihm gerade der Computerabsturz einfiel, als Heidelinde bei laufendem Programm die einzelnen Tasten mit einem feuchten Reinigungstuch gründlich geputzt hatte. Immerhin nahm sie spezielle Tücher für die technischen Geräte, das war schon korrekt. Aber sie löste dabei Tastenkombinationen aus, die für einen schwarzen Bildschirm gesorgt hatten. Nichts, aber auch gar nichts ging mehr. Erst der Computerspezialist aus dem Nachbarort konnte den Schaden beheben. Selbst Freund Wolfram war hilflos, obwohl er sich sonst mit allem auskannte.

„Grüß dann mal Wolfram und sag ihm, dass wir uns aufs gemeinsame Kaffeetrinken am Sonntag bei uns freuen. Ich backe auch wieder Käsekuchen. Sie sollen so gegen fünfzehn Uhr hier sein."

Jetzt lächelte Franz Gerber doch. Also, das musste er seiner Frau lassen. Backen und kochen konnte sie wundervoll und ihr Käsekuchen war einsame Spitze. Lecker und perfekt in Form, mit gerader, glatter Decke, nicht etwa so eingefallen und unförmig, wie bei manch anderer Hausfrau. In jeder dieser unsäglich vielen Fernseh-Kochshows hätte sie damit Aufsehen erregt und bei den Aktionen im Ort, bei denen die Backkünste der Damen für Spenden gefragt waren, gingen Heidelindes leckere Werke stets zuerst weg.

Er griff ihr um die Taille. Junge, Junge, dachte Franz Gerber bei sich, früher bin ich da auch weiter rumgekommen, und scherzte locker: „Na, meine unschlagbare Küchenfee, das wird die beiden doch sehr freuen und mich erst. Ich liebe deine kulinarischen Raffinessen und die anderen auch."

„Du Schlawiner", lächelte jetzt Heidelinde und war schon wieder versöhnt.

Als sie die Tür hinter ihrem Mann schloss, versank sie in ihre Gedanken. Was sie heute Vormittag entdeckt hatte, beunruhigte sie sehr. Auf dem Schreibtisch von Franz hatten die Papiere von dem Investment gelegen, ihrer guten, sicheren Altersvorsorge. Sie hatte sie nur flüchtig überflogen, weil im selben Augenblick auch schon die Schritte ihres Mannes zu hören waren. Aber die Brocken von „Tut uns leid, Ihnen mitteilen zu müssen" und „negative Bilanz" waren doch bei ihr hängen geblieben. Und das sprach ja eigentlich schon für sich Bände.

Franz Gerber hob sein Bierglas und prostete Wolfram Köhler zu: „Dann mal zum Wohle, mein Bester."

Beide Männer setzten die Gläser zeitgleich an und ließen nur etwa die Hälfte des Inhalts darin. Im

Schnurrbart des Älteren hatte sich etwas Schaum verfangen, aber der Jüngere spürte keine Veranlassung, ihn darauf aufmerksam zu machen. Ein Weilchen später wischte sich Wolfram über den Mund und der Makel war behoben.

„Weiß du noch, damals die Sache mit unserer Blutsbrüderschaft", erkundigte sich Franz, nachdem beide eine Zeit lang geschwiegen hatten.

„Wie sollte ich das jemals vergessen", sagte Wolfram mit einer Spur von Wehmut in der Stimme und krempelte einen Ärmel seines Oberhemds ein Stückchen hoch, um auf eine kleine Narbe am Unterarm zu verweisen.

„Was hat meine Mutter damals für einen Aufriss gemacht! Ich höre sie heute noch jammern. Sie dachte, ich wollte mir was antun und würde verbluten. Ach ja, Mütter. Nun ist sie auch schon drei Jahre tot. Gott hab sie selig."

„Hm", entgegnete Franz. „Die Zeit, wo ist sie nur geblieben. Ich sehe uns immer noch durchs Gebüsch schleichen in unserem Wilden Westen und die Szenen von Karl May nachspielen. Du der geborene Winnetou, Sohn von Apachenhäuptling Intschu-tschuna. Immer tapfer, ehrlich und gerecht. Ein absolut perfekter Reiter und begnadeter Schütze. Mein Opa hat uns anfangs die Bogen gebastelt und Pfeile geschnitzt, bis wir selbst den Dreh raushatten."

„Ach, wie wahr", seufzte Wolfram, schwelgte weiter in der Erinnerung und klopfte seinem Nebenmann auf die Schulter. „Und du der geniale weiße Freund und mein Blutsbruder Old Shatterhand. Ein Abenteuer hat das andere gejagt."

„Wie hieß dein Gewehr noch mal?", fragte Franz.

„Silberbüchse", fiel es Wolfram sofort ein.

„Und mein Pferd hieß Iltschi. Genau! Gerechtigkeit und Frieden waren unsere Kampfmotive. Ich glaube, die Kids können damit heute gar nichts mehr anfangen. Alles nur so absurde Computerspiele und ein ewiges Geballer. Ich mag meinen Enkeln da gar nicht mehr zuschauen. Die bekommen ja ihren Hintern nicht mehr hoch. Wir waren wenigstens von morgens bis abends an der frischen Luft und keine solchen Stubenhocker. Weiß du noch, immer die aufgeschürften Knie?!"

Die Männer tranken den Rest aus ihren Biergläsern in einem Zug aus. Hinter dem Tresen stand Christine. Sie schaute nur kurz fragend zu ihnen hin. Beide nickten. Die Bedienung füllte die nächsten beiden Gläser, strich den Schaum ab und ergänzte noch etwas, um mit der Flüssigkeit exakt den Eichstrich einzuhalten.

„Hier, Wohl bekomms!, die Herren."

„Danke, Christine. Können wir dir was Gutes tun?", fragte Wolfram beiläufig.

„Nett gemeint, aber ich habe im Moment keinen Bedarf. Hauptsache euch schmeckt's."

Franz und Wolfram schwiegen eine Weile und jeder hing seinen Gedanken nach, während die Kellnerin die Gäste an den Tischen bediente und Essen servierte. Gerade balancierte sie vier Teller mit Strammem Max durch die Gegend.

„Ich glaube, wir müssen mal mit Waldemar reden", brach Franz das Schweigen.

„Ich denke auch, dass das so nicht weitergeht", entgegnete Wolfram.

„Und dann noch das jüngste Schreiben der Bank! Hast du mal auf deine Kontoauszüge geschaut?", fragte Franz.

„Mehr als einmal. Ich kann und will das einfach nicht begreifen", antwortete Wolfram. „Morgen ist

Vereinssitzung, da sollten wir ihn zur Rede stellen. Vielleicht nicht gerade vor versammelter Mannschaft. Aber am Rande wird sich schon eine Gelegenheit ergeben."

Franz nickte nur stumm dazu und trank wieder einen Schluck von seinem Bier. „Heidelinde lässt übrigens herzlich grüßen und ausrichten, dass wir uns auf den Sonntag mit dem gemeinsamen Kaffeetrinken freuen. Es gibt Käsekuchen."

„Oh, klasse. Den mag ich besonders. Deine Frau ist ja auch eine begnadete Köchin, was ich von meiner nicht unbedingt behaupten kann", erwiderte Wolfram. „Ich richte das zu Hause aus. Wir freuen uns natürlich auch aufs Treffen. Und, spielen wir dann wieder ein paar Runden Scrabble? Das trainiert die kleinen grauen Zellen. Haben wir bestimmt dringend nötig, seit wir nicht mehr im Job sind und täglich geistig intensiv gefordert werden."

Franz beugte sich über den Tresen zu Christine: „Du kannst uns noch einen Kräuter bringen. Und dann mach uns mal die Rechnung fertig. Wir müssen uns für heute verabschieden."

„Was, schon? Sonst bleibt ihr doch immer länger", erkundigte sich Christine nebenher und hielt mit fragender Geste die Flasche mit der Hausmarke hoch, worauf beide Männer einhellig nickten. Dann schenkte sie ein und druckte noch den Rechnungsbeleg aus. „Für die Steuer? Wie immer?", fragte sie dabei.

„Klar doch", entgegnete Wolfram. „Gib mal her, diesmal ist der für mich. Franz ist nächstes Mal wieder dran."

Und er steckte sich den gefalteten Rechnungsbeleg in seine Jacketttasche.

Laurenz und Benjamin saßen dicht nebeneinander im Flur der Behörde, beide in ihren besten Jeans. Neben sich die jeweiligen Mütter. Marita legte behutsam den Arm um ihren Sohn, aber Laurenz zog die Stirn kraus und rückte dabei doch ein Stückchen weiter weg. Nun tuschelten die beiden Jungen miteinander.

„Das ist ja so was von spannend", flüsterte Laurenz. „Jetzt werden wir richtig vernommen, wie in einem Krimi, nur in echt. Ich bin ganz aufgeregt."

Benjamin schüttelte den Kopf und erklärte bedeutungsvoll: „Ich glaube, das heißt befragen."

„Ach, das ist eigentlich auch egal, wie es heißt", entgegnete Laurenz. „Hauptsache, wir müssen jetzt nicht in der Schule sein. Die anderen schreiben heute eine Mathearbeit beim Wagenknecht. Und ich bin sowieso nicht zum Lernen gekommen. Das ist klasse. Ein Aufenthalt bei der Polizei in so einer Sache ist doch eine ganz tolle Entschuldigung. Die anderen werden Augen machen, wenn wir das erzählen!"

„Genau", bestätigte Benjamin. „Wobei ich die Klassenarbeit schon gepackt hätte. Ich habe ja gelernt …"

Die beiden Jungen waren während des Gesprächs lauter geworden. Jetzt legte Marita den rechten Zeigefinger auf die Lippen. „Pst! Wollt ihr wohl leise sein. Das ist hier eine ganz ernste Angelegenheit."

Die Mutter von Benjamin nickte dazu wichtig, mit hochgezogenen Augenbrauen.

„Ihr müsst nachher noch einmal die ganze Wahrheit erzählen und dürft nichts dazuspinnen", fuhr Marita fort.

„Aber ich bin doch kein Spinner, Mama", entrüstete sich Laurenz und kratzte sich nervös im kurzstoppeligen Haar.

„Lass das, Renzi. Sonst entzündet sich deine Haut wieder und wir bekommen das nicht weg", belehrte die Mutter und zog ihm seine Hand vom Kopf, um einen prüfenden Blick darauf zu werfen.

Oh nein, dachte Laurenz bei sich. Seine Mutter war mal wieder dermaßen oberpeinlich. Er schielte zu seinem Freund hin, aber der schien nichts mitbekommen zu haben. Na, hoffentlich, sagte sich Laurenz und blickte auf, weil in dem Moment die Tür gegenüber aufging und Janine Hacker in den Flur trat. Jetzt verschlug es ihm sowieso die Sprache, weil er die Frau gleich auf den ersten Blick total cool fand, vor allem die lustigen Sommersprossen und die schönen Haare.

Janine zwinkerte den beiden Jungen zu und strich eine rotblonde Locke hinter ihr linkes Ohr.

„Hallo! Ich bin hier die Assistentin. Ich heiße Janine. Wenn ich richtig informiert bin, dann seid ihr Laurenz und Benjamin, die beiden, die den toten Mann an der Mühle gefunden haben", erkundigte sie sich, obwohl sie genau wusste, wen sie vor sich hatte. Aber wenn man Kinder mit ihrem Namen ansprach und locker erzählte, dann brach gleich das Eis. Sie kannte sich damit aus.

Laurenz sprang auch sofort von seinem Stuhl auf und lief ihr lächelnd entgegen, indem er ihr höflich die Hand zum Gruß hinhielt.

„Guten Tag", schüttelte er die schmale Hand der Frau, die seine spontan ergriffen hatte. „Wir haben alles ganz genau gesehen und können den Fall bestimmt klären. Ich bin mir absolut sicher."

Janine verkniff sich mühsam ein Lachen, als sie dem Jungen ihre Hand wieder entzog.

„Eure Aussagen sind ganz wichtig. Aber den Fall, den klären dann schon unsere Ermittler. Ihr lernt jetzt gleich Hauptkommissar Alexander Rosenbaum, der die ermittelnde Mordkommission leitet, und Wolfhard Schmidt kennen. Die beiden werden euch ein paar Fragen stellen."

Dann wandte sie sich den Müttern zu: „Es ist üblich, dass die Erziehungsberechtigen bei solchen Gesprächen mit dabei sind. Ich bitte Sie beide dann nacheinander mit dazu."

Marita schaute auf die Mutter von Benjamin. Und beide nickten gleichzeitig.

„Kein Problem", erklärte Marita im Namen von beiden. „Allerdings wäre es auch nicht unbedingt nötig. Wir könnten ebenso hier warten, wir haben da vollstes Vertrauen!"

„Wir haben unsere Vorschriften. Es wird auch nicht allzu lange dauern. Darf ich Sie dann zuerst mit dazubitten, Frau Mittelstedt?", fragte Janine noch und zog Laurenz und Benjamin mit sich fort, die der jungen Frau nur gar zu gern folgten. Hinter ihrem Rücken blinzelten sie sich noch verschwörerisch zu. Marita lief hinterdrein und hob mahnend den Zeigefinger, was die Jungen einfach ignorierten. Zu spannend war die ganze Situation.

In dem Raum, in den sie nun kamen, saß Elsa Kupfer, die sich den beiden ebenfalls vorstellte und erläuterte: „Ich protokolliere hier eure Aussagen."

„Proto ... was?", erkundigte sich Laurenz, während ihn Benjamin in die Seite stieß.

Elsa lächelte: „Ich schreibe all das auf, was ihr jetzt den Beamten erzählen werdet."

„Wahnsinn“, konnte sich Laurenz nicht zurückhalten. Seine Mutter hüstelte. „So einfach, während ich erzähle, da schreiben Sie alles mit? Allerdings rede ich immer ziemlich schnell und durcheinander, sagt meine Mama, das kann man gar nicht alles aufschreiben. Da könnte man doch aber auch ein Aufnahmegerät hinstellen. Wäre das nicht viel einfacher?“

„Ja, das geht natürlich ebenfalls. Aber heute bin ich damit beauftragt. Die Technik kann nicht alles“, schloss Elsa das Thema ohne eine weitere Erläuterung ab.

Und Janine fasste Benjamin an die Hand. „Kommst du dann mal zunächst mit mir mit in den Nebenraum. Erst wird dein Freund in Gegenwart seiner Mutter befragt und dann kommst du dran.“

Benjamin warf seinem Freund einen etwas hilflosen Blick zu, aber Laurenz schüttelte beruhigend den Kopf, was so viel bedeuten sollte wie: Keine Panik, mein Alter. Wir kriegen das schon hin.

Marita schaute besorgt auf ihren Jüngsten. Hoffentlich hinterließ das nicht einen bleibenden Schaden bei dem Kind. Schließlich fand man nicht alle Tage einen Toten!

Bevor Alexander die Türklinke niederdrückte, fragte er seinen Kollegen: „Wo bleibt eigentlich die Kinderpsychologin? Sie war doch für die Befragung mit angefordert!“

„Hatte ich dir das noch nicht gesagt?“, warf Wolfhard ein. „Vor einer halben Stunde kam ihr Anruf, dass sie ihre Tochter aus dem Kindergarten abholen muss. Hohes Fieber. Da grassieren gerade die Masern.“

„Nee, musst du wohl verdrängt haben. Kann ich da schon Ansätze von Alzheimer registrieren?“

„Vielleicht die Vorläufer, das wäre dann Hildesheimer. Aber ansonsten scherzt man bei diesem Thema nicht", sagte Wolfhard trocken.

Als Alexander und Wolfhard den Raum betraten, wurde es Laurenz allerdings doch etwas mulmig zumute.

„Ich kann Ihnen alles bis ins Kleinste erzählen. Mir ist da überhaupt nichts entgangen", wagte er sich gleich vor, als die Kommissare nach einer kurzen Begrüßung Platz genommen hatten.

„Na, dann leg mal los, Laurenz", ermunterte Alexander und dachte unvermittelt an seine große Tochter Lena. Das war dieselbe Klassenstufe. Wie sehr ihm doch seine Kinder fehlten. Er schluckte kurz und rief sich zur Räson.

Laurenz berichtete detailliert, wie der Weg zur Schule vonstatten gegangen war. Auch dass er eigentlich vorher noch ein bedeutendes Projekt mit dem Vater in die Wege geleitet haben wollte. Dass es sich dabei um ein Geschenk für den Geburtstag der Mutter handelte, verschwieg er in ihrer Gegenwart. Man musste der Polizei auch nicht alles verraten, beschloss der Junge bei sich. Das konnten sie ja selbst herausbekommen. Aber dann drängte die Zeit, berichtete er weiter, damit sie doch noch pünktlich zum Unterricht erscheinen konnten. Und später der Eisvogel, den sie gesehen hatten, nur den Bau hätten sie nicht ausmachen können. Schließlich der Fund an der Mühle.

Ein guter Beobachter, dachte Alexander und ließ den Jungen erzählen. Zwischen all den unwichtigen Dingen filterte er sich die wichtigen heraus. Außerdem gab es dafür später das Protokoll. Elsa verzog nicht eine Miene, sondern schrieb alles akribisch mit. Marita rutschte etwas unruhig, aber schweigend auf ihrem

Stuhl hin und her und beobachtete ihren Sohn aufmerksam-anerkennend.

Wolfhard hielt sich eher im Hintergrund. Alexander stellte ein paar Zwischenfragen: „Habt ihr alles so gelassen, wie ihr es vorgefunden habt? Und habt ihr auch nichts angefasst?“

Laurenz überlegte kurz, ob der Stups in die Seite des Mannes vielleicht von Belang gewesen sein könnte. Aber die Polizei bekam ja solche Dinge heraus, also musste er das wohl doch erzählen. Bestimmt hatte er mit seinem Finger eine eindeutige Spur hinterlassen und die hatte man schon längst entdeckt. Sicherlich würden sie auch später noch seine Fingerabdrücke nehmen. Dann käme sowieso alles ans Tageslicht. Deshalb war die Wahrheit hier sicher angebracht.

„Doch“, druckste er herum. „Ich wollte ja wissen, ob der Mann noch lebt und da habe ich ihm mit dem Finger in die Seite gepiekt. Das haben Sie bestimmt schon herausgefunden. Aber er hat sich nicht gerührt. Auch nicht bei meinen wiederholten Versuchen.“

„Und warum habt ihr nicht sofort die Polizei verständigt?“, wollte nun Wolfhard wissen, woraufhin die gesamte Geschichte mit den vergessenen Handys und der mangelnden Aufnahme ihrer Meldung bei den Lehrern, insbesondere bei Herrn Wagenknecht, folgte.

„Der hat sich überhaupt nicht dafür interessiert. Er meinte nur, wir sollen seinen Unterricht nicht stören und hat uns auch noch auseinander gesetzt, meilenweit voneinander entfernt. Mich neben Sina, die immer popelt, und Benjamin zu Corinna, der alten Tratschziege. Erst unsere Klassenlehrerin Frau Rau hat uns richtig zugehört und endlich geglaubt. Sie hat dann die Polizei angerufen.“

Laurenz war inzwischen hochrot im Gesicht und Marita biss sich auf die Lippen und rieb die Finger nervös aneinander. Sie machte sich Sorgen um ihren Sohn. Alexander und Wolfhard schauten sich an. Das sollte genug sein. Schließlich hatte das Kind alles bestätigt, was sie schon wussten. Da war nicht die geringste Erkenntnis neu hinzugekommen.

Alexander hatte noch eine Idee: „Laurenz, du hast ja davon erzählt, dass du den Toten angefasst hast. Da sollten wir dich und deinen Freund mal erkennungsdienstlich erfassen, damit wir eure Spuren von denen des Täters oder der Täter unterscheiden können. Das muss ja bei uns alles seine Ordnung haben."

Dazu blickte er ernst und Wolfhard begriff sofort, worauf Alexander hinaus wollte: ein Abenteuer für die Jungen.

„Hätten Sie noch so viel Zeit, Frau Mittelstedt?", erkundigte sich Alexander bei Marita, indem er ihr verschwörerisch zuzwinkerte. Sie nickte daraufhin verstehend.

Also ergänzte er: „Ich rufe jetzt mal bei meiner Kollegin Heike Langenkämpfer an, die ist bei uns für die Spurensicherung zuständig und findet jeden auch noch so kleinen Hinweis."

Dann griff er zum Telefon und wählte die Nummer von Heike: „Hallo Heike, wir bringen dir in Kürze mal zwei junge Herren vorbei. Erklärung folgt."

Wenig später saß Benjamin mit seiner Mutter aufgeregt im Protokollzimmer, noch mit einer Spur von Kakao auf der Oberlippe, den ihm Janine spendiert hatte. Nun war es an Laurenz zu warten. Auch er genoss das warme Getränk, während er dieAssistentin unverhohlen anhimmelte. Marita hatte nur um ein Glas Wasser gebeten.

„Ihr sollt jetzt noch zur Spurensicherung. Das ist wirklich spannend", sagte Janine.

„Ja, ich weiß. Ich war schon mal mit dem Kindergarten hier. In meinem letzten Jahr dort. Ist schon ewig her", erinnerte sich Laurenz, dem der Begriff Kindergarten unangenehm war, aber er war eben so rausgerutscht und ließ sich nicht mehr zurücknehmen, lediglich mit dem letzten Satz relativieren.

„Das finde ich toll, dass ihr auch so etwas schon kennenlernen konntet", bestätigte Janine. „Wir haben hier gelegentlich Kindergartengruppen, die sich auch die Zellen im Erdgeschoss anschauen."

„Genau", entgegnete Laurenz abgeklärt. „Das weiß ich noch wie heute. Hat ziemlich gemüffelt."

„Na ja, weißt du, da werden dann auch randalierende Betrunkene über Nacht einquartiert, bis sie sich beruhigt haben. Und denen ist eben gelegentlich mal richtig schlecht, sodass sie sich übergeben müssen."

„Das kenne ich von meinem Bruder Konstantin. Der war neulich nach einer Party sturzbetrunken und hat das ganze Klo vollgekotzt. Mama hat ziemlich geschimpft. Nicht wahr?!" Marita schaute konsterniert auf Laurenz ob dieser Indiskretion.

Janine schluckte ein Lachen hinunter: „Wie alt ist denn dein Bruder?"

„Sechzehn."

„Hm, da sollte er aber noch nicht so viel trinken."

„Sag ich ihm auch immer, aber er hört ja nicht auf mich. Ich finde Alkohol eklig. Papa riecht auch so widerlich, wenn er mal Bier getrunken hat."

Marita Mittelstedt mischte sich jetzt mit krausgezogener Stirn ein: „Das ist aber bei deinem Vater äußerst selten."

Janine setzte fort: „Ach, Laurenz, dann rede ruhig weiter auf deinen Bruder ein. Vielleicht hast du doch mal Erfolg damit. Und erzähle ihm die Geschichte von unseren Gewahrsamzellen. Wobei wir da eher die Erwachsenen unterbringen, die draußen ausrasten."

Laurenz nickte verstehend.

„Was willst du eigentlich später mal werden?", wechselte Janine das Thema.

Laurenz sah ihr offen in die Augen und antwortete wie aus der Pistole geschossen: „Kriminalhauptkommissar."

Janine nickte lächelnd: „Gute Idee. Aber bis dahin ist noch ein ziemlich langer Weg."

„Das packe ich schon", entgegnete Laurenz ernst und würdevoll.

In dem Moment öffnete sich die Tür und Wolfhard schaute in den Raum. „Wir sind auch mit Benjamin fertig. Die Jungs könnten mit ihren Müttern nun zu Heike. Bringst du sie bitte?"

„Geht klar, Wolfhard."

Janine stand auf und sprach Laurenz an: „So, dann mal los. Wir gehen jetzt zur Spurensicherung. Kannst auch Spusi sagen. Das ist kürzer."

„Habe ich mir schon gemerkt", antwortete Laurenz und stellte sich an die Seite von Benjamin, der sich nun auch dazugesellt hatte. „Wir werden jetzt polizeilich erfasst", sagte er bedeutsam zu seinem Freund, „damit die hier wissen, wer tatsächlich der Mörder war."

„Aha", meinte Benjamin und verstand nicht wirklich etwas. Beide folgten Janine, die forschen Schrittes in den anderen Flügel des Hauses voranlief, dahinter die Mütter, fast ein wenig ehrfurchtsvoll.

In der Zwischenzeit rief Alexander bei Heike an und erklärte die Situation: „Weißt du, die beiden haben doch den Toten an der Mühle gefunden und nun sollen sie nach unserer Befragung auch noch etwas bei uns erleben. Erklär ihnen mal deine Arbeit und erfasse sie gründlich. Ich habe behauptet, wir müssten sie von den wirklichen Tätern abgrenzen können."

„Aber klar, Alex. Mach ich doch gern für dich", sagte Heike und dachte bei sich, dass sie eigentlich leidenschaftlich gern noch viel mehr für ihn tun wollte …

Wenig später klopfte es an ihrer Tür und Janine schob Laurenz und Benjamin in den Raum: „So, Heike, das sind die beiden Zeugen, die noch erfasst werden sollen, weil es von ihnen auch Spuren am Fundort geben kann."

Heike nickte.

„Die Mütter können ja sicherlich gleich mit rein. Bringst du alle dann auch anschließend nach unten?"

„Aber logisch doch", sagte Heike und wandte sich den Jungen zu. „Dann lasst uns mal beginnen."

Janine drehte sich um und schloss die Tür hinter sich.

Laurenz blickte aus dem Fenster: „Schöne Aussicht haben Sie hier. Direkt auf den Kanal."

„Stimmt", antwortete Heike. „Allerdings nimmt man das bei der Arbeit nicht so wirklich wahr. Und ihr zwei seid also als Erste an der Mühle gewesen. Da war ich übrigens ein Weilchen später auch im Einsatz."

„Wirklich?", erkundigte sich Laurenz und Benjamin schaute mit leicht geöffnetem Mund gespannt drein, während Heike von ihrer Arbeit erzählte. Nachdem die Jungen lockerer geworden waren, ging sie mit ihnen und den Müttern in einen fensterlosen Raum, ein paar Zimmer weiter, in dem stets die erkennungsdienstliche Erfassung stattfand.

Zunächst nahm sie sich Laurenz und dann seinen Freund Benjamin vor. Sie maß die Größe, notierte alle Beschreibungsdetails, die eine Person identifizieren können, fotografierte von vorn, von rechts und von links.

„Wie auf Verbrecherbildern", konnte sich Laurenz nicht verkneifen, als er seine Porträtfotos am Computerbildschirm begutachten durfte.

Heike bestätigte das: „Im Grunde stimmt das schon. Und nun kommen noch die Fingerabdrücke."

„Das wird mit Stempelkissen und blauschwarzer Farbe gemacht und später bekommt man das nur ganz schwer ab", trug Benjamin jetzt das Wissen aus einem Film bei.

„Nein, nicht ganz. Das war einmal. Inzwischen wird das anders erledigt. Ich säubere jetzt eure Finger mit diesem Tuch vom Fett, damit alles klar und deutlich zu erkennen ist, und dann legt ihr sie einzeln hier auf dieses Gerät."

Heike war in ihrem Element und erklärte den beiden das exakte Vorgehen. Beide Mütter standen zurückhaltend im Hintergrund. Die Jungen lauschten wissbegierig und ließen alles mit sich geschehen. Ob ich vielleicht doch lieber in die Spurensicherung gehe, grübelte Laurenz bei sich …

Kriminaloberrat Reinhold Riechmann stürmte in das Büro von Alexander Rosenbaum und knallte ihm eine Tageszeitung auf den Schreibtisch.

„Hier", erboste er sich. „Da sehen Sie, was uns die Aktion mit diesem Fotografen eingebracht hat. Ich hatte gleich so ein Scheißgefühl, als Sie mir davon berichteten, wie dieser Kerl sich aufgeführt und herumgeknipst hat. Kaum bin ich den ersten Tag aus meinem Urlaub zurück, finde ich so was vor. Die ganze Erholung ist schlagartig im Eimer."

Reinhold Riechmann war puterrot im Gesicht, Schweißperlen standen ihm auf der Stirn. Alexander blickte ihn von seinem Stuhl aus erstaunt an. Solches Vokabular war er eigentlich nicht von seinem Vorgesetzten gewöhnt. Er beschwichtigte: „Ich hatte nichts anderes erwartet. Wissen Sie, was in Berlin abgeht, wenn da etwas passiert? Da ist doch so was noch harmlos. Wie hatten die geschrieben? Die Veröffentlichung ist ja schon ein paar Tage her …"

Und er vertiefte sich in die Zeilen auf der Titelseite. „Mühlenmord in der Provinz" stand dort in dicken Lettern. Das Foto sah schon grausig aus, musste Alexander sich eingestehen. So auf dem Titelbild einer Zeitung wirkte es natürlich noch heftiger. Da nahm man es einfach anders wahr. Wobei - ob die da mit der Retusche etwa nachgeholfen hatten? Als sie vor Ort waren, war doch kaum etwas von Blut im Gesicht zu erkennen? Das hatte der Regen weggewaschen. Alexander kniff die Augen zusammen, konnte es aber doch nicht genau einordnen und beschloss, später noch das Zeitungsbild mit den Aufnahmen von Heike zu vergleichen. Und dann der Text. Vom Staatsanwalt war die Rede, der sich nicht mit Ruhm bekleckert hätte und auch von ihm, der den Journalisten an der Ausübung seiner Tätigkeit hindern wollte. Von wegen Eingriff in die Pressefreiheit und so. „Kriminalhauptkommissar Alexander R." stand da wirklich. Woher hatte der seinen Namen, er hatte es doch extra vermieden, sich vorzustellen.

Bei seiner ersten Lektüre, direkt nach der Veröffentlichung, hatte er den Bericht nur überflogen und dann beiseitegelegt. Dabei war er in einem Zeitungsstapel untergegangen.

„So ein Quatsch aber auch. Da hat der doch tatsächlich den Spieß umgedreht", empörte sich Alexander. „Der hat uns behindert und nicht wir ihn. So eine bodenlose Frechheit. Und dann schreibt der auch noch von seinen Vermutungen: Üble Rache, Foltertod, vielleicht der Anfang einer grausigen Serie, worüber das Blatt auf jeden Fall berichten will. Junge, Junge, das ist schon heftig. Außerdem lauter Details, wie die Sache mit den fachmännisch geknoteten Tauen! Na ja, die sieht man natürlich auf dem Foto."

„Sehen Sie, ich kann mich überhaupt nicht mehr beruhigen. Wir haben sonst so eine gute Zusammenarbeit mit den Medien. Unsere Pressestelle liefert die Informationen und die Berichte sind in aller Regel auch in unserem Sinne, weil eben abgestimmt. Na ja, meistens …"

Reinhold Riechmann fasste sich unbewusst ans Herz, was Alexander sofort bemerkte. Sein Vorgesetzter sollte auch mal einen Gang runterschalten, überlegte er. Ist im besten Mannesalter und natürlich infarktgefährdet. Er würde ihn ungern missen wollen. Manchmal war er etwas cholerisch, aber nie nachtragend. Der Sturm ebbte zumeist rasch wieder ab.

„Wir sollten ruhig Blut bewahren", erklärte Alexander besonnen. „Morgen haben die schon wieder die nächsten Katastrophen am Wickel. Da ist unser Fall längst kein Thema mehr. Nichts ist so alt wie die Zeitung vom gestrigen Tag."

„Na, das wollen wir aber auch hoffen", entgegnete der Kriminaloberrat und nestelte am Knoten seiner Krawatte, die ihm zu eng geworden war. „Dann baue ich jetzt auf Ihren Spürsinn. Rasche Ergebnisse sind ganz wichtig. Damit entwaffnen wir unsere Gegner am ehesten."

Alexander musste nun doch schmunzeln. Also, die Presse als Gegner zu bezeichnen, das war schon etwas heftig. Aber er wollte seinen Chef auch nicht bremsen, sollte er ruhig Dampf ablassen. Der hatte seine Auffassung und er eben eine andere. So manches Mal waren auch die Presseleute in seiner Berliner Zeit ganz hilfreich gewesen. Beispielsweise, um geschickt Informationen zu lancieren, die zur Klärung eines Falls führten. Da fand sich immer mal ein Zeuge, der sich nach so einem Zeitungsbeitrag plötzlich meldete. Eine vehemente Ablehnung der Medienleute war deshalb keine gute Idee.

Aber der Fotograf von neulich hatte schon eine ziemlich miese Art drauf. Nun verfinsterte sich Alexanders Gesicht doch, als er wieder daran dachte. Ach was, wies er sich innerlich zurecht, darüber musst du dich jetzt nun wirklich nicht ärgern. Was vorbei ist, ist vorbei und lässt sich im Nachhinein sowieso nicht mehr ändern.

„Ach, worauf ich Sie noch ansprechen wollte. Mir ist zu Ohren gekommen, dass Sie in der Bäckerstraße eine Familie befragt haben", wollte Reinhold Riechmann wissen.

Alexander lief rot an. In ihm tickten die Gehirnverbindungen. Wieso um alles in der Welt wusste sein Vorgesetzter davon? Und als könnte der seine Gedanken glasklar erraten, beantwortete er die Frage: „Wir hatten am Wochenende die Schulfreundin meiner Frau zu Gast und so am Rande erzählte sie davon, dass Sie dort waren, um sich nach dem Einbruch in dem Telefonladen zu erkundigen. Sie hatte Sie ganz eindeutig beschrieben und sich auch fast den Namen richtig gemerkt – Rosenkranz! Dabei hätten Sie intensiv die

Wohnung inspiziert. Gibt es dafür eine Erklärung? Was ich jedenfalls hoffen will!"

In Alexander setzte ein Sturm der Gefühle ein, sein Herz schlug heftig. Was sollte er tun? Irgendeine Geschichte erfinden? Oder doch mit der Wahrheit herausrücken? Junge, pflegte seine Mutter immer zu sagen, mit der Wahrheit kommst du am weitesten im Leben. Verstricke dich nie in Lügenmärchen, du kommst nicht wieder heraus!

„Ich war dort …", setzte er an.

„Ja?", forderte Reinhold Riechmann auf.

„Ich war dort, um einmal in die Wohnung meiner Familie zu schauen."

Jetzt war es an Reinhold Riechmann, erstaunt auf seinen Mitarbeiter zu blicken: „Was? Wieso Wohnung Ihrer Familie? Sie sind doch Berliner! Oder etwa nicht?"

„Ja und nein", antwortete Alexander und dann erzählte er seinem Vorgesetzten die Geschichte seiner Vorfahren.

Der Kriminaloberrat unterbrach ihn kein einziges Mal, sondern nickte nur und seufzte zwischendurch. Schließlich meinte er, dass das allerdings kein Grund sei, gewissermaßen Amtsanmaßung zu betreiben. Er könne doch nicht im Alleingang solche Aktionen unternehmen, vielleicht noch innerhalb seiner Arbeitszeit! Damit würden schließlich auch die befragten Leute eventuell verschreckt.

„Aber ich kann Sie natürlich verstehen. Dann halte ich meine Hand schützend über Sie, falls da irgendwas kommen sollte. Was ich allerdings nicht glaube. Ich habe auch die Freundin meiner Frau schon einigermaßen beruhigt. Und, ansonsten alles in Ordnung?", erkundigte sich Reinhold Riechmann noch.

„Ja, bestens. Wir kommen auch mit den Ermittlungen im Mühlenfall gut voran. Inzwischen hatten wir die beiden Jungs hier, die den Toten gefunden haben und auch etliche andere Ansätze entwickeln sich schon recht vernünftig", antwortete Alexander, wobei er, diesmal ohne rot zu werden, ziemlich hochstapelte. Von gut vorankommen, konnte eigentlich keine Rede sein.

Die ermittelnde Mordkommission „Wallholländer" unter Leitung von Alexander Rosenbaum bestand aus neun Beamten, darunter natürlich Wolfhard, Otto und Falk. Noch gab es keinen dringenden Tatverdacht, aber der war eine wichtige Voraussetzung, um einen potenziellen Täter in Untersuchungshaft zu nehmen.

Zäh verliefen die Ermittlungen im Umfeld des Opfers Waldemar Schulze. Er hatte als Vermögensberater für ein überregionales Unternehmen gearbeitet und war allenthalben beliebt, wie man hörte. Alexander war mit Wolfhard nach Hannover gefahren, um dort Vorgesetzte und Kollegen zu befragen. Das Firmengebäude lag direkt an der A 2. Komischer Zufall, dachte Alexander auf dem Hinweg. Das Haus sehe ich jedes Mal, wenn ich von Berlin komme oder dorthin fahre. Aber eigentlich gibt es keine Zufälle im Leben, würde jetzt seine Mutter Hella sagen, fiel ihm dabei ein.

Viel Glas und Beton und Plastik waren die Markenzeichen des Objektes, in dem das Vermögensdienstleistungsunternehmen angesiedelt war. Alexander setzte das Dienstfahrzeug auf dem Besucherparkplatz in eine schmale Lücke, woraufhin ihn Wolfhard stirnrunzelnd anschaute: „Was meinst du denn, wie ich da jetzt aussteigen soll, ohne die Tür zu demolieren?"

„Also ich komme bequem raus. Solltest vielleicht mal ein paar Kilo abspecken", entgegnete Alexander salopp.

„Jetzt halt aber mal die Klappe", entfuhr es Wolfhard und Alexander grinste, weil das eigentlich seine

Berliner Wortwahl gewesen wäre; irgendwie hatte er wohl schon etwas auf sein Umfeld abgefärbt. „Komm du erstmal in mein Alter, dann sprechen wir uns wieder, was überzählige Pfunde angeht."

„Sorry, Wolfhard, ist nicht böse gemeint. Bleib sitzen. Ich sehe gerade, da drüben ist mehr Platz für uns zwei."

Und Alexander setzte den Wagen noch einmal zurück, um in einer breiteren Parkbucht zu halten.

„So recht, mein lieber Wolfhard?"

Wolfhard zog noch ein langes Gesicht. So schnell ließ er sich nun auch wieder nicht besänftigen. Alexander legte ihm die Hand auf die Schulter.

„Dann entschuldige ich mich hiermit formvollendet. Es tut mir leid. Ich wollte dich nicht verletzen. Können wir nun unserer Arbeit nachgehen oder spielst du noch eine Weile die beleidigte Leberwurst?"

Wolfhards Miene hellte sich zunächst auf, um beim letzten Halbsatz wieder grimmig zu werden.

„Ach, ich weiß. Mein Berliner Charme haut dich immer wieder um. Ich kann da einfach nicht anders ..."

Jetzt musste Wolfhard doch lächeln.

„Es ist wirklich nicht einfach mit deiner Direktheit. Dabei sollte ich die nach unserer schon so lange währenden guten Zusammenarbeit kennen. Also Schwamm drüber."

Und Wolfhard erhob sich etwas ächzend aus seinem Beifahrersitz. Beide Männer liefen zum Haupteingang des Gebäudes. In der Mitte der noblen Eingangshalle befand sich der Empfang, dahinter saß eine perfekt gestylte Blondine in einem dunkelblauen Kostüm. Sie strahlte beiden entgegen.

„Einen schönen guten Tag. Womit kann ich Ihnen helfen?", erkundigte sie sich und Alexander entgegnete relativ kurz angebunden: „Wir sind bei Dr. Siebenlehn angemeldet. Kripo Minden."

Und er hielt seinen Ausweis über den Tresen. Wolfhard tat es ihm nach.

„Oh", zuckte die junge Frau zurück und blickte auf ihren Computerbildschirm. „Ich sehe hier Alexander Rosenbaum im Terminplan stehen."

„Genau", erwiderte Alexander. „Das bin ich und mein Kollege Schmidt. Herr Dr. Siebenlehn dürfte uns erwarten."

„Einen kleinen Moment bitte", sagte die Empfangssekretärin freundlich. „Ich kündige Sie an, dann wird Sie die Chefsekretärin abholen. Sie können ja in der Zwischenzeit einen Moment Platz nehmen. Dort!"

Und sie wies auf eine Sitzecke im Foyer.

„Wir warten", antwortete Alexander und wandte sich mit Wolfhard den sattbraunen Ledermöbeln zu. „Nicht schlecht", sagte er zu seinem Kollegen. „Vom Geld der Anleger lässt es sich wohl gut leben."

„Na ja, die müssen schließlich auch repräsentieren", lenkte Wolfhard ein.

„Und auf wessen Kosten?", konnte sich Alexander nicht verkneifen zu fragen.

„Sag mal, ist dir heute früh eine Laus über die Leber gelaufen?", erkundigte sich Wolfhard. „Du bist richtig schlecht drauf. Ich tippe in solchen Fällen immer auf Familienprobleme."

Er blickte seinen Vorgesetzten intensiv an. Alexander wich ihm aus und drehte seinen Kopf in Richtung Empfangstresen. Das hatte ihm jetzt noch gefehlt, so ein Gespräch über seine privaten Probleme. Die gingen Wolfhard nun überhaupt nichts an, selbst wenn die Nachfrage gut gemeint war.

Zum Glück öffnete sich jetzt eine Fahrstuhltür und eine Brünette um die Dreißig in anthrazitfarbenem Kostüm trat heraus. Aha, dachte Alexander bei sich, Kostümpflicht also. Und er erhob sich zeitgleich mit Wolfhard. Beide liefen der Frau entgegen, die sie begrüßte: „Guten Tag, meine Name ist Schreyer. Ich bin die Chefsekretärin des Hauses. Sie beide sind mit Herrn Dr. Siebenlehn verabredet? Darf ich Sie zu ihm führen?" Die Fragen waren lediglich rhetorisch gemeint.

Alexander nickte nur kurz, woraufhin sich die Frau umdrehte und wieder in Richtung Fahrstuhl lief. Beide folgten ihr. Wortlos fuhren die drei in die vierte Etage. Irgendetwas störte Alexander an der Frau.

„Ich gehe dann mal voraus", sagte Michelle Schreyer, wandte sich zur linken Seite und lief den Flur entlang, in dem großformatige Ölbilder mit abstrakten Motiven in knalligen Farben an den Wänden hingen.

Vor einer Tür am Ende des Ganges machte sie halt und drehte sich zu Alexander und Wolfhard um. „Hier ist das Büro von Herrn Dr. Siebenlehn. Ich habe Kaffee und Tee vorbereiten lassen."

„Danke schön. Eine gute Idee von Ihnen", meinte Wolfhard zufrieden und alle drei betraten das Büro, neben dessen Tür die Namen der Chefsekretärin und ihres Vorgesetzten standen.

Der Raum war mit edlen Möbeln eingerichtet, auch hier hingen wertvolle Gemälde an den Wänden, auf den Schränken standen ganz offensichtlich hochwertige Bronzeplastiken. Aus dem Fenster blickte man auf die stark befahrene A 2. Alexander speicherte jede Kleinigkeit seines Umfeldes. Er hatte wie immer ein exakt funktionierendes Gehirn.

Aus dem Nebenraum, zu dem die Tür offen stand, ertönte jetzt eine Stimme: „Sind die Herren von der Kripo schon eingetroffen, Frau Schreyer? Halten Sie mir dann bitte alle Störungen fern!"

Die Chefsekretärin lief zur Tür und sprach in den Raum: „Ja, Herr Dr. Siebenlehn, ich habe sie eben vom Empfang abgeholt."

Die zweite Aufforderung nach einer ungestörten Unterhaltung kommentierte sie nicht. Das verstand sich von selbst.

„Dann immer herein in die gute Stube", kam die Antwort. Und Frau Schreyer nickte Alexander und Wolfhard auffordernd zu, woraufhin beide an ihr vorbeiliefen. Jetzt war Alexander klar, was ihn vorhin gestört hatte. Das Parfüm. Es passte nicht zu ihr und war zu intensiv-aufreizend, gemessen an dem dezenten Kostüm, und hätte eher in eine schummrige Cocktailbar gepasst als in ein Büro.

Dr. Siebenlehn hatte sich am anderen Ende des Raumes hinter seinem mächtigen Schreibtisch erhoben und umrundete ihn, um sich auf die Männer zuzubewegen: „Gestatten, Dr. Ulrich Siebenlehn."

„Hauptkommissar Alexander Rosenbaum", sagte Alexander trocken. Sonst ließ er den Hauptkommissar meist weg, aber wenn ihm schon so ein Doktor entgegengeschmettert wurde! Und Wolfhard ergänzte: „Schmidt."

„Dann lassen Sie uns setzen, meine Herren", empfahl Dr. Siebenlehn mit einer einladenden Geste in Richtung seiner Sitzecke. Eine smarte Erscheinung in einem Designeranzug, sonnenstudiogebräunt. Auf die Sonnenbank müsste ich auch mal wieder oder wenigstens intensiv mit dem Fahrrad auf Tour, fiel es Alexander spontan ein.

„Unsere Unterredung wird sicherlich ein Weilchen dauern und im Stehen kann man sich so schlecht austauschen. Meine Sekretärin bringt uns auch gleich etwas zu trinken, nicht wahr, Frau Schreyer?!"

„Es dauert nur einen kleinen Augenblick. Die Getränke kommen sofort", sagte die Chefsekretärin, machte kurz kehrt, um nach noch nicht einmal einer Minute mit zwei offensichtlich zuvor zubereiteten Kannen zurückzukehren. Die Tassen, Milch, Zucker, Süßstoff und etwas Gebäck standen schon auf dem flachen Tisch in der Sitzecke, daneben Mineralwasser und ein paar Kristallgläser. Sie stellte noch den Kaffee und den Tee dazu, wobei sie die einzelnen Kannen gleich mit einem erklärenden Halbsatz für die Beamten zuordnete. Die Männer bedankten sich höflich und wollten sich allein einschenken.

Dr. Siebenlehn ergriff als Erster das Wort und fuhr sich durch das graumelierte kurze Haar: „Es geht ja um eine sehr unerquickliche Angelegenheit. Den Tod von meinem Mitarbeiter Waldemar Schulze, den ich außerordentlich bedauere. Ein sehr fähiger Mann, der es noch weit hätte bringen können."

„Hatte er Feinde in Ihrem Unternehmen?", wurde Alexander gleich sehr direkt. Wolfhard musterte seinen Vorgesetzten aus dem Augenwinkel. Nicht sehr diplomatisch, diese Frage, dachte er bei sich. Aber warum nicht. Auch so konnte man beginnen.

Dr. Siebenlehn zog die Stirn kraus: „Feinde, Waldemar Schulze? Nicht, dass ich wüsste. Er führte unsere Statistik zu den Verträgen in letzter Zeit stets an, hatte die meisten Abschlüsse mit den höchsten Summen, was ihm natürlich die größte Provision einbrachte."

„Das kann einem aber unter den Kollegen auch Neider bescheren", fiel Wolfhard ein.

„Tja“, ergänzte Dr. Siebenlehn. „So ist das im Leben. Der Erfolg bringt so etwas eben mit sich. Aber wenn Sie da nun denken, dass deshalb ein Kollege gleich Mordgelüste hegen würde, so sind Sie auf dem falschen Dampfer. Wir sind hier generell ein sehr erfolgreiches, deutschlandweit und darüber hinaus agierendes Unternehmen und alle sind an den guten Ergebnisse beteiligt.“

„Aber eben doch nur anteilig, so wie man dazu beigetragen hat“, fragte Alexander dazwischen.

„Ja, selbstverständlich. Schließlich sind wir ein Unternehmen, das sich rechnen muss und nicht am Tropf der Staatsfinanzen hängt. Hier zählt einzig und allein die persönliche Leistung. Und die bringt, äh, brachte Waldemar Schulze unbedingt.“

„Hatten Sie denn näheren Kontakt zu Ihrem Mitarbeiter?“, fuhr Alexander fort.

„Das wäre nicht meine Ebene gewesen“, sagte Dr. Siebenlehn spontan kurz angebunden, schüttelte sich etwas, so als ob ihm bei einer derartigen Frage unwohl wäre. Er nahm sich die Teekanne, füllte seine Tasse und ließ eine Süßstofftablette hineinfallen. Alexander griff sich die Kaffeekanne.

„Wenn Sie noch Zucker oder Milch mögen. Es ist alles da“, bot Ulrich Siebenlehn an.

„Danke, ich trinke meinen Kaffee schwarz“, lehnte Alexander ab und goss sich ein.

Wolfhard hatte sich inzwischen ebenfalls einen Tee eingeschenkt und schaufelte gerade den dritten Löffel Zucker hinein, den er sorgsam umrührte. Dann führte er die Tasse zum Mund und pustete über das dampfende Getränk.

Alexander ließ sich noch die Strukturen im Unternehmen erklären und bat darum, wie schon angekündigt, weitere Mitarbeiter sprechen zu dürfen.

„Keine Frage", antwortete Dr. Siebenlehn. „Sie müssen ja Ihre Arbeit tun. Und ich jetzt auch wieder die meine."

Er schaute auf seine Schweizer Armbanduhr. „Sollten Sie noch von mir Auskünfte haben wollen, so stehe ich Ihnen jederzeit zur Verfügung."

„Besten Dank. Davon gehen wir aus", sagte Alexander und erhob sich, während Wolfhard gerade noch im Aufstehen einen weiteren Keks aus der Schale stibitzte.

„Sie haben ja sicherlich ein separates Büro, in dem wir ungestört sind und unsere Befragungen vornehmen können?", erkundigte sich Alexander noch, während sein Kollege kaute und kurz mit dem Handrücken über den Mund fuhr, um eventuelle Krümel zu beseitigen.

„Aber natürlich. Frau Schreyer wird Sie dorthin führen."

Dr. Ulrich Siebenlehn saß schon wieder hinter seinem Schreibtisch, beugte sich vor und drückte auf die entsprechende Telefontaste: „Frau Schreyer, die Herren von der Kripo sind jetzt bei mir alle ihre Fragen losgeworden. Sie würden sich nun noch gern mit den Kollegen von Waldemar Schulze unterhalten. Können Sie das freundlicherweise im Besprechungsraum arrangieren?"

„Aber selbstverständlich, Herr Dr. Siebenlehn. Es ist schon alles vorbereitet", ertönte es aus der Telefonanlage.

Im Sekretariat nahm Frau Schreyer auch sogleich Alexander und Wolfhard in Empfang und geleitete sie erneut den Flur entlang.

„Wir haben einen schönen Besprechungsraum. Dort sind Sie selbstverständlich ungestört. Wenn Sie irgendwelche Wünsche haben, so bin ich gern behilflich." Die Frau blickte ernst auf die beiden Männer.

„Wir hätten dann gern die Kollegen von Waldemar Schulze in der Reihenfolge gesprochen, wie sie auf dieser Liste stehen." Wolfhard hatte einen Bogen Papier aus der Tasche gezogen und hielt ihn der Sekretärin entgegen. „Wir hatten Ihnen die Namen ja schon gemailt und hoffen, dass das nun alle sind, die hier im Unternehmen mit ihm zu tun hatten."

Frau Schreyer ergriff das Blatt und blickte nur kurz darauf. „Genau, das sind alle. Ihre Assistentin, Frau Hacker, hatte das ja schon mit mir abgestimmt. Wenn Sie noch Getränke oder Kekse wünschen. Kein Problem. Ich habe schon etwas organisieren lassen."

Sie öffnete die Tür zum Besprechungsraum und Wolfhards Augen leuchteten, als er die Kekssorte von eben erneut auf dem Tisch entdeckte. Die waren echt lecker. Und zum Mittagessen würden sie heute wohl sowieso mal wieder nicht kommen.

Als könnte die Chefsekretärin Gedanken lesen, fragte sie noch: „Es ist ja gleich Mittagszeit. Ich bestelle dann gern etwas für Sie. Wäre eine Pizza recht? Wir haben da einen sehr vernünftigen Lieferservice. Vorab bringe ich Ihnen noch die Speisekarte, damit Sie sich etwas aussuchen können."

Wolfhard atmete tief durch und lächelte breit, während Alexander nur kurz angebunden erklärte: „Wir sind hier nicht zum Essen aufgetaucht. Wir müssen arbeiten. Die paar Kekse dürften reichen."

Wolfhards Stimmung kippte und er blickte Alexander wehmütig an, woraufhin dieser einen Rückzieher machte: „Also gut, ich sehe schon. Mein Kollege könnte eine Stärkung vertragen. Dann bringen Sie uns bitte bei Gelegenheit die Karte."

Michelle Schreyer zog die Tür des Besprechungsraumes hinter sich ins Schloss, nachdem sie angekündigt hatte, zunächst den ersten Mitarbeiter zu holen.

Angela Ahrendt stand als Erste auf der Liste der zu befragenden Kollegen und in dem Moment auch schon in der Tür.

„Sie wollten mich sprechen?“, erkundigte sich die Mittvierzigerin in einem beigefarbenen Kostüm.

„Setzen Sie sich doch“, forderte Wolfhard die Frau auf. „Wir haben nur ein paar Routinefragen an Sie. Es geht um den toten Waldemar Schulze.“

„Das ist ja so tragisch“, sprudelte es aus Angela Ahrendt heraus. „Da arbeitet man Tag für Tag, Jahr um Jahr miteinander und dann so etwas. Ich habe davon gleich am nächsten Tag in der Zeitung gelesen. Wir haben die hier im Büro abonniert und ich bekam sofort so ein mulmiges Gefühl. Eindeutig war Waldemar ja nicht zu erkennen, bei dem blutverschmierten Gesicht, der Name war im Text auch nur abgekürzt, aber es sprach so vieles dafür … Und dann war er ja auch nicht im Büro erschienen!“

„Sie haben diese Zeitung hier abonniert?“, fragte Alexander nach und betonte das Wort „diese“ ausgesprochen stark.

„Ja, warum nicht?! Neben den Wirtschaftsmagazinen und überregionalen großen Tageszeitungen auch dieses Blatt. Es gehört dazu, um für den Querschnitt unserer Kunden auf dem Laufenden zu bleiben. Sie glauben gar nicht, wie viele Leute gerade dieses Blatt lesen, obwohl man es ihnen nicht zutrauen würde.“

„Tatsächlich?“, warf Alexander ein.

„Tatsächlich“, antwortete Angela Ahrendt und zog den schmal geschnittenen Rock, der etwas hochgerutscht war, wieder ein wenig nach unten.

„In welcher Beziehung standen Sie denn zueinander?“, wollte jetzt Wolfhard wissen.

Angela rümpfte die Nase, was nur Alexander auffiel. „In gar keiner Beziehung, wenn Sie das meinen.“

Sie atmete tief durch. „Waldemar betreute eher so die gehobene Klientel, die richtig gut Geld anlegen konnte. Bei mir ist das mehr so querbeet.“

„Wie darf ich mir das vorstellen?“, wollte Alexander wissen.

„Also, wenn man in dieser Branche einsteigt, dann entwickelt sich das in der ersten Zeit meist über den mehr oder weniger großen Freundes- und Bekanntenkreis. Eben über die Leute, die einem vertrauen. Das sind bei mir in erster Linie Angestellte mit mittlerem Einkommen. Die können nicht so viel auf die hohe Kante legen und wollen meist auch nicht extrem spekulieren. Sie sind vorrangig an sicheren Anlagen interessiert.“

„Und das war bei Waldemar Schulze anders?“, hakte Wolfhard ein.

„Na ja, einerseits und andererseits. Er hatte schon auch viele Kunden, die aus seinem näheren Umfeld stammten. Aber daraus entwickelten sich bei ihm ganz andere Netzwerke und Kontakte. Wenn Sie verstehen, was ich meine?!“

Alexander und Wolfhard nickten und ließen sich von der auskunftsfreudigen Frau noch mehr erklären. Fast eine Stunde dauerte das Gespräch, das eine gute Basis zum Verständnis des Unternehmens schuf. Angela Ahrendt deutete auch an, wo es da eventuell untereinander Unstimmigkeiten gegeben haben könnte, was sich im Nachhinein bei der Befragung anderer Kollegen bestätigte.

Gegen fünfzehn Uhr erst kam die Lieferung vom Pizzaservice, die vor allem Wolfhard dankbar annahm. „Ach, endlich, mir hängt schon der Magen in den Kniekehlen. Ich fühle mich auch völlig unterzuckert“, ließ er ein wenig vorwurfsvoll fallen, als die beiden mit dem Essen allein waren.

Alexander prustete los: „Du und unterzuckert. Das glaube ich jetzt aber nicht. Wenn ich mal die Cola und den Tee mit reichlich Zucker und die Kekse zusammenrechne, dann hast du dein Tagessoll bestimmt schon längst überschritten. Ich käme damit die ganze Woche aus!“

„Spionierst du mir etwa nach?“, warf Wolfhard jetzt den Ball zurück; er war aufgrund der Essenslieferung inzwischen wohlgestimmt und hatte keine Lust mehr auf einen weiteren Streit. „Das erinnert mich jetzt aber unheimlich an meine bessere Hälfte.“

„Ach was“, sagte Alexander. „Mach, was du willst. Bist schließlich alt genug.“

„Genau“, betonte Wolfhard. „Und deshalb lasse ich mir jetzt diese Vier-Jahreszeiten-Pizza schmecken. Nur Tomate-Mozarella wäre mir zu wenig.“

Und er biss herzhaft in das erste Stück hinein, während er mitleidig auf das Essen von Alexander schaute. „Wenn ich dann genügend Kraft gesammelt habe, können wir uns die restlichen Kollegen von Waldemar Schulze vornehmen.“

„So machen wir das“, erwiderte Alexander und ließ sich seine Pizza ebenfalls schmecken. Dabei blickte er auf die Autos, die dicht an dicht über die A 2 rauschten und dachte an seine Familie, vor allem an die Große, die ihm so unsäglich fehlte.

„Was meinst du", nahm er, einen Bissen hinunterschluckend, das Gespräch wieder auf, um seine Gedanken nicht ausufern zu lassen, die ihm gerade wieder so einen Druck in der Herzgegend einbrachten, „ob wir hier fündig werden?"

„Ich glaube nicht wirklich", antwortete Wolfhard. „Arroganz und Neid hast du hier haufenweise, aber das reicht nicht unbedingt für so eine Tat. Jedenfalls schien mir keiner der bisher Befragten motiviert genug."

„Dann lass uns die restlichen vier Kollegen noch anhören, ehe wir uns auf den Heimweg machen."

„Heimweg klingt prima", konterte Wolfhard und schob sich ein weiteres Stück seiner Pizza in den Mund, genüsslich kauend.

Während die beiden noch aßen, klingelte das Handy von Alexander. Er blickte aufs Display. Es war Janine. Sicher etwas Dringendes, also betätigte er umgehend die Annahmetaste, nachdem er sich die Finger und den Mund mit einer Serviette gründlich abgewischt hatte.

„Hallo, Janine. Was gibt es? Ich habe mal das Gespräch auf laut gestellt. Wolfhard sitzt ja neben mir."

„Wie weit seid ihr denn?", wollte Janine Hacker wissen.

„Wieso fragst du?", gab Alexander zurück. „Wir sind fast durch mit den Befragungen. Vier Kollegen des Toten sind noch offen."

„Vielleicht könnt ihr das ganz fix beschleunigen oder verschieben?"

„Warum das denn?"

„Es gibt einen nächsten Toten", ließ sich Janine endlich entlocken.

„Ja, und, erzähle ..."

„Du wirst es nicht glauben, Alex. Der Mann ist nach dem Vorbild unseres Toten Waldemar Schulze an einem Wallholländer drapiert. Marc Oberländer ist schon vor Ort, Heike ist eben losgefahren. Ich gebe euch mal die Adresse. Von Hannover aus müsstet ihr ja halbwegs rasch dort ankommen können."

Und Janine nannte die genaue Anschrift. Alexander wiederholte sie und ließ Wolfhard mitschreiben. Dann beendete er das Gespräch mit kurzem Dank und einem Druck auf die entsprechende Taste.

Die beiden Männer sahen sich jetzt in die Augen. Wolfhard fand als Erster seine Sprache wieder, nachdem er den letzten Bissen heruntergekaut hatte. „Das glaube ich jetzt aber nicht. Ein Serientäter? Bei uns, ausgerechnet bei uns in der Gegend und dann an so symbolträchtigen Orten? Wer kommt denn auf eine derartig absurde Idee?"

Alexander schüttelte den Kopf: „Vielleicht hat auch einer nur den Bericht in der Presse gelesen und entsprechend gehandelt..."

„Du meinst, ein Nachahmungstäter? Tja, das könnte natürlich auch sein. Aber wir sollten uns schleunigst selbst ein Bild von der Lage machen."

„Die noch nicht befragten Kollegen hier können ja Falk und Otto übernehmen. Es scheint mir sowieso nicht allzu viel zu bringen", beschloss Alexander und erhob sich. „Wir müssen nur noch unsere Rechnung bezahlen."

Als er die Chefsekretärin mit einem Geldschein in der Hand um die Rechnung bat, winkte sie ab und erklärte, das würde schon die Firma für die Beamten übernehmen. Aber Alexander ließ sich darauf nicht ein und bestand auf einer ehrlichen Abrechnung.

Als Alexander und Wolfhard wieder im Auto saßen, meinte der Ältere: „Das Geld hättest du jetzt ja mal einsparen können, um die Staatskasse zu entlasten. Wo man uns so freundlich eingeladen hat. Außerdem schwimmen die doch hier im Geld!"

„Nee", entgegnete Alexander. „Ich lasse mich doch nicht bestechen."

Er startete den Motor, setzte das Auto scharf zurück und fuhr, so rasch es möglich war, gen Westen, zum Ort des nächsten Verbrechens. Eine knappe Dreiviertelstunde später trafen sie dort ein. Es regnete.

Na klasse, dachte Alexander, als er mit dem Auto direkt auf die Absperrung mit dem rot-weißen Flatterband zufuhr. Da müssen wir unsere Mordkommission nicht einmal umbenennen. Es war wieder ein Wallholländer, aber diesmal in einem der Ortsteile von Petershagen.

Inzwischen kannte er sich mit den Eigenarten der hiesigen Mühlen aus, wusste Ross-, Wasser-, Schiff- und Windmühle auch von Fahrradtouren her schon lokal einzuordnen. Und er hatte auch die Begrifflichkeiten von Galerie-, Erd- oder Wallholländer beziehungsweise Bockwindmühle parat. Eventuelle Fragen seinerseits beantwortete stets Wolfhard, auch in diesen Dingen ein wandelndes Lexikon, und er wiederum ein guter Zuhörer mit bestem Merkvermögen.

Der neue Fundort lag nördlicher und die Porta Westfalica war in einiger Entfernung, Richtung Süden, malerisch zu erkennen. Idylle pur, fuhr es Alexander durch den Kopf, aber eben doch wieder nicht. Da war er nun schon so lange in seinem Beruf, aber er konnte nur in den seltensten Fällen begreifen, warum einer zum Täter wurde. Wenn jemand extrem misshandelt und gedemütigt wurde, dann vielleicht. Im Affekt, unter Einfluss von viel Alkohol, der den Betreffenden zügellos werden ließ.

Was mochte sich wohl hier zugetragen haben? Sie würden es herausbekommen.

Alexander und Wolfhard stiegen aus dem Auto aus und blickten sich über das Dach hinweg kurz in die Augen.

„Tja, dann wollen wir mal. Ist das pure Déjà-vu-Erlebnis. Das hatten wir doch gerade schon einmal, inklusive Wetter." Wolfhard schüttelte den Kopf.

Beide stiegen den Wall zur Mühle hinauf, auf dem sich schon Staatsanwalt Marc Oberländer, Heike Langenkämpfer und Gerichtsmediziner Professor Eberhard Engelbrecht im regen Gespräch befanden. Sie grüßten einander und der Staatsanwalt übernahm es, die Situation zu erläutern: „Diesmal haben uns Spaziergänger alarmiert, die den Toten entdeckt haben. Ein Ehepaar. Sie waren mit ihrem Hund unterwegs, trotz des Schietwetters. Die beiden wurden schon befragt. Dagmar Scholz und Bernd Langer haben das bereits übernommen. Aber beide Zeugen stehen unter Schock. Der Notarzt kümmert sich noch um sie."

Im Hintergrund stand der Notarztwagen und Dr. Schäfer winkte kurz herüber.

„Ist die Identität schon geklärt", wollte Alexander wissen.

„Es gibt eine Vermisstenanzeige, die könnte eventuell auf das Opfer zutreffen", antwortete Marc Oberländer. „Die Kollegen in der Zentrale prüfen das gerade."

Wolfhard begutachtete intensiv die Verschnürung des Toten am Windmühlenflügel. „Irre. Das sind genau solche Knoten wie im jüngsten Fall."

„Aber diesmal wurde dem Mann zuvor der Schädel eingeschlagen", entgegnete Professor Engelbrecht sachlich.

„Aha, und womit und wann eventuell?", wollte Alexander wissen.

„Junger Freund", gemahnte der Gerichtsmediziner. „Sie sind doch auch schon ein paar Jährchen im Job. Und da sollten Sie wissen, dass unsereins sich zu so einem Zeitpunkt noch nicht festlegen kann. Wir treffen uns in der Pathologie im Klinikum Minden. Dort erfahren Sie zu gegebener Zeit Näheres."

Alexander biss sich auf die Lippen. Mit Professor Engelbrecht wollte er es sich keineswegs verderben. Er schätzte dessen außerordentlich kompetente Art. Entschuldigend lenkte er ein: „Nichts für ungut, lieber Herr Professor. Sie wissen ja, wie nun wir wiederum sind. Es kann uns stets nicht schnell genug gehen. Am liebsten würden wir den Täter hier an Ort und Stelle verhaften!"

Nun lächelte Professor Engelbrecht und klopfte Alexander auf die Schulter: „Ach, schon vergeben. Jeder von uns tut seine Pflicht. Auf jeden Fall ist dieser Mann hier anders als der von der vorherigen Tat gestorben. Hier wurde entschieden brutaler vorgegangen. Nur die Aufknüpfung ist schon fatal ähnlich. Aber das werden Sie herausfinden. Dessen bin ich mir gewiss."

Der Gerichtsmediziner blickte auf die Uhr: „Oh, schon so spät. Dann will ich mich mal wieder auf den Weg machen. Mehr kann ich hier ohnehin nicht tun. Auf Wiedersehen, die Damen und Herren. Bis demnächst im Klinikum."

Als Alexander die Räume der Pathologie betrat, legte sich sofort wieder dieses Desinfektionsmittel auf seine Schleimhäute, er spürte es auf seiner Zunge wie einen klebrigen Film, der sich nicht lösen will. Er konnte machen, was er wollte. So oft er auch schon an diesem Ort war, es ließ sich nicht verhindern. Nicht mit Lakritzpastillen, nicht mit Eukalyptusbonbons. Diesmal lutschte er vier Pfefferminzdragees gleichzeitig, was nicht unbemerkt geschehen konnte, aber ebenso erfolglos blieb wie immer. Der Geruch und damit der

Geschmack dieses Bereiches vom Krankenhaus erwiesen sich als unüberwindlich-tückisch. Alexander schluckte den letzten Drageerest hinunter, schloss die Tür hinter sich und begrüßte seine Kollegen. Professor Engelbrecht schaute dabei kaum auf, sondern war weiter vertieft in das, was da vor ihm lag. Staatsanwalt Marc Oberländer lief auf und ab, wie ein Tiger im Käfig. Wenn er sich bewegte, dann konnte er sich am besten konzentrieren, hatte er mal nebenher erwähnt.

„Na, schon eine heiße Spur?“, erkundigte er sich bei Alexander. „Immerhin sitzt uns die Presse im Nacken und jetzt nicht mehr nur dieser Schmierfink, sondern auch die seriösen Blätter. Mir wird schon ganz übel, wenn ich nur daran denke.“

Alexander würgte beim Stichwort „übel“ ein wenig. Er blickte auf die halb leeren Kaffeetassen, die seitlich auf einem Schrank standen, ein angefangenes Kuchenstück, in dem eine Gabel steckte, auf einem Teller halb versteckt im Hintergrund. Also, in so einer Umgebung würde er nie und nimmer auch nur einen Schluck von seinem ansonsten innig geliebten Getränk herunterbekommen, von anderen Nahrungsmitteln ganz zu schweigen.

„Nein, eine wirklich heiße Spur gibt es bislang nicht. Die Ähnlichkeit der beiden Fälle macht uns momentan sehr zu schaffen. Wir suchen nach Verbindungen und natürlich nach Unterschieden.“

„Doch, da gibt es schon einige“, mischte sich Professor Engelbrecht ein und legte sein Seziermesser beiseite. „Unser erster Toter ist eindeutig erst gestorben, nachdem man ihn an den Mühlenflügel gefesselt hatte. Da muss er noch eine Weile gelebt haben. Das ist aufgrund meiner Untersuchungen ganz unumstößlich. Insofern sind Tatort und Fundort unbedingt identisch. Steht aber alles detailliert in meinem Bericht. Übrigens könnte im Fall eins sogar ein Herzinfarkt ausschlaggebend gewesen sein, also nicht wirklich ein Mord! Das muss ich allerdings noch genauer untersuchen. Im zweiten Fall jedoch, also bei dem hier vor uns liegenden Herrn, müssen wir, beziehungsweise Sie, noch weiter nach dem Ort des eigentlichen Geschehens suchen. Der Schädel wurde Anselm Hoyer einige Stunden zuvor eingeschlagen, ehe man ihm die kunstvollen Fesseln anlegte. Beim Transport hat der Körper übrigens einigen weiteren Schaden genommen."

„Hm", überlegte Alexander, „das könnte nun auch wieder für einen zweiten Täter sprechen."

„Oder auch nicht", fiel der Staatsanwalt ein. „Immerhin ist das Merkmal dieser speziellen Fesselung doch ein ganz besonderes. Und dann dieser außergewöhnliche Ort. Bislang war ich an den Mühlen nur gelegentlich zu Tagen der offenen Tür bei selbstgebackenem Brot und Zuckerkuchen und unter musikalischer Begleitung ..."

„Was die Taue und die Seemannsknoten angeht, so konnte man das alles aber auch aus dem Revolverblatt entnehmen. Wer es darauf anlegen wollte, der hatte mit den dortigen Fotos eine ideale Kopiervorlage", warf Alexander ein.

„Tja, dann machen Sie sich - respektive uns - mal einen entsprechenden Reim darauf", betonte Marc Oberländer und nestelte an seinem Krawattenknoten, völlig grundlos, denn der saß perfekt. „Und absolut zügig, wenn ich bitten darf. Nicht, dass wir noch einen nächsten Toten an einer Mühle zu beklagen haben. Ich habe auch genehmigt, dass das Personal aufgestockt werden darf."

Alexander verzog keine Miene. Theoretisch klang das gut. Wenn in einer Serie Übereinstimmungen festgestellt wurden, dann konnte schon durchaus mehr Personal eingesetzt werden. Aber problematisch war das allemal, selbst in Berlin, wo die Personaldecke nicht ganz so dünn wie hier war. Jetzt tat sich ein neuer Ermittlungsansatz auf, Grund genug, aufzustocken, um auch wirklich alles gründlich ausermitteln zu können. Aber der zwangsläufige Zeitverlust, der sich durch das Einarbeiten der Neumitglieder ergab … Da war fast schon die alte Truppe sinnvoller.

Alexander war hin und her gerissen und sagte nur: „Besten Dank, das wird uns sehr helfen. Und natürlich tun wir alles, was in unseren Kräften steht. Die ermittelnde Mordkommission ‚Wallholländer' ist quasi ununterbrochen im Einsatz."

„Sehr schön", lächelte der Staatsanwalt ein klein wenig, nur auf den zweiten Blick hin wahrnehmbar. „Ich muss dann auch mal los zu meinem nächsten Termin. Sie halten mich auf dem Laufenden …"

„Gewiss doch", entgegnete Alexander und fügte etwas gelangweilt an: „Wie sich das gehört."

Den letzten Halbsatz vernahm Marc Oberländer nicht mehr und Alexander war froh darüber, dass dieser ironische Schlenker zumindest beim Staatsanwalt untergegangen war. Dafür schaute ihn Professor Engelbrecht mit zusammengezogenen Augenbrauen leicht strafend an. So musste er auf seine Studenten blicken, wenn die einen Fehler begingen, verkniff sich Alexander ein Grinsen. Wobei ein Missgeschick bei einem Toten nun auch wieder nicht so ein Drama war. Mehr als tot ging ja nicht …

Er wollte noch einmal fachlich werden, um das Treffen nicht mit diesem vielleicht überheblich erscheinenden Eindruck enden zu lassen.

„Wie sieht es mit dem exakten Todeszeitpunkt aus? Der ist wie immer unheimlich wichtig für unsere Ermittlungen."

„Was Sie nicht sagen?!", entgegnete Professor Engelbrecht völlig ohne jedes Mienenspiel. „Der steht dann in meinem Bericht. Auch wie immer!"

„Und die Tatwaffe, können Sie die nicht näher eingrenzen? ‚Stumpfer Gegenstand' lässt ja so ziemlich alles offen."

„Tja, so ist das", erwiderte der Gerichtsmediziner. „Wenn Sie mir das passende Stück zur Wunde vorlegen, kann ich Ihnen ganz genau sagen, ob es die Waffe war. Alles andere dann in meinem Bericht. Ich wiederhole mich ungern. Und schließlich ich will Ihnen ja auch nicht Ihre Arbeit wegnehmen."

Jetzt hatte sich doch ein schelmisches Grinsen in das Gesicht von Professor Engelbrecht gelegt. Oder kam das Alexander nur so vor?

„Tja, da wird sich der feine Herr wohl zuvor herbemühen müssen“, zischte Olga durch das Telefon.

„Du kannst doch nicht einfach alles in die Wege leiten und dann solche kurzfristigen Termine anberaumen. Ich bin hier in verschiedene Fälle ganz intensiv eingebunden. Da kann ich nicht einfach alles so stehen und liegen lassen, wie es mir passt. Oder eher wie es dir passt“, konterte Alexander.

„Das ist mir vollkommen schnurz“, kam die Antwort. „Ich habe dir das Schreiben eingescannt und als Mailanhang rübergeschickt. Kommenden Freitag bin ich jedenfalls bei meinem Anwalt. Wenn du vorneweg reden willst, dann lass dich entsprechend sehen. Man kann schließlich nicht alles am Telefon klären. Und jetzt muss ich überhaupt los. Die Kinder von der Schule abholen. Das hängt sowieso alles an mir. Du machst ja keinen Finger mehr krumm!“

Schlagartig war das Gespräch beendet und Alexander schaute auf sein Display. Ganze vier Minuten hatte seine Frau gebraucht, um ihm mal so eben zwischendurch mitzuteilen, dass ihr erster Termin beim Anwalt anstand. Dass Olga das alleinige Sorgerecht für beide Kinder beantragen wollte, wusste er schon von einem vorherigen Disput.

Alexander blickte aus dem Wohnzimmerfenster Richtung Wiehengebirge. Im Garten saßen direkt vor der Hecke zwei Rehe, eines davon in einem tiefen Dunkelbraun und mit einem deutlichen Geweihansatz. Aufmerksam hielten sie die Köpfe aufrecht, jederzeit bereit auf den Anflug einer Gefahr zu reagieren. Und wenn es nur die Hunde vom Nachbarn waren, die vielleicht bellten.

Bei diesem Pärchen ist wohl alles in Butter, dachte Alexander bei sich und beneidete die beiden Tiere. Die wollte er abends in die Gutenachtgeschichte für die Mädchen einspinnen, fiel ihm ein und er sog diesen Anblick in sich auf, damit er ihn später auch originalgetreu wiedergeben konnte. Der Bock zupfte sich ein paar Gräser und kaute sie gemächlich. Die Sonne hatte sich schon weit auf den Weg Richtung Westen gemacht.

Alexander lief in sein Arbeitszimmer und rief die Mailings ab. Gleich die erste Post war von Olga – mit dem angekündigten Anwaltsschreiben im Anhang. Erneut nahm Alexander das Handy und suchte sich aus den Kontakten die Nummer seines Vorgesetzten heraus. Er wollte schon einmal vorfühlen. Heute war Mittwoch. Ihm blieb nur der morgige Tag, an dem er schon zum Abend hin nach Berlin fahren musste, um mit seiner Frau noch einmal vor diesem frühzeitigen Termin am Freitag zu reden.

Jetzt klingelte erneut das Handy. „Mutti" stand auf dem Display. Alexander überlegte kurz, ob ihm in seiner jetzigen Verfassung nach einem Gespräch mit seiner Mutter war, aber es brachte auch nichts, das zu verschieben. Sie hatte lange genug von ihren Ahnungen gesprochen und nun war es an der Zeit, ihr reinen Wein einzuschenken.

„Hallo Mutti, na, wie gehts an der Küste?", erkundigte er sich möglichst unverkrampft.

„Alles prima bei uns. Wir waren wieder im Klub von Karlshagen. Dein Vater wollte ja nicht mit, weil es nur eine Modenschau mit Kaffeetrinken gab. Das Wörtchen

‚nur' hatte er ja heftigst betont. Aber ich konnte ihn überreden und schließlich hat er sich nett mit unserem Nachbarn, dem ehemaligen Gerichtsvollzieher, unterhalten. Natürlich haben die Männer von der tollen Garderobe überhaupt nichts mitbekommen!"

„Und, hast du dir was Hübsches geleistet?", wollte Alexander nicht wirklich wissen.

„Ja, mein Sohn. Deine Mutter hat sich was gekauft. Einen schicken Pullover, zu dem die Tücher bestens passen, die du mir unlängst geschenkt hast."

„Na, das freut mich zu hören", entgegnete Alexander emotionslos und surfte währenddessen im Internet unter dem Stichwort „Sorgerecht für Kinder", was ihm mehr als eine Million Ergebnisse brachte. Er seufzte schwer auf.

„Ist was, Alex? Du bist so komisch. Und dann klappert da was im Hintergrund. Man soll sich auf eine Sache konzentrieren und nicht mehrere Dinge gleichzeitig tun! Zum Beispiel beim Essen auch nicht lesen. Arbeitest du etwa noch nebenher?"

Genau, dachte Alexander bei sich, das war die Tastatur, die aber eigentlich gar nicht so laut war, wie er fand. Er hätte schwören können, dass ihre Betätigung unbemerkt blieb. Doch seine Mutter hatte ein immer noch ausgezeichnetes Gehör und dann eben diesen berühmten siebten Sinn sowie immer ihre klassischen Belehrungen parat. Er ließ die Anzeigen auf dem Bildschirm stehen und beschloss, sich später darum zu kümmern.

„Olga hat vorhin angerufen. Sie hat übermorgen einen Termin beim Anwalt. Es geht um unsere Scheidung", rückte er nun doch sehr unverblümt mit der Sprache heraus.

„Das habe ich mir doch gedacht", atmete die Mutter schwer durch. „So ein Schlamassel läuft doch nicht von jetzt auf eben. Warum hast du nicht eher mit uns darüber geredet, Junge? Das macht man doch nicht mit sich allein aus! Wozu gibt es denn Familie?"

„Ach, Mutti, ich wollte euch nicht aufregen. Außerdem habe ich gedacht, wir klären die Sache auch so und es renkt sich alles wieder ein."

„Wenn ich da mal an die Einschulung von Tina denke, so hatte ich nicht den geringsten Eindruck von Harmonie in eurer Ehe. Aber für die Kinder sollte man sich vielleicht doch wieder zusammenraufen. Da muss man gelegentlich auch mal gemeinsam durch ein tiefes Tal! Es gibt schon so viele geschiedene Leute und das ist nicht gut für die Kleinen und ihre Entwicklung."

Jetzt schluchzte Hella Rosenbaum auf.

„Ich bin völlig deiner Meinung, Mutti. Wir haben auch alles versucht. Aber da ist einfach zu viel geschehen."

„Aber Junge, man kann doch über alles reden."

Jetzt war es an Alexander noch ein Stück mehr Wahrheit ans Tageslicht zu bringen: „Tina ist nicht meine Tochter."

„Ach, papperlapapp, woher willst du das denn wissen. Sie ist dir doch wie aus dem Gesicht geschnitten..."

„Das meinst auch nur du, Mutti! Ich habe es testen lassen."

„So ein einziger Test, der bringt doch gar nichts. Man soll sich auch immer eine zweite Arztmeinung einholen, wenn es um ernste Dinge geht, habe ich neulich bei einem Vortrag im Klub gehört."

„Mutti, das habe ich getan. Auch der zweite Test hat kein anderes Ergebnis gebracht. Die Kleine ist definitiv nicht von mir."

Für ein Weilchen herrschte Stille am anderen Ende der Leitung.

„Mutti? Bist du noch dran?", fragte Alexander.

„Allerdings", erwiderte die Mutter, „es hat mir nur die Sprache verschlagen. Ich will mich auch gar nicht weiter zu eurer Ehe äußern. Das ist eure Sache. Aber ich will mit deinem Vater darüber reden, wenn dir das recht ist. Und du kannst sicher sein, dass du unsere Unterstützung hast. Egal, was passiert. Wir sind immer für dich da, mein Kind."

„Das weiß ich doch, Mutti. Danke."

„Masel tov!"

„Ja, viel Glück habe ich wahrscheinlich dringend nötig!"

Alexander war ganz gerührt und wollte sich nun doch weiter der Recherche widmen. Besser war eine gute Vorbereitung – immer im Leben.

„Ich muss dann auch mal Schluss machen, Mutti. Die Mädchen warten schließlich auf meine Gutenachtgeschichte. Grüß Vati schön und bring ihm die ganze Sache möglichst schonend bei. Das wird dir bestimmt gelingen."

„Doch das wird nicht einfach, Alex. Aber ich werde mir Mühe geben. Lass nach dem Anwaltstermin vom Freitag von dir hören, wie das gelaufen ist. Mir wird Olga ja sicher nichts erzählen. Wir drücken dir auf jeden Fall die Daumen. Tschüss, mein Sohn."

„Tschüss, Mutti!"

Alexander betätigte die Taste, um das Gespräch zu beenden, und legte das Handy auf den Schreibtisch. Jetzt fesselte die Auflistung der vielen Seiten zum Thema Sorgerecht seine ganze Aufmerksamkeit. Mühsam prüfte er verschiedene Anbieter und klickte sich durch die Menüs. Zuletzt landete er auf einer

Seite, auf der Väter sich zu ihren Problemen damit austauschten. Na toll, grübelte Alexander, das kann ja heiter werden. Da habe ich bestimmt einen höllisch harten Weg vor mir. Wenn überhaupt etwas klappt. Aber ich werde nicht locker lassen, ehe ich nicht meine Große bei mir habe. Schließlich ist das Recht der Väter in den letzten Jahren doch stärker manifestiert worden. Wir müssen uns nicht mehr alles gefallen lassen. Er schüttelte den Kopf und blickte aus dem Fenster.

Nach all diesen Eindrücken nun eine vernünftige Geschichte für die Mädchen. Nicht einfach. Er entschied sich für den Klassiker Mäusefamilie, da, wo die Stadt- die Feldmaus besucht. Die kam immer gut bei beiden Kindern an und war nicht allzu lang. Es war der absolute Dauerbrenner. Dicht gefolgt von der Geschichte um die Mäuse an der Mühle, die ihm schon immer die Mutter erzählt hatte, die sie wiederum von ihrer Mutter als Kindheitserinnerung mitbekommen hatte. Allerdings bot er die aufgrund ihres größeren Umfangs nicht so gern an. Da kostete das Erzählen einfach zu viel Zeit und er verhedderte sich mitunter, wobei ihn die Töchter stets sofort korrigierten. Insofern lotste er die Kinder meist geschickt in die Richtung, die auch ihm passte.

Und als er dann Lena, die gleich am Telefon war, den Vorschlag zur Mausgeschichte mit dem Besuch auf dem Lande machte, jubelte sie: „Oh, prima, Papa, genau die wollen wir heute hören. Und Donnerstagabend kannst du uns die ja live erzählen oder dann die andere Mühlen-Mausgeschichte. Die hatten wir ja lange nicht! Wobei du da manchmal ganz schön vergesslich bist. Aber Hauptsache, du erzählst uns was!“ Und an ihre Schwester im Hintergrund gewandt:

„Nicht wahr, Tina, Stadt- und Feldmaus ist doch supi."

Woraufhin Tina ebenfalls ins Telefon schmetterte: „Ja, Papa, leg los. Wir liegen schon artig in der Heia. Zähne sind ganz ordentlich geputzt."

Auf den drolligen Knirps sollte er in Zukunft verzichten? Alexander spürte ein heftiges Ziehen im Herzen. Das war alles dermaßen verzwickt. Jetzt schüttelte er sich und richtete sich gerade auf.

„Wenn ich am Donnerstag komme, dann liegt ihr bestimmt schon brav in den Federn. Vielleicht rufe ich von unterwegs aus an. Aber Freitag gibt es die Geschichte dann höchstpersönlich an euren Bettchen. Versprochen! Dann wollen wir mal. Also: Es waren einmal eine Stadt- und eine Feldmaus …"

Es klappte mit dem freien Tag. Sogar noch mit dem halben Donnerstag, sodass der Bettgeschichte für die Mädchen nichts mehr im Wege stand, höchstens der Autoverkehr auf der A 2. Kriminaloberrat Riechmann hatte gestrahlt, als Alexander vor seinem Schreibtisch davon berichtete, er müsse zu seiner Familie nach Berlin fahren: „Sie sagten ja gestern schon am Telefon, dass es sich um eine dringende familiäre Angelegenheit handelt. Also gar keine Frage! Ach, Berlin. So eine tolle Stadt. Kultur, wohin man schaut. Während meiner Schulzeit haben wir immer mal einen Ausflug dorthin unternommen. Daran denke ich so gern zurück. Als wäre es gestern gewesen!"

Und ein Glanz lag in seinen Augen.

„Hm", entgegnete Alexander darauf, nicht sonderlich enthusiastisch. „Wenn man dort zu Hause ist, dann sieht man die Stadt mit anderen Augen. Meist hat man im Alltag gar nicht die Zeit, um all die kulturellen Angebote zu nutzen, die es da gibt. Außerdem ist Minden auf dem Gebiet ja auch nicht ohne. Ich denke mal an den Jazz Club. Da war ich neulich ..."

Alexander dachte an den Abend mit Janine und lächelte nun seinerseits.

„Ach, Sie sind Jazzliebhaber?", fragte Reinhold Riechmann. „Unser Club am Königswall gilt ja was in der Szene, den gibt es schon seit sechzig Jahren. Meine Frau und ich, wir sind recht regelmäßig dort. Dann hätten wir uns ja eigentlich bei einem Konzert dort schon mal treffen können."

„Jazzliebhaber? Nicht wirklich. Das war eher ein Zufall. Jemand hatte mich eingeladen."

„Aha, jemand. Na, da will ich gar nicht neugierig sein. Außerdem sind Sie ja familiär in festen Händen, wie ich weiß. Also, das geht klar mit Ihrem freien Tag und dem halben. Sie haben schließlich mehr als genug an Überstunden. Viel Vergnügen in der Hauptstadt."

Von Vergnügen kann da wohl kaum die Rede sein, fuhr es Alexander durch den Kopf. Aber er bedankte sich freundlich bei seinem Chef. Gegen vierzehn Uhr startete er seinen alten Peugeot und machte sich auf den Weg Richtung A 2.

Unterwegs fiel ihm die Meldung vom Mindener Tageblatt ein: „Auschwitz-Aufseher sollen vor Gericht". Die dpa hatte die Information aus Berlin geliefert, nach der fast 70 Jahre nach dem Ende des Zweiten Weltkrieges deutsche Fahnder mutmaßliche NS-Täter doch noch vor Gericht bringen wollten. Nach Medienberichten sollten gegen 50 frühere KZ-Aufseher des Lagers Auschwitz-Birkenau in der nächsten Zeit Vorermittlungen eingeleitet werden. Und dann war da noch die Rede von der Zentralstelle zur Aufklärung nationalsozialistischer Verbrechen, die den inzwischen etwa 90-Jährigen Beihilfe zum Mord vorwarf.

Alexander schüttelte den Kopf und beschleunigte sein Fahrzeug, um auf der Überholspur an zwei polnischen Lkws vorbeizugelangen, deren Fahrer sich gerade auf einer Höhe befanden und die sich mit Gesten austauschten. Das sollte man auch verbieten, fluchte Alexander innerlich. Ein befreundeter Kollege, Gernot Schindler, wusste immer die haarsträubendsten Geschichten zu erzählen. Diese elenden Überhol- und Ausbremsmanöver. Gefährden nur den Verkehr. Er ordnete sich wieder auf der Mittelspur ein.

„Kann mir mal einer erklären, warum das so lange dauert, ehe Leute für ihre Verbrechen zur Rechenschaft gezogen werden?", murmelte Alexander vor sich hin. „Wir sind doch auch fixer." Klasse, dachte er, jetzt führst du schon Selbstgespräche. Aber Vorermittlungen gegen 90-Jährige einzuleiten, das war doch wirklich ein Hohn. Wie lange würde sich das denn alles hinziehen? Und wozu wollte man die Täter verurteilen, wenn sie ein Urteil überhaupt erlebten? Mutmaßlich, das war auch so ein Wort, bei dem ihm stets der Kaffee hochkam. Natürlich durfte man nicht eher vom Täter sprechen, ehe auch alles hieb- und stichfest war. Aber wenn einer nachweislich KZ-Aufseher war, dann würde er doch dort wohl kaum Däumchen gedreht oder den Insassen vielleicht gar geholfen haben …

Jetzt fiel ihm wieder seine Recherche im Internet ein. Da hatte er einfach den Begriff Todesmühlen eingegeben und war auf einen gleichnamigen Film gestoßen: „Death Mills". Der erste Dokumentarfilm über die Konzentrationslager, von den USA produziert, direkt nach der Befreiung 1945. Lauter Dokumentationsmaterial aus Dachau, Auschwitz, Maijdanek, Bergen-Belsen, Buchenwald, aus deutschen Konzentrationslagern eben, nachdem sie befreit worden waren. Im Bilddokument festgehalten, was die Alliierten in den Vernichtungslagern vorfanden: Beweise für den Massenmord, Überlebende, unzählige schmerzliche Details des dortigen Alltags, die wirtschaftliche Ausbeutung der Insassen. Von den Filmsequenzen, die er sich anschaute, hatte er sich nicht lösen können. Das Grauen hielt ihn fest. War das jetzt eine Fügung des Schicksals, dass er in seinem Beruf mit so einer Verbindung konfrontiert wurde? Vielleicht war das auch alles zu weit hergeholt, aber Alexander konnte sein Gehirn nicht stoppen.

Bis Alexander den Funkturm in der Ferne erkannte, kreisten seine Gedanken um die Familienvergangenheit. Als er in der Straße vor seinem Wohnhaus parkte, erkannte er sofort den schnittigen Wagen von Gregor, eindeutig neu und weder Kleinwagen noch Mittelklasse. Vielleicht war es auch das, was Olga anmachte. Sie hatte eine Vorliebe für Statussymbole. Immerhin hatte sie seinen Aufstieg damals euphorisch begrüßt. Daran erinnerte er sich, als wäre es eben gewesen. Wie er Olga von der neuen Einstufung berichtete, was das gehobene Finanzielle anging, und wie sie ihn daraufhin umgarnte und an dem Abend regelrecht verführte. Er hatte es genossen. Doch, daran ließen sich keine Abstriche machen. Es war ja auch nicht alles schlecht in der Vergangenheit.

„Aber wie geht es jetzt nur weiter", flüsterte Alexander halblaut vor sich hin und zog den Schlüssel aus dem Zündschloss. Es war gegen achtzehn Uhr. Wenigstens komme ich rechtzeitig, um meinen Mädchen die versprochene Gutenachtgeschichte zu erzählen, munterte er sich innerlich auf und erhob sich mit einem Ruck aus seinem Auto.

Als er vor der Tür stand, wollte er erst einfach aufschließen, dann entschloss er sich doch, zu klingeln.

Sofort hörte er Getrappel im Flur und die Rufe der Kinder: „Der Papa kommt, der Papa kommt!“

Kaum hatte Olga geöffnet, hingen ihm beide Mädchen, die die Mutter umrundeten, am Körper wie Klammeraffen - ein gewohntes Ritual. Jetzt lachte er doch.

„He, Tina, Lena, ihr müsst doch den Papa mal loslassen. Ich kann ja keinen Schritt mehr gehen.“

„Wozu denn, Papa?“, fragte Lena. „Wir heben dich jetzt einfach mal an und tragen dich in unser Zimmer, damit du gleich mit der Geschichte anfangen kannst.“

Und sie schaute auffordernd zu ihrer Schwester: „Los, Tina, greif zu. Einer rechts, einer links. Das müssen wir doch packen.“

Die Köpfe der Mädchen wurden knallrot vor Kraftanstrengung. Aber natürlich bewegten sie ihren Vater keinen Millimeter.

„Papa, du machst dich zu schwer“, beschloss enttäuscht Lena, hustete und ließ von ihm ab.

„Könnte es sein, dass ihr zwei vielleicht noch nicht stark genug seid, um euren Papa auf Händen zu tragen? Habt ihr nicht ordentlich gegessen? Oder seid ihr zu krank?“, fragte Alexander mit schelmischem und zugleich besorgtem Blick und schloss die Arme um beide. „Ach, gut, dass ihr da seid“, atmete er tief durch.

„Wieso, Papa? Wir sind doch immer da. Nur du bist ganz weit weg und kommst so selten.“ Tina zog die Mundwinkel nach unten und die Nase hoch.

Olga hatte sich in der Zwischenzeit in die Küche zurückgezogen. „Könntet ihr eure Diskussion vielleicht bei geschlossener Wohnungstür weiterführen?“, rief sie in den Flur. „Ihr beschallt ja das ganze Treppenhaus. Andere Leute wollen eventuell auch mal ihre Ruhe haben.“

„Da hat eure Mama nun auch wieder recht“, gab Alexander zu. „So, ihr Rangen.“ Er schob die beiden ein Stück vor sich her und schloss hinter sich die Wohnungstür.

„Ich bin gerade beim Abendbrot. Wenn du Lust hast, kannst du was mitessen“, klang es aus der Küche.

Alexander zog die Stirn kraus. Also Olga war wirklich witzig. Ob er Lust habe, was mitzuessen?! Er war wohl tatsächlich nur noch der geduldete Gast zu Hause und gewissermaßen schon ausquartiert. Das ging ja gar nicht. Darüber mussten sie nachher unbedingt reden. Aber zuerst etwas essen und dann die Kinder ins Bett bringen, mit einer ausgiebigen Gutenachtgeschichte, bis sie von selbst einschliefen. So lange wollte er sich zurückhalten.

Ein paar Stunden später machte es sich Alexander auf dem Sofa im Wohnzimmer bequem. Olga hatte eine Flasche Rotwein geöffnet, einen Bordeaux, und schon die Gläser auf den Tisch gestellt.

„Wir sollten wie zwei vernünftige Erwachsene miteinander reden“, sagte sie dabei.

„Ich hatte auch nichts anderes vor“, entfuhr es Alex.

„Also, die beiden Mädchen gehen morgen nicht in die Schule. Sie sind beide stark erkältet. Das wirst du ja wohl bemerkt haben. Fieber haben sie auch. Ich habe eben noch einmal gemessen. Etwas über achtunddreißig. Während ich also morgen beim Anwalt bin, kannst du ja mal ausnahmsweise deinen Vaterpflichten nachkommen und dich um die zwei kümmern.“

Der Hieb saß. Alexander schluckte nur.

„Wir können jetzt miteinander reden, so wie du es vorgeschlagen hast", sagte Olga reserviert. „Es ändert aber nichts an meiner Entscheidung. Ich habe mich auch schon umfassend beraten lassen. Da wir bereits nachweislich seit mehr als einem Jahr quasi getrennt leben – ich mit den Kindern hier in Berlin und du in deinem komischen Nest Minden –, kann eine Scheidung recht unproblematisch vollzogen werden. Wir müssen uns nur beide einig sein."

Die Wortbrocken klangen in Alexander nach: Entscheidung, umfassend beraten, Scheidung unproblematisch, einig sein ... Er griff nach seinem Weinglas, um Zeit zu gewinnen. Auch Olga erhob das ihre und nahm einen großen Schluck.

„Und, was meinst du?", blickte sie ihren Mann kalt an.

„Für dich scheint ja schon alles ganz klar zu sein", schluckte Alexander. „Und was ist mit den Kindern?"

„Blöde Frage", sagte Olga schnippisch. „Die bleiben bei mir. Meinem Anwalt habe ich ja schon mitgeteilt, dass ich auf dem alleinigen Sorgerecht bestehe. Wobei er da meinte, das bliebe heute meist bei beiden Elternteilen, aber egal. Ich habe mich sowieso die ganze Zeit um beide gekümmert. Die Mädchen gehören zu mir! Meine Arbeitszeiten sind im Gegensatz zu deinen geregelt. Von deiner Abwesenheit von Berlin im fernen Nordrhein-Westfalen will ich mal gar nicht reden."

„Ich hätte schon gedacht, die Große zu mir zu nehmen", schlug Alex vor.

Olga brach in ein hysterisches Lachen aus und konnte sich kaum fassen. Es dauerte eine Weile, ehe sie den nächsten Satz herausschleuderte: „Bist du von Sinnen? Wie soll das denn gehen."

„Ganz einfach. Ich bin ihr Vater und werde das schon auf die Reihe bekommen."

„Ach ja, mal eben so zwischen zwei Kriminalfällen, die du zu klären hast und die ja unbedingt deine volle Aufmerksamkeit benötigen. Stellst du Lena dann in der Zwischenzeit in der Gewahrsamzelle ab? Immerhin könnte sie da nicht abhanden kommen ..."

Ihr Lachen klang hämisch.

„Jetzt mach aber mal halblang", erhob Alexander seine Stimme. „Denkst du denn, ich bin unfähig, ein Kind - mein Kind - zu erziehen?"

„So, wie du jetzt hier rumbrüllst: Ja!"

„Ich brülle nicht", versuchte Alexander seine Stimme zu dämpfen, was ihm nicht gelang.

In dem Moment ging die Tür zum Wohnzimmer auf und Lena stand im Schlafanzug mit ihrem hellbraunen Schmusebär im Arm, rieb sich die Augen und schaute weinend auf die Eltern: „Warum streitet ihr euch denn so sehr? Habe ich was falsch gemacht? Waren wir nicht artig?"

Alexander standen ebenfalls Tränen in den Augen. Jetzt hatte das Kind auch noch Schuldgefühle. Er erhob sich rasch und lief zu seiner Tochter, um sie auf den Arm zu nehmen. „Ach was, meine Kleine. Alles kein Problem. Wir waren gerade nur unterschiedlicher Meinung. Das passiert dir doch auch gelegentlich mit deiner Schwester und dann kann es schon mal lauter werden. Das kennst du doch! Es wird stets alles wieder gut! Versprochen!"

Lena schmiegte sich an den Vater und drückte ihm einen Kuss auf die Wange. „Ich habe dich so lieb, Papa."

Sie schlang ihren Arm um seinen Hals, während er sie durch die Wohnung trug.

„Ich weiß, mein Kleines", antwortete Alex und legte seine Tochter behutsam in ihr Bett.

Das mit dem Versprechen hätte er eben nicht sagen sollen. Seine Tochter hatte ein überaus gutes Gedächtnis. Genau wie er. Das blieb bestimmt bei ihr hängen, wenn dann doch eben nicht alles gut werden würde ... Am liebsten hätte er sich jetzt daneben gepackt, die Augen geschlossen und einfach die Wärme seines Kindes genossen. Aber so zog er ihr nur behutsam die Decke bis ans Kinn, streichelte ihr noch ein Weilchen über den Kopf und flüsterte beruhigend auf sie ein. „Alles wird gut, mein Kind, alles wird gut."

Dabei wusste er genau, dass nichts wieder gut werden würde.

Als er zurückkehrte, hatte sich Olga eine Zigarette angezündet. „Gib mir auch mal eine", forderte er seine Frau auf.

„Was, du rauchst wieder? Ich denke, das kannst du deiner Gesundheit nicht zumuten und es lässt sich nicht mit deinem sportlichen Ehrgeiz vereinbaren."

„Ja, das stimmt schon. Aber es gibt Situationen im Leben, da muss man Ausnahmen machen", sagte er und zog intensiv an der Zigarette.

„Wo waren wir stehen geblieben?", erkundigte sich Alexander.

„Du hattest rumgebrüllt", antwortete Olga scharf.

„Sei doch nicht so unsachlich", konnte sich Alex nicht verkneifen. „Wir sollten jetzt einfach in Ruhe darüber reden, wie es mit uns weitergehen soll."

„Mit uns geht nichts weiter, mit uns geht es auseinander. Es ist nur eine Frage des Wie!", betonte Olga und schenkte sich erneut das Rotweinglas randvoll.

„Wenn du meinst", sagte Alexander. „Aber schuldig bist ganz allein du."

„Ich glaube, die Schuldfrage wird heutzutage gar nicht mehr gestellt. Außerdem haben wir uns einfach auseinandergelebt. Das wird doch jeder Richter einsehen. Gar keine Frage."

„Aber du hast einen Geliebten und wahrscheinlich von ihm auch noch die Kleine. Von mir jedenfalls ist sie ja nachweislich nicht."

„Was du privat, aufgrund deiner tollen Beziehungen, an irgendwelchen Tests hast machen lassen, zählt vor Gericht sowieso nicht. Das solltest du aber wissen", ereiferte sich Olga.

„Nicht so laut", bremste Alexander jetzt seine Frau. „Sonst wecken wir die Kinder noch einmal."

„Kommen wir somit zum Abschluss des offiziellen Teils unserer Veranstaltung“, erhob der Vorsitzende seine Stimme. Die Luft im Raum war inzwischen extrem stickig geworden. Mehr als hundert Leute saßen an den u-förmig aufgebauten Tischen.

„Wir haben alle Punkte der heutigen Tagesordnung erledigt. Ich bedanke mich bei meinen Vorrednern und wünsche uns allen wiederum ein gutes Jahr. Vielen Dank, dass auch die Presse vertreten ist. Wir hoffen wie immer auf eine gute Berichterstattung, liebe Frau Schuster. Ein schönes Foto haben Sie im Kasten?“ Der Vorsitzende blickte zu der Journalistin hinüber, die ihre Brille auf dem Nasenrücken zurechtschob und freundlich nickte.

„Dann Prost, meine Damen und Herren, liebe Mitglieder!“ Und er erhob sein Glas, um es in die Runde zu halten. Die anderen erhoben ebenfalls ihre Gläser und prosteten ihm zu. Daraufhin ging alles im allgemeinen Geraune unter.

Franz Gerber und Wolfram Köhler saßen nebeneinander. Eben stieß Franz seinen Freund Wolfram mit dem Ellbogen in die Seite und sprach ihm halblaut ins Ohr: „Ich glaube, die Gelegenheit ist günstig. Wir sollten uns jetzt mal mit Waldemar austauschen.“

„Was hast du gesagt?“, fragte Wolfram zurück, wobei er eine Hand hinter sein Ohr legte und es nach vorn drückte. „Ich verstehe kein Wort.“

„Lass uns mal nach draußen gehen!“, war Franz jetzt lauter geworden, sodass die daneben Sitzenden zu beiden hinüberschauten. Eine Bemerkung zum Besuch beim Hörgeräteakustiker verkniff er sich. Er wollte seinen Freund nicht kränken.

„Kein Problem. Ich brauche jetzt auch mal frische Luft", reagierte Wolfram spontan und stand auf. Franz tat es ihm gleich und klopfte ihm auf die Schulter. „Ja, und um eine zu rauchen, muss man schließlich auch vor die Tür. Ist schließlich alles nicht mehr wie früher."

Die beiden Männer liefen Richtung Ausgang und steckten dabei schon die Köpfe zusammen.

„Was meinst du? Sollten wir Waldemar heute zur Rede stellen?", fragte Franz, als sie endlich vor der Tür standen.

„Na klar, was denn sonst. Es bleibt uns keine Wahl."

Eine Stunde später hatten sich Franz und Wolfram am Fuße der Windmühle eingefunden, wohin sie auch Waldemar Schulze zitiert hatten. Sie wollten mal eben mit ihm noch einen nächsten Einsatz des Vereins an dem Objekt abstimmen, hatten sie ihm erklärt.

„Meint ihr nicht, dass es dafür ein bisschen spät ist?", hatte sich Waldemar erkundigt, der schon seine zweite Flasche Bier genussvoll ansetzte.

„Nein, nicht wirklich. Wir wollen ja auch zeitnah mit dem Projekt starten. Die Fördermittel sind genehmigt. Also sollten wir loslegen, ehe noch was dazwischen kommt", war die Antwort von Franz.

„Nun gut. Bis gleich", sagte Waldemar daraufhin.

Im Trubel der Versammlung, die im geselligen Teil immer einen enormen Geräuschpegel erreichte, war die Verabredung der drei keinem aufgefallen. Man tauschte sich miteinander aus, aß eine Kleinigkeit von den leckeren westfälischen Köstlichkeiten, die die Frauen vorbereitet hatten, und trank dazu ein Bierchen oder auch mehr. Die Damen eher Mineralwasser, mussten sie doch ihre Männer später nach Hause kutschieren.

„Ich hab ein Tau vom Jachtclub mitgebracht", sagte Franz.

„Wieso das denn?", wunderte sich Wolfram.

„Wir sollten Waldemar mal gehörig unsere Meinung geigen", entgegnete Franz.

„Na ja, aber mit einem Tau? Was hast du denn vor?"

„Waldemar wird uns sowieso nur die Hucke volllügen. So einfach im Gespräch rückt der nie mit der Wahrheit heraus. Deshalb habe ich mir gedacht, wir fesseln ihn an einen Mühlenflügel, wie in alten Indianerzeiten. Dann kann er uns auch nicht so einfach wieder abhauen", erläuterte Franz.

„Gute Idee", entgegnete Wolfram. „So machen wir das."

Im Hintergrund leuchteten die Scheinwerfer eines Fahrzeugs auf. Das musste der Erwartete sein.

Kurze Zeit später stieg Waldemar aus seinem Auto aus und blickte auf die beiden Männer in der Dunkelheit: „Also Jungs, da hättet ihr euch aber einen besseren Zeitpunkt aussuchen sollen. Mir ist jetzt eigentlich nicht mehr nach langen Diskussionen um das weitere Vorankommen hier an dem Objekt. Können wir das nicht ein andermal bereden?"

„Dir wird schon nach einer Diskussion zumute sein müssen", knurrte Franz halblaut zwischen den Zähnen durch.

„Was hast du gesagt, Franz? Ich habe dich gerade nicht verstanden", sagte Waldemar und rülpste. „Mann, irgendwie war das Essen zu fett! Oder ich habe einfach zu viel gegessen, aber es hat ja auch mal wieder geschmeckt. Nicht wahr, ihr zwei?"

„Es geht jetzt nicht ums Essen, sondern um ganz andere Dinge“, entschloss sich Wolfram und Waldemar stutzte.

„Na klar, ums Essen nicht, sondern um den weiteren Ausbau der Remise. Was sonst?! Aber genau genommen hätten wir das auch alles in Ruhe bei der nächsten Zusammenkunft besprechen können.“

Franz hielt die ganze Zeit über das zusammengerollte Tau hinter seinem Rücken. „Es geht um unser Geld, das du veruntreut hast“, sagte jetzt Franz forsch.

„Ach was, ich habe doch nichts veruntreut! Euer Geld ist bei mir in guten Händen. Das entwickelt sich alles. Man braucht nur Zeit und Geduld und muss eben eventuell auch einmal eine kleine Durststrecke durchhalten. Das habe ich euch doch von Anfang an gesagt.“

„Und was soll dann das Schreiben von der Bank? Das klang ja nun alles andere als rosig“, warf Wolfram ein.

„Ist auch alles kein Wunder, wenn die Anleger immer so habgierig sind. Die können allesamt den Hals nicht voll genug kriegen. Da seid ihr in der richtigen Truppe“, ereiferte sich jetzt Waldemar und blickte giftig, was selbst in der Dunkelheit für die beiden anderen gut wahrnehmbar war. Der Mond beschien das Spektakel.

Den Hals nicht voll genug kriegen, diese Formulierung brachte das Fass zum Überlaufen und Franz entrollte das Tau. Wolfram packte währenddessen Waldemar an den Schultern und schob ihn an einen der Windmühlenflügel. Der Mann war so verdutzt, dass er alles ohne Gegenwehr mit sich geschehen ließ. Nur Worte hatte er noch parat: „Was ist denn in euch gefahren? Habt ihr noch alle Sinne beisammen?“

„Genau! Das haben wir. Und du wirst uns jetzt und hier alles im Detail beichten und Buße tun!“ Franz hatte sich in Rage geredet und das Tau in gekonnten Windungen um Waldemar und den Mühlenflügel geschlungen.

„He, Mann, ich bekomme keine Luft mehr!“, wehrte sich Waldemar jetzt doch, weil das dicke Seil sich auch um seinen Hals wand.

„Gut so!“, entgegnete Wolfram unbeeindruckt.

Dann standen die beiden vor ihrem vollendeten Werk und betrachteten Waldemar, der nun in den kunstvollen Knoten hing und mit angstvoll geweiteten Augen in die Nacht blickte.

„Wann hast du gewusst, dass es mit unserer Anlage schiefgeht?“, fragte Franz.

„Wieso hast du uns nicht reinen Wein eingeschenkt, sondern immer mehr Geld von uns in diese Fonds gesteckt?“, schloss sich Wolfram an.

„Ich war der festen Überzeugung, dass das alles wieder einen super Gewinn bringt. Wie immer!“ Waldemar stand Schweiß auf der Stirn und er schnappte nach Luft.

Alexander Rosenbaum saß an seinem Schreibtisch. Dichter Flockenwirbel versperrte die Sicht aus dem Fenster. Er nahm ihn nicht wirklich wahr. Irgendwie sah er durch ihn hindurch und stellte Vergleiche zwischen den beiden Mühlentoten an. Was mochte sie nur verbinden? Beim Vermögensberater Waldemar Schulze hatten sie alles, aber auch alles geprüft. Die Befragungen seiner Kollegen im Hauptfirmensitz in Hannover hatten nichts gebracht, wenn man mal von Neid und Missgunst absah. Der Mensch war eben so gestrickt. Aber wenn es danach ginge, dann hätten sie nur noch Leichen, Tag für Tag.

Wenn er sich doch wenigstens zwischendurch mal mit seinem Freund Andreas in Hameln austauschen könnte. Alexander sichtete immer wieder seine E-Mails auf kommissar-rosenbaum@freenet.de, aber alles, was kam, war Werbung oder nur ab und an eine kleine Botschaft, immer gleichen Inhalts: Wenig Zeit, im Stress, später mehr … Was sollte er darauf antworten? Für Andreas stand ein Auslandseinsatz bevor und dafür musste er noch verschiedene Schulungen absolvieren. Davon hatte er kurz in einem Telefonat berichtet, aber auch das deutlich atemlos und fast ein wenig auf der Flucht. Ob bei ihm auch die Ehe kriselte? Alexander versuchte wieder, sich auf die Arbeit zu konzentrieren.

Im zweiten Fall hatte sich die Vermisstenanzeige als Treffer erwiesen. Es handelte sich um Anselm Hoyer. Die Freundin war auf der Suche nach ihm gewesen.

Alexander grinste. Wenn man immer gleich allen Anzeigen dieser Art nachginge, dann käme man gar nicht mehr zur eigentlich wichtigen Arbeit. Laufend war jemand auf der Suche nach dem Mann, der Frau, dem Geliebten. Bei Kindern handelten die Beamten da recht zeitnah, denn es konnte natürlich etwas passiert sein. Aber bei Erwachsenen?! Man witzelte in der Dienststelle immer rum, wenn eine neue Anzeige kam, von wegen, da wäre mal wieder einer Zigaretten holen gegangen ..., um sich aus dem Staub zu machen.

Diesmal aber erwies sich die Vermisstenanzeige als angebracht.

Anselm Hoyer war fünfundvierzig Jahre alt, selbstständig mit einem Hausmeisterservice. Zwischen ihm und Waldemar Schulze lagen ja nun Welten. Aber wenn es eine Folgetat war, dann gab es Berührungspunkte, musste es geben. Irgendwo lag da eine Stecknadel im berühmten Heuhaufen.

Plötzlich stand Wolfhard vor Alexanders Schreibtisch: „Na, wird es nicht Zeit für den Feierabend?“

„Was, wieso? Feierabend?“ Alexander brauchte einen Moment, um aus seinen Gedankengängen herauszufinden.

„Schaust du dir heute Abend Handball an? Ist ein entscheidendes Spiel für Deutschland“, erkundigte sich Wolfhard.

„Wieso das denn, da könnte ich mir was Besseres vorstellen!“, entfuhr es Alexander und im selben Augenblick biss er sich auf die Zunge. Da war sie wieder, seine Berliner Schnoddrigkeit. Er war doch schon einmal ins Fettnäpfchen getreten, was Handball anging, gleich zu Beginn seiner Tätigkeit hier in Minden, als er diese Sportart gemessen am Fußball als vergleichsweise langweilig bezeichnet hatte. Und Wolfhard blickte auch prompt ziemlich beleidigt in die Gegend.

„Ach, Wolfhard, tut mir leid. Ich weiß, ihr seid hier alle Fans vom Handball. Aber mein Ding ist er eben nicht so wirklich. Außerdem, wenn ich das recht sehe", und er drehte sich direkt zum Fenster, „dann bin ich wohl mit Schneeschieben dran. Habe ich meiner Nachbarin versprochen. Und meist komme ich gar nicht dazu. Wobei ich heute schon einmal in aller Herrgottsfrühe geschoben habe."

So schnell, wie Wolfhard einschnappte, war er auch wieder beruhigt: „Genau. Das muss ich auch noch machen. Kann ich meiner zarten Rita ja nicht zumuten. Wobei, zart ist vielleicht nicht die richtige Bezeichnung."

Wolfhard lachte.

„Höchstens zart besaitet. Aber Schneeschieben ist eben Männersache!"

„Tja, Wolfhard, dann reicht es vielleicht für heute. Ich bin auch irgendwie nicht mehr in der Lage, klar zu denken. Einen schönen Feierabend für dich. Und viel Spaß beim Handball."

„Gleichfalls", erwiderte Wolfhard, indem er den Wunsch sowohl auf die freie Zeit als auch auf den Fernsehabend oder das Schneeschieben oder was auch immer bezog. Er drehte sich um und verließ das Zimmer.

Als Alexander daheim ankam, präsentierte sich die Dorfstraße tief verschneit. Es glänzte und funkelte im sternklaren Abend. Der Nachbar im letzten Haus hatte seine Pflicht schon erfüllt und auch davor kam er mit dem Auto recht gut vorwärts. Nur ab dem Grundstück von Hertha Jendritzky lagen die Massen noch reichlich auf der Straße. Da mochte höchstens tagsüber der Trecker vom Bauern etwas beiseite geschafft haben.

Na gut, dachte Alex bei sich, ein besseres Fitnessstudio geht gar nicht. Dann wollen wir mal. Er setzte das Auto quer vor die Garage, dabei stand es noch halb auf der Straße. Mehr ließen die Schneewehen nicht zu. Er musste erst einmal alles freischaufeln, um für den Wagen einen vernünftigen Standplatz zu schaffen. Dann stieg er aus und verursachte tiefe Spuren im knirschenden Untergrund. Kater Albert wartete schon vor der Haustür, mit vorwurfsvollem Blick, wie es schien.

„Na, mein Kleiner, ist es dir zu kalt draußen?", beugte sich Alex zu seinem Kater und streichelte ihm über den Kopf, woraufhin dieser wohlig schnurrte. Die Wunde am Auge schien langsam, aber doch recht gut zu verheilen, stellte Alexander fest.

„Dann mal ab in die gute Stube." Und er öffnete die Haustür. Albert sauste an ihm vorbei und rutschte mit seinen schneefeuchten Pfoten über die glatten Fliesen. Erst der Teppich stoppte ihn.

„Gar keine Frage, was du jetzt willst und wohin es dich zieht", murmelte Alexander und legte sich die folgenden Arbeitsschritte zurecht. Erstens Futter für Albert. Das geschah mit wenigen Griffen. Alexander entschied sich für ein Tütchen namens Sensationen mit Rind in Gelee und Tomate. Beim Einfüllen in den Futternapf betrachtete er die Fleischbrocken und roch daran. Eigentlich lecker, dachte er bei sich. Könnte man glatt selbst verzehren, wenn einem danach wäre.

Dabei fiel ihm die Anekdote seiner Cousine Vanessa ein, die irgendwann einmal für ihren Rauhaardackel Hundeschokolade besorgt und etliche Stückchen in einer Schale angerichtet hatte. Der Rest lag noch in der

Folie auf der Küchenzeile. Dann klingelte das Telefon und sie kam davon ab, weil sie auch gerade die Wäsche in Arbeit hatte und alle Betten neu bezog. Später fiel ihr die Schokolade für Sir Arthur ein, aber da fand sich nichts mehr in der Küche. Erst im Mülleimer wurde sie fündig. Da lag das zusammengeknüllte Schokoladenpapier. Nicht mal ordnungsgemäß getrennt, hatte sie dabei noch überlegt und dann schallend gelacht, als sie sich ins Wohnzimmer begab und dort ihren Mann und die beiden Söhne zur Rede stellte. Sie gaben die Nascherei auch gleich zu, woraufhin sie nur locker gemeint hatte, na, hoffentlich habe Sir Arthurs Leckerli allen gemundet, woraufhin der Jüngste würgend ins Bad rannte. Die Geschichte war beliebt in der Familie.

Zweitens, dachte sich Alexander, während Albert den Napf leer geleckt hatte, zweitens sollte ich für mehr Wärme sorgen. Er lief in den Nebenraum, öffnete die Ofenluke und hielt das angezündete Streichholz an den weißen Anzünder, den er zwischen dem Holz platziert hatte. Darüber ein paar Kohlen. Den Ofen hatte er schon am Morgen sorgsam befüllt, wie er es in der kalten Jahreszeit jeden Tag tat. Eine schöne, gemütliche Ergänzung zu den Elektroheizkörpern im gesamten Haus.

Jetzt loderte das Feuer rasch auf und er lehnte die Tür an; die Hebel für den Luftzug am Rohr und an der Tür selbst waren offen. Öko-Zündwolle, fiel ihm dabei ein. Die sollte ich mal gleich auf einen Zettel schreiben. Die weißen Anzünder waren noch eine alte Reserve aus Restbeständen, auf die griff er aus Umweltbewusstsein nur ungern zurück. Allerdings wirkten sie meist zuverlässiger.

Während sich Alexander erhoben hatte und in die Küche gegangen war, um sich den Stichpunkt auf seiner Einkaufsliste zu notieren, beschloss er, nun die dritte Aufgabe in Angriff zu nehmen: Schneeschieben. Danach wäre es bestimmt schon kuschelig warm im Wohnzimmer. Er sah zur Uhr: Gleich kämen die ZDF-Nachrichten. Das würde jetzt sicher ein ganzes Weilchen dauern, da hätte er eine echte Entschuldigung, warum er sich nicht das bedeutende Handballspiel anschauen konnte. Er grinste und sah schon Wolfhard vor sich, wie der alles am nächsten Tag mit unbremsbarer Begeisterung kommentieren würde. Da musste man so ein Spiel überhaupt nicht gesehen haben.

Dann zog sich Alexander seine alten Jeans und eine dicke Jacke an, schnappte sich Mütze, Schal und Handschuhe und trat ins Freie. Der Bewegungsmelder erhellte großräumig die Arbeitsfläche.

Zum Glück hatte Alexander den Schneeschieber gleich direkt neben der Eingangstür platziert. Da konnte er also zielgerichtet vorgehen, ohne noch mehr Spuren im Schnee zu hinterlassen. Zuerst den Weg für den Briefträger, dann die Straße inklusive des Areals von Hertha Jendritzky – bis zu deren Haustür. Zuletzt kam sein Parkplatz dran. Währenddessen schneite und schneite es ununterbrochen. Nicht sehr sinnvoll, diese Tätigkeit, grübelte Alexander bei sich. Aber was soll es, man sieht hier ringsum meinen Einsatz. Und das ist die Hauptsache. Die gesamte Straßenbreite lag jetzt sauber geräumt vor ihm, zum Feld hin hatte er einen hohen Wall erzeugt. Alexander wischte sich den Schweiß von der Stirn.

Als Alexander am nächsten Morgen aus dem Fenster sah, leuchtete die weiße Pracht wieder flächendeckend. Na prima, dachte er bei sich, auf ein Neues! Den Wecker hatte er sich extra früher gestellt. Er schwang sich in seine warmen Sachen. Als er vor der Haustür seiner Nachbarin schob, öffnete sich die Tür einen Spalt breit.

„Ach, lieber Herr Rosenbaum. Das ist ja so was von nett, dass Sie diese lästige Pflicht übernehmen. Früher habe ich das alles allein bewältigt, musste ich ja auch, nachdem mein Mann so früh verstorben war. Aber man kommt eben in die Jahre."

Alexander nickte freundlich. Jetzt bloß nicht erneut die Geschichte von der Ehe und dem tragischen Tod des Partners, hoffte er im Stillen …

„Darf ich Sie denn mal am Sonnabend zu Kaffee und Selbstgebackenem einladen?", erkundigte sich die Nachbarin.

Alexander lächelte breit und überlegte nur kurz. Am Wochenende musste er sowieso arbeiten, da kam eine Heimfahrt nach Berlin nicht infrage. Also, warum eigentlich nicht.

„Gern", antwortete er. „Wann soll ich bei Ihnen aufschlagen?"

„Wann würde es Ihnen denn passen? Ich denke mal so fünfzehn Uhr wäre gut."

„Prima. Dann stehe ich um diese Zeit mit oder ohne Schneeschieber vor Ihrer Tür."

Hertha Jendritzky lächelte, froh über diese bevorstehende Abwechslung. In der kalten Jahreszeit war der Austausch mit den Nachbarn doch arg zurückgefahren. Sonst traf man sich immer mal im Garten, konnte ein kleines Schwätzchen halten. Aber bei diesen Temperaturen ging gar nichts. Da hockte jeder für sich allein in seinem Haus.

Nachdem Alexander geduscht hatte, trocknete er sich gründlich ab. Junge, fiel ihm da die Mahnung seiner

Mutter ein. Immer ganz gründlich alles abtrocknen, auch zwischen den Zehen. Sonst kann sich da was entzünden. Diese Drohung stand immer, bei jedem Bad, jeder Dusche, jedem Saunabesuch im Raum. Aber sie hatte sicherlich recht. Mütter eben. Wohlwollend, fürsorglich, egal wie alt man war. Noch in Unterwäsche lief er ins Wohnzimmer und bestückte den Ofen. Dabei blickte er aus dem Fenster. Da er an diesem Tag erst gegen zehn Uhr im Dienst sein wollte, war es schon hell geworden.

An seiner Wäscheleine und am alten, knorrigen Birnbaum hatte er Futterkugeln befestigt und an beiden hingen eindeutig Buntspechte! Alexander setzte sich verdutzt auf die Holzkiste. Das war ein derart schöner Anblick. Ein Vogel hatte ein rotes Käppi, der andere nicht. Bestimmt war der mit dem schicken Hut das Männchen, überlegte Alex. Bei den Gefiederten sind ja meist die Herren die Schöneren. Beide Tiere taten sich ausgiebig gütlich, unten pickten andere um die Wette: Meisen, Spatzen ... Ein Stück weiter stob ein Fasanenmännchen im Schnelltempo durch den Schnee. Und in einer Ecke des Grundstücks entdeckte Alexander jetzt drei Rehe, die durch das weiße Pulver stakten. Eines scharrte ein Stückchen frei und legte sich bedachtsam nieder. Ein anderes knabberte noch am Essigbaum. Hauptsache, es schmeckt, dachte Alexander bei sich und übte Nachsicht.

Am Sonnabend stand Alexander mit einem großen Blumenstrauß vor der Tür seiner Nachbarin. Den hatte er sich diesmal beim Supermarkt in Hille bestellt, wo er bei dieser Gelegenheit auch Geld in der kleinen Postfiliale abhob. Dabei hatte er einen Blick auf den Storchenbildschirm geworfen, aber der war im Winter leider schwarz. Erst wenn die Vögel wieder von ihrem Ausflug in den Süden zurückgekehrt waren und Eier gelegt hatten, setzte die Liveübertragung erneut ein. Also musste er sich wohl noch etwas in Geduld üben, was nicht seine größte Stärke war.

Vor dem Haus von Hertha Jendritzky parkte ein Auto. Nanu, da war er nicht allein eingeladen, grübelte er. Aber das würde sich ja sofort klären.

„Schön, dass Sie so pünktlich sind. Meine Tochter ist auch schon da. Ich hoffe, das macht Ihnen nichts aus, lieber Nachbar?"

„Keineswegs", entgegnete Alexander. „Flüchtig kennen wir uns ja schon vom Grüßen."

In der Wohnküche loderte ein kräftiges Feuer im alten Kochofen. Es duftete nach Kaffee und auf dem Tisch stand frischgebackener Streuselkuchen. Hm, dachte Alexander, mein Lieblingskuchen. Die Gute muss Gedanken lesen können. In der Ecke saß Britta Westermann, die Tochter, vor sich eine bereits gefüllte Tasse, aus der es noch leicht dampfte.

„Hallo", grüßte Alexander und die Tochter erwiderte: „Hallo. Schön, dass wir uns mal auf diesem Wege etwas näher kennenlernen. Sie unterstützen ja meine Mutter so zuverlässig nachbarschaftlich, vor allem jetzt beim Schneeschieben. Das ist mir auch eine große Hilfe. Wir wohnen ja doch ein Stück weiter weg, in Minden-Hahlen."

Hahlen, überlegte Alexander, wobei hatte sich dieser Ortsteil nur in seinem Gedächtnis eingeprägt. Aber die Lösung folgte sogleich. Stimmt, das war der Wohnort vom vermeintlichen Täter in seinem ersten Fall in der Region. Das war dermaßen tragisch ausgegangen. Er schluckte und setzte sich, nachdem ihm Hertha Jendritzky einen Platz an ihrer Seite angeboten hatte. Jetzt fiel ihm ein, dass ihm die Nachbarin doch mehrfach davon berichtet hatte, was für eine erfolgreiche Fachanwältin für Familienrecht ihre Tochter sei. Da sollte sich das Gespräch doch wohl gezielt in eine ganz bestimmte Richtung lenken lassen.

Schon bei den ersten Bissen hatte er seine Gastgeberin vollmundig und ehrlichen Herzens gelobt: „Oh, ist der lecker, liebe Frau Jendritzky. Einmalig. Außerdem mein Lieblingskuchen. Woher Sie das nur geahnt haben?“

Hertha Jendritzky strahlte über das ganze Gesicht: „Tja, auch ich kombiniere gelegentlich richtig. Ich schaue mir ja auch jeden Krimi im Fernsehen an und weiß meist schon nach den ersten Sequenzen, wer der Täter ist. Herr Rosenbaum ist übrigens Kriminalhauptkommissar, Britta, aber das habe ich dir ja schon erzählt.“

Britta Westermann nickte: „Stimmt, Mutter, das hast du mal erwähnt. Und was hat Sie hierher verschlagen, Herr Rosenbaum? Ich höre bei Ihnen eindeutig heraus, dass Sie aus Berlin kommen?“

„Was, tatsächlich?“, gab Alexander erstaunt von sich.

„Dabei gebe ich mir immer so große Mühe, damit man den Dialekt nicht merkt.“

„Aber das brauchen Sie doch nicht. Ist doch ein sehr netter Akzent. Ich mag das.“

Alexander blickte etwas verwirrt. Also, das hatte ihm noch niemand gesagt, dass er seinen Berliner Dialekt nett fand. Im Gegenteil. Er erinnerte sich an einen Kinderferienlageraufenthalt, wo ihn die von allen umschwärmte, bildschöne Gruppenleiterin unter vier Augen gefragt hatte, ob er denn wohl auch so unmöglich schreiben, wie er reden würde ... Was zumindest seine Schwärmerei sofort beendete.

Eine sympathische Tochter hatte seine Nachbarin da, beschloss er spontan. Im Laufe des Nachmittags lenkte er das Gespräch geschickt in die Richtung, in der er kompetente Auskünfte erhoffte.

„Ich habe da einen Kollegen, der liegt gerade in Scheidung. Und seine Frau will das alleinige Sorgerecht für die beiden Kinder erwirken. Geht das?", fragte Alexander irgendwann direkt und in der Hoffnung, unbeteiligt zu wirken.

„Aha, ein Kollege also", antwortete Britta und schaute Alexander aufmerksam an, um aber gleich auf die Frage einzugehen. Alex rutschte etwas nervös auf seinem Stuhl hin und her. Schon wieder jemand, der ihn durchschaute. Aber so ganz unrecht war es ihm in diesem Fall nicht. Irgendwann würde er sowieso mit der Sprache herausrücken müssen.

„Also, vom Grundsatz her bleibt das Sorgerecht erstmal bei beiden Elternteilen. Alleiniges Sorgerecht wird nur in äußerst seltenen Fällen zugesprochen. Da müsste einer schon schizophren oder ein Borderliner sein oder es müssten Drogen, Alkohol, Verwahrlosung, Kriminalität in den verschiedensten Varianten eine Rolle spielen. Womit Sie sich ja bestens auskennen."

Alexander nickte und Britta fuhr fort.

„In erster Linie geht es da um das Aufenthaltsbestimmungsrecht. Und da ist die Frage, was die Kinder wollen. Wie alt sind sie denn?

„Die Kleine ist sechs, die Große neun Jahre alt", schloss sich die Antwort nahtlos an die Frage an.

Britta runzelte ein klein wenig die Stirn und wiegte den Kopf hin und her: „Also, ab acht oder neun Jahren, da ist es schon entscheidend, was das Kind will, wobei man erst ab zwölf oder dreizehn Jahren von einem wirklich festen Willen ausgehen kann, also dass die Kinder ihre Entscheidung richtig einschätzen können. Aber wichtig sind natürlich auch die Fragen, wie die Betreuung organisiert wird, wie läuft es mit dem Abendessen, mit der Wäsche, mit dem ganz normalen Alltag. In der Regel haben die Mütter - bei aller viel gelobten Gleichberechtigung - die geregelteren Arbeitszeiten, um sich um alles optimal zu kümmern. Bei den Vätern ist das meist problematischer."

„Und wenn sich vielleicht Großeltern da einklinken könnten?", fragte Alexander hoffnungsvoll dazwischen.

„Die Elternteil-Betreuung geht immer vor. Auch Großeltern sind da lediglich Dritte."

„Ach so", entfuhr es Alex etwas enttäuscht.

„In Scheidungsfällen geht es aber auch oft um das umfassende Umgangsrecht. Der Partner, bei dem die Kinder nicht alltags leben, betreut sie vielleicht alle zwei Wochen von Freitag bis Sonntag oder zu Ostern, zu Pfingsten, in den Schulferien. Spontane Regelungen funktionieren meist nicht, man sollte sich an strikte Zeiten halten. Aber das kann man alles klären. Und sollte es auch ausprobieren. In der Praxis zeigt sich dann, ob der - nehmen wir mal an - Vater auch zuverlässig ist und die vorgesehenen Termine einhält oder eben kurzfristig dann doch keine Zeit hat."

Alexander seufzte unvermittelt auf.

„Aber es geht ja um Ihren Kollegen", tröstete Britta, nicht wirklich überzeugt.

„Eine große Rolle spielt auch die Geschwisterbindung. Je zerstrittener die Eltern sind, umso weniger sollte man die Kinder trennen, denn die brauchen sich auch als psychologische Stütze."

Alexander hörte gar nicht mehr zu, als Hertha Jendritzky energisch einwarf: „Können wir endlich mal das Thema wechseln? Das ist mir jetzt alles zu traurig. Wir sitzen doch hier gemütlich beisammen und sollten uns über fröhliche Dinge unterhalten."

„Wo du recht hast, hast du recht, Mutter. Ich wollte nur die Frage von Herrn Rosenbaum beantworten. Das ist eben ein sehr umfängliches Thema…"

„Und du bist auch immer gleich in deinem Element. Ich weiß", lächelte Hertha Jendritzky und blickte stolz auf ihre Tochter.

„Dankeschön für die Auskünfte. Das werde ich meinem Kollegen berichten", sagte Alexander und kam nun auf das unverfängliche Wetter zu sprechen. Daran konnte sich auch die Nachbarin umfangreich beteiligen und erzählte von Nachkriegswintern und wie sehr ihr die doch in ihrer Eiseskälte in Erinnerung geblieben waren. Das wäre ja keinerlei Vergleich mit heutzutage. Außerdem hätte man damals meist nicht genügend Heizmaterial gehabt. Und auch das Essen sei knapp gewesen.

Britta und Alexander schauten sich verständnisinnig in die Augen. Mütter lebten eben zu einem beachtlichen Teil in ihrer Vergangenheit. Vor allem dann, wenn sie schon ziemlich in die Jahre gekommen waren.

„Darf ich Ihnen noch ein Stück Streuselkuchen auf den Teller tun?", erkundigte sich Britta mit einem fragenden Blick zu ihrer Mutter, die nur, erfreut über die Fürsorglichkeit der Tochter, nickte.

„Aber sehr gern. Ich habe zwar mein Limit schon überschritten, doch bei diesem leckeren Angebot kann ich einfach nicht nein sagen", erklärte Alexander und hielt seinen Teller hoch.

„Wenn Ihr Kollege noch mehr Fragen hat, kann er auch gern mal in meiner Kanzlei vorbeischauen", sagte Britta Westermann, wobei sie „Ihr Kollege" stark betonte. Alexander schob sich ein großes Stück vom Kuchen in den Mund, um sich nicht äußern zu müssen.

„Danke für das nette Angebot", sagte er ein kleines Weilchen später, ohne sie direkt anzuschauen.

„Hier, meine Karte für den Kontakt."

Britta schob ihre Visitenkarte über den Tisch, die Alexander aufmerksam betrachtete und dann in seine Westentasche steckte.

Als Alexander ein paar Tage später ein Anwaltsschreiben auf seinem Schreibtisch hatte, zog er die Visitenkarte von Britta Westermann hervor. Er starrte lange darauf, bis er sich ein Herz fasste und die Nummer wählte. Eine Mitarbeiterin vertröstete ihn, er möge es in einer halben Stunde noch einmal probieren. Momentan sei Frau Westermann in einem Gespräch mit einem Klienten. Ungeduldig klopfte er in der Zwischenzeit mit den Fingern im Takt auf den Tisch, immer mit dem Blick auf die Uhr. Nach exakt dreißig Minuten betätigte Alexander die Wiederwahl.

„Jetzt kann ich Sie gern durchstellen, Herr Rosenbaum", lautete die freundliche Auskunft und kurzzeitig ertönte eine Wartemusik. Etwas angenehm Klassisches, obwohl Alexander diese Art der Unterhaltung eigentlich nicht leiden konnte. Er dachte an die Zeit, die er gelegentlich vertrödeln musste, wenn er bei seinen Recherchen herumtelefonierte. Ob schon mal jemand diese Vergeudung menschlicher Lebenszeit hochgerechnet hatte?

In dem Moment ertönte die Stimme von Britta Westermann am anderen Ende: „Nanu, Herr Rosenbaum, so schnell hören wir wieder voneinander. Worum geht es denn?"

„Um das Scheidungsthema."

„Aha, hat Ihr Kollege da noch detaillierte Fragen?"

„Nein, es handelt sich nicht um einen Kollegen, sondern um mich."

Am anderen Ende herrschte kurze, kommentarlose Ruhe. Eindeutig wollte die Rechtsanwältin abwarten, bis Alexander den Faden wieder aufgriff.

„Vielleicht sollte ich einmal bei Ihnen vorbeischauen. Ich habe da jetzt ein Schreiben vom Anwalt meiner Frau auf dem Tisch. Darüber würde ich mich gern mit Ihnen unterhalten."

„Aber natürlich. Dafür bin ich selbstverständlich da. Wann passt es Ihnen denn?"

„Am besten gleich", schloss Alexander nahtlos an.

Britta Westermann lachte auf.

„Na, Sie sind lustig."

Um sich gleich zu entschuldigen: „Tut mir leid, das war jetzt nicht so gemeint. Ich verstehe Sie schon. Wenn man persönlich durch eine derartige Situation belastet ist, möchte man, so rasch es geht, eine Klärung. Oder zumindest die Hilfe dafür. Und für einen besonders netten Nachbarn meiner Mutter schaue ich jetzt mal, was sich kurzfristig machen lässt."

„Danke", atmete Alexander deutlich hörbar auf.

„So. Wenn ich einen anderen Termin vorziehe und ein paar Dinge verändere, dann könnte ich es heute zum frühen Abend hin noch einrichten, zuallerletzt auf meinem Plan. Achtzehn Uhr ginge."

„Oh, prima", klang Alexander fast ein wenig froh.

„Dann bin ich pünktlich bei Ihnen in der Kanzlei. Die Adresse habe ich ja. Ihr Kärtchen liegt vor mir auf dem Schreibtisch."

„Bis dahin", verabschiedete sich Britta Westermann.

„Tschüss dann", sagte Alexander noch und legte das Telefon wieder auf die Station. Er blickte auf die Uhr. Es blieben ihm noch vier Stunden bis zum vereinbarten Treffpunkt.

Zäh wie Kaugummi hatte sich die Zeit hingezogen. Alexander war nur in der Lage, Routinearbeiten zu erledigen. Und auch dabei schlichen sich Fehler ein. Nicht einmal eine E-Mail konnte er ohne Buchstabendreher beantworten.

Auf die Minute genau stand Alexander zum vereinbarten Termin im Empfangsbereich der Kanzlei, in der mehrere Anwälte arbeiteten. Fachanwältin für Familienrecht stand am Eingang neben dem Namen von Britta Westermann. Manchmal mochte Alexander in seinem Leben nicht an Zufälle glauben. Aber das war jetzt bestimmt eine Fügung des Schicksals.

„Guten Tag", grüßte er freundlich in den Raum.

„Guten Tag", kam ein Echo und hinter einer offenen Schranktür erschien ein lächelndes Gesicht.

„Sie müssen Herr Rosenbaum sein, Frau Westermann erwartet Sie schon."

„Genau", bestätigte Alexander und folgte der jungen Frau, die ihm nun vorauslief.

„Ich verabschiede mich dann schon einmal von Ihnen", sagte sie noch und ergänzte: „Ich habe bereits seit einer Stunde Feierabend."

„Oh, dann wünsche ich Ihnen aber einen schönen solchen", sagte Alexander und trat in das Zimmer von

Britta Westermann, die sich im selben Augenblick hinter ihrem Schreibtisch erhob.

„Hallo, Herr Rosenbaum, ich stehe jetzt zu Ihrer Verfügung. Nehmen Sie doch bitte Platz. Und nun erzählen Sie mir einfach kurz, wie der Stand der Dinge bei Ihnen ist."

Das Wort „Ihnen" betonte sie ein klein wenig zu sehr. Und Alexander dachte beim Hinsetzen sofort daran, dass er ja zunächst behauptet hatte, es würde um die Anfrage eines Kollegen gehen.

„Tut mir leid, dass ich Ihnen nicht gleich die volle Wahrheit gesagt habe. Aber in meinen eigenen Dingen fehlt mir mitunter der Mut."

Alexander stellte fest, dass er soeben einen Satz von sich gegeben hatte, der auf das Sofa eines Psychiaters gehören könnte. Na wunderbar, wie er hier sein Innerstes offenbarte.

Die Anwältin schaute Alexander aufmunternd an: „Machen Sie sich keine Gedanken. Das wird hier natürlich alles absolut vertraulich behandelt. Und es ist sicherlich gut, dass Sie sich fachlichen Rat einholen. Wobei nur Ihre Frau als Antragstellerin einen Anwalt braucht. Bei Ihnen wäre eine solche Vertretung nicht nötig. Und die meisten Leute denken, sie könnten so etwas allein bewältigen ..."

„Tja, das wollte ich eigentlich auch. Aber hier", Alexander schob den Brief von Olgas Anwalt über den Tisch. „Das ist das Schreiben, mit dem ich mich nun wohl oder übel auseinandersetzen muss. Die Scheidung wurde beim Familiengericht Berlin eingereicht."

Britta Westermann griff sich das Blatt und setzte sich die Lesebrille auf, während Alexander sie musterte. Phänomenal, dachte er bei sich, da hatte diese Frau schon einen ganzen langen Arbeitstag hinter sich und die Frisur sowie das Make-up saßen noch perfekt. Die Anwältin schaute leicht irritiert auf und Alexander wechselte die Gedankenspur.

„Wollen Sie sich denn überhaupt scheiden lassen?“, erkundigte sie sich bei Alexander.

„Ich glaube, mir bleibt in dieser Situation nichts weiter übrig. Da ist einfach zu viel geschehen. Von den Details will ich lieber gar nicht reden ...“

„Das allerdings werde ich Ihnen wohl nicht ersparen können, wenn ich Sie vertreten soll“, wandte Britta Westermann ein.

„Na klar“, entgegnete Alexander und setzte sich kerzengerade hin. „Wie dumm von mir.“

Und er fing an, von all den Vorkommnissen in seiner Ehe zu berichten, auch von den zwei Gentests, die er bei seiner Jüngsten hatte machen lassen. Hier schüttelte die Anwältin kaum merkbar den Kopf, ließ ihn aber in Ruhe ausreden. Sie schien alle Zeit der Welt zu haben oder sie sich zumindest nehmen zu wollen. Alexander überkam ein wohliges Gefühl, obwohl er das innerlich von sich wies. Es passte so gar nicht zu dieser Situation, in der es um das Ende seiner Beziehung zu seiner Frau ging und um die beiden Mädchen. Ach, das Leben war schon eines der schwersten.

„Also selbst wenn Sie vielleicht nicht der Erzeuger von Tina sind, so sind Sie doch auf jeden Fall menschlich der Vater, wenn ich das richtig sehe“, sagte Britta Westermann.

Alexander überlegte nur kurz und nickte dann: „Das Kind hat all meine Zuwendung bekommen und bekommt sie auch immer noch, wenngleich ich jetzt schon ein etwas reserviertes Gefühl habe. Ich sehe da einfach meinen Nebenbuhler, wenn ich die Kleine anschaue.“

„Das kann ich schon verstehen", sagte die Anwältin. „Bei der Entscheidung eines Gerichts geht es immer darum, was das Beste für das Wohl des Kindes ist."

„Wenn ich mich um die Große kümmere, dann wird sie bei mir nichts vermissen und es geht ihr bestimmt richtig gut", betonte Alexander. „Sie liebt mich abgöttisch!"

„Das will ich Ihnen glauben, Herr Rosenbaum, aber es gibt doch auch noch ganz andere Eckpunkte, die letztlich ausschlaggebend sind. Ein geregeltes Leben zum Beispiel. Könnten Sie das Ihrem Kind gewährleisten?

Jetzt schluckte Alexander und schwieg.

„Ich sehe schon, bei Ihrem Beruf dürfte das schwierig sein. Was allerdings die eigentliche Scheidung angeht, so dürfte die recht schnell vollzogen sein. Das ist eher ein formaler Akt, um den nötigen Beschluss zu erlangen, vor allem weil Sie schon mehr als ein Jahr getrennt leben. Das reicht als Beweis dafür völlig aus, dass Sie sich auseinandergelebt haben. Allerdings sollten sich beide Beteiligte auch einig sein. Was die Kinder angeht, so würde ich für einen vernünftigen Umgang plädieren. Bei aller Gleichberechtigung sind auch heutzutage meist die Mütter die Hauptbezugspersonen für die Kinder. Nur wenn sie total überfordert sind, hätte man vielleicht eine Chance. Außerdem sehe ich bei Ihnen noch das Problem, dass beide Kinder schon in die Schule gehen. Die Jüngste ist doch auch gerade eingeschult worden?"

Alexander nickte.

„Sehen Sie, und da würden Sie Ihre Mädchen aus diesem gewohnten Umfeld herausreißen. Ein Schulwechsel ist stets ein einschneidender Eingriff. Der sollte wirklich nur stattfinden, wenn es dem Kindeswohl dient."

Alexander ließ die Schultern sinken: „Dann habe ich wohl keine Möglichkeit?"

„Doch", entgegnete Britta Westermann, „die eines vernünftigen Umgangs. Das schlug ich ja schon vor. Lassen Sie uns schauen, was sich machen lässt. Wichtig ist doch auch, dass Ihre Kinder glücklich sind. Das liegt Ihnen bestimmt ganz besonders am Herzen."

Daraufhin stahl sich doch ein Lächeln in das Gesicht von Alexander. Er blickte auf die Uhr: „Oh, da habe ich Ihnen jetzt aber die Zeit geraubt. Das waren jetzt anderthalb Stunden, die Sie sich für mich genommen haben."

„Kein Problem. Das ist mein Beruf", sagte Britta Westermann. „Ich setze mich, wenn es Ihnen recht ist, morgen mit dem Anwalt Ihrer Frau in Verbindung. Alles andere klären wir dann zu gegebener Zeit. Und wenn Fragen sein sollten – ich bin ja auch regelmäßig bei meiner Mutter. Da können wir uns ebenfalls gern mal am Rande austauschen. Es muss ja nicht unbedingt Streuselkuchen geben!"

„Wobei ich gegen den nichts hätte! Vielen Dank." Alexander erhob sich. „Ich wünsche Ihnen einen angenehmen Feierabend."

„Ich Ihnen auch oder müssen Sie noch einen Fall klären?" Die Frage klang so schalkhaft, als wäre sie von ihrer Mutter gekommen.

„Wenn es danach gehen würde, gäbe es nie Feierabend. Das ist ja kein Gebiet, wo man etwas hintereinanderweg abarbeiten kann. Genau wie bei Ihnen. Da überschneidet sich auch alles. Aber der ist bestimmt spannend, Ihr Beruf? Ich habe in jungen Jahren auch mal mit dem Gedanken gespielt, in diese Branche einzusteigen. Hat sich dann allerdings anders ergeben."

„Doch, schon. Spannend ist das immer wieder und eine große Herausforderung. Ich habe es auch keinen Augenblick bereut. Schon als junges Mädchen wollte ich Anwältin werden." Britta Westermann erhob sich. „Auf Wiedersehen, Herr Rosenbaum."

Alexander schüttelte ihr die Hand und verließ das Zimmer. Im Flur und am Empfang herrschte abendliche Ruhe, nur die Technik surrte ganz leise. Die Tür fiel sanft hinter ihm ins Schloss.

„Ich hasse dich, du widerliches Stück Dreck! Du hast dich dein ganzes Leben lang nur bei unseren Eltern eingeschleimt. Während ich hier die ganze Arbeit am Hacken hatte."

„Halt dein Schandmaul, du Armleuchter. Mich haben sie eben immer mehr geliebt, weil ich der Erstgeborene bin. Und dem Erstgeborenen steht alles zu. Haus und Hof. Das war schon immer so. Was willst du also machen?" Ansgar trumpfte auf. „Das Testament ist eindeutig."

Anselm ballte die Fäuste, sodass die Knöchel weiß hervortraten. „Ich werde es anfechten. Du wirst schon sehen. Ich kenne auch einen guten Anwalt. Den Tobi, mit dem ich zur Schule gegangen bin, der hat jetzt seine Kanzlei in Porta."

„Nichts wirst du anfechten. Das ist doch völliger Schwachsinn", brüllte Ansgar.

„Oh doch, Jenny hat auch gesagt, dass ich mir das nicht gefallen lassen soll."

„Ach, das ist ja wunderbar. Da ziehst du also deine bescheuerte Freundin zu Rate und bist selbst nicht Manns genug. Warst du noch nie. Ist überhaupt erstaunlich, dass du eine abbekommen hast. Kannst du es ihr überhaupt ordentlich besorgen? Oder soll ich mal als Großer ran! Da hätte ich ohnehin das Vorrecht!"

Bei den letzten Worten hatte sich Anselm erhoben: „Jetzt reicht es aber. Erst hast du den Vater und dann die Mutter ins Grab gebracht. Jetzt trachtest du wohl auch mir noch nach dem Leben!"

„Wann das hier reicht, bestimme ich“, betonte Ansgar und griff seinen Bruder hart am Halsausschnitt seines Sweatshirts. Er fasste den Stoff zusammen, sodass er immer enger am Adamsapfel von Anselm anlag.

„Du lässt mich jetzt sofort los, du Aasgeier“, schrie Anselm mit hochrotem Gesicht und griff um sich. Er fuchtelte herum, bekam einen großen Zinnkrug in die Hand, der auf einer Anrichte stand, und wollte seinen Bruder damit abwehrend zurückschlagen. Er streifte ihn an der Schläfe und der Zorn in Ansgar brodelte daraufhin über. Rasch entriss er seinem Kontrahenten das Gefäß, um nun seinerseits damit auf ihn einzuschlagen.

Schon beim zweiten Schlag ging der um einen Kopf kleinere Anselm zu Boden. Aus der Wunde an der Schläfe troff das Blut und das Nasenbein schien gebrochen.

„Mir steht ein ebenso großer Anteil aus dem Erbe zu“, röchelte er.

Ansgar erhob den Zinnkrug und schlug ein weiteres Mal zu, woraufhin Ruhe herrschte.

Dann erhob er sich, ging an den Küchenschrank, griff sich ein Schnapsglas und holte die Flasche vom Moorbrand. Das erste Glas schüttete er sofort hinter, dann füllte er gleich wieder nach und trank hastig noch einmal. Mit Glas und Flasche in den Händen verließ er den Raum, ohne auf seinen toten Bruder zu blicken.

Im Wohnzimmer machte er den Fernseher an, zappte durch die Kanäle und trank den Schnaps hintereinander aus. Da wurden Frauen getauscht, dort lief ein Trickfilm mit unförmigen Figuren und beim nächsten Sender ging eine Krimiserie nahtlos in die andere über. Irgendwann, als nur noch werbendes, heißes

Sexgeflüster vom Bildschirm tönte, rutschte er zur Seite und schlief auf dem Sofa ein. Über sich eine idyllische Waldlandschaft mit röhrenden Hirschen, der Rahmen in Schnörkeln geschwungen und vergoldet.

Am anderen Morgen verspürte Ansgar einen trockenen Mund. Auf dem eingestellten Kanal liefen jetzt die Morgennachrichten. Er hatte einen höllischen Brand. Also stand er auf und lief in die Küche. Dort tickte die Wanduhr überlaut und der Kühlschrank brummte.

Anselm lag noch in derselben Position, in der er ihn in der in der Nacht nach dem Streit verlassen hatte. Dann war das also doch kein Traum gewesen. Der wuchtige Mann schüttelte sich. Auch schon egal, dachte er bei sich, dann hat die ewige Streiterei endlich ein Ende.

Nur, was jetzt tun? Und wohin mit dem Bruder? Hier einfach liegen lassen oder eventuell die Polizei verständigen, das ging ja gar nicht. Anselm musste verschwinden.

Und schließlich hatte Ansgar eine Idee.

Er blickte aus dem Fenster. Es war taghell. Nein, um sein Vorhaben umzusetzen, musste er doch noch bis zur nächsten Nacht warten. Sonst bekäme er eventuell Zeugen, die er überhaupt nicht haben durfte.

Er lief zum Eingang und drückte die Klinke der Haustür herunter. Das kurzfristige Herzrasen verlangsamte sich wieder. Alles war gut verschlossen. Ein Glück aber auch. So war nicht mit unverhofftem Besuch aus der Nachbarschaft zu rechnen. Gelegentlich stand schon mal der Bauer von nebenan in der Wohnstube, um sich nach irgendwas zu erkundigen oder auch, um mit ihm gemeinsam ein Gläschen zu leeren, was die Bäuerin nicht wissen durfte.

Ansgar machte die Runde im Haus und prüfte alle Türen und Fenster. Dann holte er sich aus der Kammer eine weitere Flasche Moorbrand und schmierte sich akkurat zwei Brote dick mit selbstgemachter Leberwurst. Die war noch von der Mutter eigenhändig eingekocht worden. Kurze Zeit später saß der Mann erneut auf dem Sofa, aß und trank und stierte auf den Fernseher und durch ihn hindurch. Auf dem Bildschirm räumte das „Messie-Team" gerade blaue Müllsäcke aus einer Wohnung.

Er hatte seinen Bruder umgebracht. Ganz offensichtlich. Aber er war doch eigentlich kein Mörder, gar nicht der Typ dafür. Wobei es sicherlich Situationen im Leben gab, die einen einfach dazu werden ließen. Und gestern Abend, das war eine solche gewesen, beschloss Ansgar jetzt trotzig und schob sich den letzten Bissen vom Brot in den Mund. Die Krümel von der Hose wedelte er lässig auf den Boden.

Vor zwei Wochen hatten sie die Eltern beerdigt. Die Mutter war zwei Tage nach dem Vater gestorben. Friedlich eingeschlafen, wie der Arzt meinte. Aber von friedlich konnte nicht die Rede sein. Der ewige Streit zwischen den Brüdern hatte ihr zu schaffen gemacht. Und dass sie ihren Mann nicht bewegen konnte, das Testament wenigstens halbwegs gerecht zu verfassen, sodass beide Söhne ihren Anteil bekamen. Nach dem Tod des Vaters wollte sie den Notar noch einmal zu sich kommen lassen, um alles zu ändern. Aber dafür reichte ihre Zeit nicht mehr aus.

„Ich hätte ihn schon noch hier hausen lassen", murmelte Ansgar vor sich hin. „Musste der Depp auch alles so bierernst nehmen, was ich gesagt habe?! Er hätte als kleinerer Bruder nur parieren müssen. Kain und Abel. Alles wie in der Bibel." Er schüttelte den Kopf und ließ beim Einschenken die braune Flüssigkeit über den Rand laufen. Sorgsam wischte er mit dem Zeigefinger den Alkohol von der imprägnierten Oberfläche der Tischdecke, steckte ihn sich in den Mund und leckte ihn ab. Mehrfach wiederholte er diese Prozedur, bis keine Spur mehr auf den ersten Blick hin zu erkennen war.

„Nichts darf umkommen", hauchte Ansgar und lachte irr. „Ha, ha! Nichts darf umkommen!"

Zum Abend hin, als die Dunkelheit sich behutsam über das Land gelegt hatte, machte er sich auf den Weg. Im Auto die Leiche seines Bruders, die er in eine alte Decke gehüllt hatte. Ein paar Taue hatte er in einem Blitzeinfall noch dazugeworfen.

„Wo bleibt er nur", murmelte Jenny vor sich hin. Sie hatte sich mit Anselm gestritten. Nicht allzu heftig. So, wie es bei beiden eben gelegentlich passierte. Da herrschte dann ein paar Tage Funkstille und umso intensiver war ihre Zweisamkeit beim erneuten Wiedersehen. Sie übertrafen sich dann in ihren Zärtlichkeiten, die sie sich gegenseitig zukommen ließen.

Ich denke ja nicht daran, ihn noch einmal anzurufen, nachdem es so oft vergebens war, beschloss sie. Sollte er doch jetzt den ersten Schritt tun. Das war überhaupt seine Aufgabe in diesem Fall. Er hatte mit dem Streit begonnen. Oder war doch sie es? So wirklich konnte sich Jenny nicht erinnern.

Als sie bei den Brüdern auf dem Festnetz angerufen hatte, war in einem Fall nur Ansgar, wie immer unwirsch, am Telefon und natürlich wieder total zu. Er wüsste auch nicht, wo sich sein missratener Bruder aufhielte, gab er mit schwerer Zunge von sich, und sie könnte ihn sich sauer einkochen, wenn er wieder auftauchen würde. Dann sollte sie ihn am besten auch bei sich behalten. Er hätte die Schnauze voll. Typisch diese Brüder. Können einfach nicht miteinander auskommen, hatte sie überlegt.

Und nun saß Jenny über der Buchhaltung vom Hausmeisterservice, den Anselm seit einiger Zeit mehr oder weniger erfolgreich betrieb. Sie kümmerte sich um den dazugehörigen bürokratischen Kram. Und er konnte völlig unbelastet seiner handwerklichen Arbeit nachgehen, die ihm sowieso mehr lag, und den Kunden das Rundum-sorglos-Paket liefern. Wobei es sie schon manchmal nervte, dass alle Rechnungen und Mahnungen und die Steuersachen an ihr hingen.

Dafür hätte er ruhig öfter mit ihr ausgehen können, zum Beispiel zum Chinesen in die Mindener Tonhallenstraße. Da gab es immer dieses leckere Büfett zum Einheitspreis, was sogar Anselm überzeugte, konnte er doch so viele Gänge zu dem vielseitigen Angebot antreten, wie er nur wollte. Noch eine Portion Shrimps, noch etwas von der krossen Ente, noch ein paar Frühlingsrollen. Sie hingegen schätzte die überaus freundliche, ja warmherzige Atmosphäre in diesem Restaurant. Und natürlich das Eis und die gebackenen Bananen, das wollte sie gar nicht bestreiten.

Das Erbe der Eltern von Anselm würde in Richtung Freigiebigkeit wohl auch nicht viel bringen. Die hatten doch alles dem großen Bruder hinterlassen, wie sie am Rande gehört hatte, für Anselm blieb wohl nur der Pflichtteil. Aber da wollte sie auch nicht allzu neugierig sein. Das gehörte sich nicht. Und schließlich liebte sie ihn um seiner selbst willen und nicht wegen irgendwelcher Gelder!

Jetzt quälte sie sich mit der Umsatzsteuer-Voranmeldung herum. Die musste diesmal nach einem anderen System erfolgen. Per Internet, das war ja gar nicht die Frage, das hatte sie die letzte Zeit ganz problemlos gepackt. Aber nun schon wieder eine Neuerung. „Verpflichtung zur authentifizierten Übermittlung von Umsatzsteuer-Voranmeldungen und Lohnsteuer-Anmeldungen" hatte auf dem Schreiben resolut gestanden. Und dann wieder diese drohend klingenden Formulierungen: „... müssen zwingend authentifiziert werden", was sich aus Paragraph sowieso der Steuerdaten-Übermittlungsverordnung in Verbindung mit irgendwelcher Abgabenordnung ergab. Na toll, hatte Jenny bei sich gedacht und Schritt für Schritt das Benutzerkonto am ElsterOnline-Portal aktiviert. Sie hatte Stunden gebraucht, um die Registrierung erfolgreich abzuschließen.

Und nun kam und kam sie nicht in das System, immer wieder brach es zusammen. Bis ihr die Formulierung ins Auge fiel, dass es bei einem Fehlschlag der Verbindung sein könne, dass ein Administrator an den Seiten arbeiten würde.

„Oh, nein", entfuhr es ihr. Das musste jetzt die Lösung sein. Die reparierten beziehungsweise warteten ihre Seiten und so was konnte dauern. Das wusste sie von ihrem Job im Architektenbüro. Wenn da mal der Computerspezialist vorbeischaute, um irgendeine neue Software zu installieren oder wer weiß was zu erledigen, dann meinte er immer, er wäre in nicht mehr als zwei, drei Stunden fertig. Grund genug für sie, sich für den gesamten Tag anderen Aufgaben zu widmen, die nichts mit ihrem Computer zu tun hatten, was allerdings in diesen Zeiten schon schwierig war. Schließlich hatte alles mehr oder weniger doch mit jener Technik zu tun.

Jenny fuhr sich mit beiden Händen durch die Haare, sodass sie sperrig abstanden. Dann blickte sie auf ihr Handy. Ob sie es noch einmal bei Anselm versuchte? Seit Kurzem war nur immer diese Ansage, dass der Angerufene nicht erreichbar sei, man ihm aber eine Nachricht hinterlassen könne. Das hatte sie getan. Mindestens ein Dutzend Mal. Erst freundlich, dann hartnäckig, dann verärgert und schließlich besorgt. Der einzige unergiebige Kontakt war der mit Ansgar.

Jetzt machte sie sich doch unerträgliche Gedanken und wählte die Nummer der Polizei. Also, wenn er nicht daheim war und auch die Aufträge bei seinen Kunden nicht erfüllte, bei seiner ansonsten so pingeligen Zuverlässigkeit, dann musste etwas geschehen sein, was nicht mit ihrem Streit zusammenhing. Vielleicht war er entführt worden, fiel ihr ein, wobei sie doch grinsen musste. Bei Anselm war nichts zu holen, das lohnte sich nicht für einen Entführungsfall.

„Eine Vermisstenanzeige wollen Sie aufgeben?", fragte die Stimme am anderen Ende. „Seit wann ist denn Ihr Mann verschwunden?"

„Es handelt sich nicht um meinen Mann. Wir sind nur gewissermaßen verlobt."

„Aha, und wann haben Sie sich zuletzt gesehen?"

„Das ist jetzt schon zwei Tage her."

„Sehen Sie sich sonst öfter?"

„Ach, das ist ganz unterschiedlich", antwortete Jenny unsicher.

„Dann kommen Sie bei uns auf der Dienststelle vorbei und machen Sie bitte Ihre Anzeige hier vor Ort.

Vielleicht taucht Ihr Verlobter ja in der Zwischenzeit auch wieder auf. Das passiert häufiger."

„Nein, das glaube ich nicht", hauchte Jenny ins Telefon, was aber am anderen Ende nicht mehr ankam, denn die Verbindung war schon beendet. Ihr liefen ein paar Tränen die Wangen herunter, die sie sich gedankenverloren abwischte. Dann seufzte sie tief auf. Am besten würde sie jetzt noch ein wenig Schriftkram erledigen, um sich abzulenken. Und morgen war ein neuer Tag. Vielleicht brachte der eine positive Wendung. Wenn Anselm bis dahin nicht erreichbar war, wollte sie gleich früh zur Polizei fahren.

Janine stand in der Tür von Alexander.

„Also, den Brief hier würde ich mir zuerst vornehmen", sagte sie und schwenkte einen Umschlag hin und her.

„Wieso?", erkundigte sich Alexander. „Was ist so wichtig daran? Und weshalb hast du Handschuhe an?"

„Das wirst du gleich selbst herausbekommen. Streif dir mal auch welche über. Das Schreiben war schon mal bei Heike, muss aber nachher auf jeden Fall noch einmal zu ihr."

Janine trat ein paar Schritte in den Raum.

„Was du jetzt eben entschieden hast, um mir die Arbeit abzunehmen", grinste Alex.

„Ach was", wiegelte Janine ab. „Aber du wirst staunen."

„Nun mach es doch nicht so spannend und gib schon her."

Die Assistentin reichte den Brief über den Tisch und sah mit großen Augen auf Alexander. Der hatte sich nebenher ein paar Handschuhe aus seinem untersten

Schubfach gezogen, die direkt neben einer offenen Tüte Gummibärchen lagen, und übergestreift. In der Zwischenzeit schaute er schon auf die Adresse. Eine krakelige Handschrift, die darauf hindeutete, dass der Verfasser bestimmt nicht allzu häufig Briefkontakt pflegte oder älter war. Jetzt drehte Alexander das Schreiben um. Auf der Rückseite stand keinerlei Absender.

„Na toll. Ich liebe anonyme Schreiben!", sagte er und zog mit spitzen Fingern den grauen Bogen heraus, der sich darin befand. Recyclingpapier.

„Ach, wir kriegen schon raus, wer der Absender ist. Das wäre doch gelacht", entgegnete Janine.

„Schau mal, was da steht!"

„Du kennst natürlich auch schon den Inhalt", grinste Alexander Janine an. Die Abendsonne schien in das Büro und legte sich auf ihre rotbraunen Locken, die glänzten und funkelten. Wie schön sie ist, dachte Alex und ihm fiel der wunderbare Abend im Mindener Jazz Club ein.

Als er seinen Wagen am Königswall, direkt vor dem Ratsgymnasium geparkt hatte, hatte er auf das Fahrzeug vor sich geblickt. Eine quietschgelbe Ente. Die musste einem ja ins Auge fallen. Wie witzig, war es ihm durch den Kopf gefahren. Und in dem Moment öffnete sich die Fahrertür und Janine Hacker stieg aus. Das hatte er gar nicht gewusst, dass sie so einen originellen Oldtimer fuhr. Zur Arbeit kam sie immer mit dem Fahrrad.

Sie trug eine schmal geschnittene Jeans und ein blumiges Oberteil. Durch die hochhackigen Pumps wirkte sie noch schlanker als sonst. Alexander hatte sich noch einmal in seinem Auto zurückgelehnt und den Anblick genossen. Dann erst entdeckte sie ihn und winkte. Fast ein wenig unschlüssig erhob er sich. Diesen Augenblick hätte er gern noch ein bisschen festgehalten.

„Hallo Alex, das ist ja ein toller Zufall, dass wir genau hintereinander parken", sagte Janine lächelnd.

„Es gibt keine Zufälle im Leben, meint meine Mutter immer", entfuhr es Alexander. Und er bereute im selben Moment seine spontane Ehrlichkeit. Aber ihr Lächeln wurde nur noch herzlicher.

„Meine Mutter hat auch immer solche klassischen Sprüche drauf. Gar nicht verkehrt. Sollte man gelegentlich beherzigen! Prima übrigens, dass du meine Einladung angenommen hast, Alex. Allein gehe ich doch nur ungern zu einem Konzert oder einem anderen Event", fuhr Janine fort. „Man möchte sich ja auch mal dabei austauschen können."

„Dann wollen wir uns einfach einen schönen Abend machen und die Veranstaltung genießen. Danke, dass du mich eingeladen hast. Ich bin sehr neugierig auf die Musik", betonte Alexander. „Kennst du die Sängerin?"

„Ja, ich habe sie schon zwei-, dreimal im Club erlebt. Wenn du die Stilrichtung von Ella Fitzgerald, Billie Holiday und Amy Winehouse magst, dann wird es dir gefallen. Aber lass dich einfach überraschen. Du bist zum ersten Mal hier?"

„Hm, und eigentlich auch nicht so der überzeugte Jazzfanatiker", gestand Alexander. „Das wollte ich dir bloß nicht gleich sagen, als du mich eingeladen hast. Vor allem Free Jazz ist gar nicht mein Fall. Aber Amy Winehouse höre ich schon sehr gern!"

„Also, den Free Jazz mag ich auch nicht so sonderlich. Doch heute steht etwas anderes auf demProgramm. Ganz melodisch. Wird dir bestimmt gefallen."

Die beiden standen immer noch zwischen ihren Fahrzeugen in der Parkbucht. In Abständen sammelten sich ein paar Fahrzeuge bei Rot an der Ampel. Gehupt wurde auch, weil die Fahrer dachten, hier würde ein Parkplatz frei. Aber die beiden rührten sich nicht von der Stelle. Janine blickte auf ihre Armbanduhr. „Oh, wir sollten uns sputen, wenn wir noch vernünftige Plätze bekommen wollen. Meist wird es so rappelvoll, dass du keine Stecknadel mehr zu Boden fallen lassen kannst."

Später erfüllte die Musik den Raum, sodass alles zu vibrieren schien und Alexander wollte mit einem Mal nie wieder etwas anderes hören als Jazz. So sphärisch klang es. Die Stimme der Sängerin war wirklich einmalig und überaus vielseitig.

Beim ersten Mal hatten sich ihre Finger auf dem Tisch berührt, als beide zeitgleich nach ihren Gläsern fassten. Da lag so ein Funkeln in den Augen von Janine und Alexander war völlig verwirrt. Später fanden sich ihre Hände und ließen einander nicht mehr los, bis es zur Pause wieder heller im Saal wurde. Janine entschwand kurz, um sich die Nase zu pudern, wie sie scherzhaft meinte, um der Situation mehr Leichtigkeit zu geben. Dann hielten sie sich wieder an den Händen, bis der Schlussapplaus aufbrauste und sie zögernd auch ihren Anteil dazu beisteuerten.

„Ich danke dir für den wunderschönen Abend, Alex. Davon werde ich jetzt wohl träumen", hauchte Janine, als beide an ihren Autos standen.

Dann hatte sie sich abrupt umgedreht und war in ihren Citroën eingestiegen. Sie muss sich noch einmal umdrehen, hatte Alexander gedacht, sie muss es tun ... Und während sie aus der Parkbucht fuhr, wandte sie sich noch einmal lächelnd zu ihm um.

Später, im Dienst, hatten sie diesen gemeinsamen Abend mit keiner Silbe erwähnt. Es schien so, als ob jeder nur einfach abwartete, was die Zeit bringen mochte.

Das fuhr Alexander jetzt alles durch den Kopf, als sich das Licht in ihrem Haar spiegelte. Dann las er die Zeilen:

Es wird Zeid, das einer mal die Weld aufrüttelt. Ich habe es gedan un werte es wider tuhn. Zwei gehen schohn auf mein Kondo. Aller guden Tinge sind drei. Oder sieben auf einen Schtreich. Mal sehen!

Der Mühlenmörter

Alex ließ das Blatt sinken und schaute wieder auf Janine. Das Sonnenlicht war jetzt verschwunden, aber der Glanz lag immer noch auf ihr.

„Also, die Schule kann der nicht wirklich erfolgreich abgeschlossen haben. Da wimmelt es ja nur so von Fehlern in den wenigen Zeilen", bemerkte er. „Wobei man das ja gelegentlich hört, dass Etliche zwar die Schule mit einem Zeugnis beenden, aber nicht einmal Lesen und Schreiben können. Unglaublich heutzutage. Manche sind einfach der Meinung, der Computer würde schon alles klären. Wahrscheinlich ist der hier Legastheniker!"

„Ja, das war auch mein erster Gedanke. Aber es kommt ja auf den Inhalt an, wir müssen die Rechtschreibung nicht korrigieren. Und da finde ich schon, dass es bedrohlich klingt, wenn jetzt wirklich die zwei Taten auf sein Konto gehen sollten und er weitere plant."

Janine umrundete den Schreibtisch. Jetzt stand sie direkt neben Alexander, sehr viel dichter, als es der Anstand eigentlich erlaubte. Er erhob sich und verkürzte damit den Abstand noch mehr. Fast zeitgleich hatten sie die Arme umeinander gelegt und sich geküsst.

Es gibt keine Zufälle im Leben, fuhr es Alexander durch den Kopf und er ließ sich in dieses einmalige, knisternde Gefühl fallen. Was sollte es auch. Seine Frau betrog ihn seit Jahren. Eines der beiden Kinder war nicht seines. Warum sollte er nicht auch endlich einmal wieder diese Lust genießen?

Erst als das Telefon klingelte, lösten sich ihre Lippen voneinander, aber mit einer Hand hielten sie sich noch weiter. Alexander griff mit der freien linken zum Telefon. Es war Heike.

„Ja, Heike, was gibt es?"

„Ich warte hier auf dich. Janine hat mir vorhin dieses anonyme Bekennerschreiben in Sachen Wallholländer entrissen und ich will mir doch das gute Stück noch einmal anschauen. Wo bleibt es denn? Eigentlich hätte ich schon längst Feierabend machen wollen!"

„Tut mir leid, Heike, ich bin damit noch etwas aufgehalten worden", antwortete Alexander und blickte auf Janine, die keine Miene verzog und ihn nur entrückt anschaute.

Hella Rosenbaum starrte aus dem Küchenfenster. Ein paar Möwen kreisten über den Dächern und kreischten markant.

Ob sie vielleicht doch in die Nähe ihres Sohnes ziehen sollten? Die Tour von Usedom nach Minden war einfach auf die Dauer zu aufwendig, aber die Ostsee würde ihr bestimmt unendlich fehlen, die frische Brise, der salzig-herbe Duft. Doch wenn er vielleicht tatsächlich die Große zugesprochen bekäme, dann bräuchte er mit Sicherheit Unterstützung, die sie ihm unbedingt geben wollten.

Hella Rosenbaum seufzte und erhob sich schwer. Vor dem Haus hatte der Wagen mit dem Gefriergut gehalten und seinen eindeutigen Ton erklingen lassen. Sie musste sich um ihre Bestellung kümmern. Also griff sie sich das Portemonnaie und ihren Auftragszettel und lief zur Wohnungstür.

„Ich geh dann mal runter, mein Bester", rief sie noch zurück ins Wohnzimmer, wo ihr Mann Gunter vor dem Fernseher saß und die Nachrichten verfolgte.

„Ja, Liebes, mach nur. Das ist hier nur gerade ganz wichtig. Das darf ich keinesfalls verpassen."

Und schon konzentrierte er sich wieder auf die rasch wechselnden Bilder von den Katastrophen dieser Welt.

Ob er wirklich mitbekommen hat, was ich da jetzt machen will, grübelte Hella, zog die Tür hinter sich ins Schloss und stieg die Treppe hinunter. War das jetzt Rheuma, was ihr die Bewegungen so beschwerlich machte und Schmerzen verursachte? Aber Bewegung war bestimmt gut. Die hatte immer im Leben geholfen. Und wer rastet, der rostet.

Ach was, sagte sie sich, soll Gunter mal seine Nachrichten schauen und ich kümmere mich eben um die Versorgung. Wie das schon vor vielen Jahrhunderten der Menschheitsgeschichte so angelegt wurde: Die Frauen sorgen sich um das leibliche Wohl und die Männer halten Ausschau nach Gefahren, die sie abwehren müssen. Jetzt lachte sie so laut auf, dass es im Treppenhaus nachhallte. Gunter und Gefahren abwehren, die Vorstellung war schon komisch. Er hörte schlechter, sah miserabel - ein Umstand, weshalb er ja auch das Auto an den Jungen abgegeben hatte - und sein Reaktionsvermögen war arg verlangsamt. Hella sah jetzt ein Mammut vor ihrem inneren Auge und ihren Mann im Lendenschurz mit einem Speer bewaffnet. Lustige Vorstellung fand sie und war im selben Augenblick auch schon beim Lieferanten angekommen, der sie überaus herzlich begrüßte.

„Guten Tag. Alles dabei, liebe Frau Rosenbaum. So, wie Sie es bestellt haben. Dazu hätte ich noch ein paar Empfehlungen der Woche."

Und er zählte seine Extras auf.

Hella ließ ihn reden und entschied sich für eine zusätzliche Eissorte. Das Tiefgefrorene ging immer. Wenn nicht bei ihnen, so doch auf jeden Fall bei eventuellem Besuch. Und man konnte ja nie wissen, wann wer unverhofft auftauchte, vielleicht ein netter Nachbar, jemand vom Seniorenklub, vom Sozialverband oder gar die Kinder ...

Sie hatte schließlich alles in ihrer Tasche verstaut und rundete den Betrag großzügig auf. Erst vor Kurzem hatte sie davon gelesen, welche rabiaten Methoden bei diesen Lieferunternehmen herrschten und wie wenig Geld bei den Fahrern hängenblieb. Aber der hatte ja sicher auch Frau und Familie, die er ernähren musste.

Ach, das ist schon eine vertrackte Zeit, dachte sie bei sich. Wobei sie ja ganz andere Zeiten erlebt hatte. Da war das hier alles eitel Sonnenschein. Bei dem Begriff Sonnenschein, der ihr in den Sinn kam, stand sie schon im Keller des Hauses und sortierte die Ware in die kleine Kühltruhe ein. Dann schloss sie die Truhe und setzte sich daneben auf einen Holzstuhl. „Ach, Mama, du fehlst mir so“, flüsterte sie vor sich hin. „Du und deine einzigartigen Geschichten.“

Alexander stand vor der Wohnungstür in dem Altbau in der Bäckerstraße. Ob er sich wagen sollte? Oder ob er lieber alles auf sich beruhen lassen sollte. Wolfhard würde sicherlich für die zweite Variante plädieren. Aber Wolfhard hatte auch nicht solch eine Vergangenheit wie er oder wenn er sie hatte, dann schien sie ihm egal zu sein. Aber er, Alexander Rosenbaum, er wollte erfahren, was damals geschehen war und wer konkrete Schuld trug. Es ging ihm dabei weniger um die Sühne, die nach all den Jahren sowieso kaum noch denkbar war, sondern eher um das Wissen. Und diese Möglichkeit, in die Wohnung seiner Vorfahren zu schauen, die war jetzt einmalig. Wenn er die nicht ergriff, dann kam er bestimmt kein Stück weiter. Es war vielleicht ein winziges Puzzleteil in seiner Recherche. Er klingelte.

Es dauerte eine Weile, bis er Schritte im Flur hörte. Dann wurde die Tür einen Spaltbreit geöffnet.

„Sie wünschen?“, erkundigte sich die Frau dahinter. „Wir kaufen nichts.“

Alexander stellte sich vor und zeigte dabei seinen Dienstausweis, das machte sich immer besser in der

Öffentlichkeit und half dabei, ein gewisses Vertrauensverhältnis aufzubauen. Außerdem sollte so viel Zeit auch sein. Wobei er es vermied, das Dokument zu lange vor die Augen seines Gegenübers zu halten.

„Sie müssen schon entschuldigen, aber manchmal klingeln hier ganz abenteuerliche Gesellen. Na ja, Sie sehen nicht so aus. Kommen Sie doch rein", sagte Regina Weber einladend.

Alexander betrachtete die Frau. Sie war keine vierzig, vielleicht sogar genau sein Jahrgang. Ihr aschblondes Haar war in einem exakten Pagenschnitt gehalten. Er setzte fast vorsichtig-behutsam den Fuß über die Schwelle. Hier im Flur, der im Halbdunkel vor ihm lag, musste das Schreckliche passiert sein, als man seine Familie abholte.

„Kommen Sie ruhig weiter. Wir wollen doch nicht im Flur stehen bleiben, wenn ich Ihre Fragen beantworten soll", hakte die Frau nach und öffnete die Tür zu einem Zimmer, das Richtung Fußgängerpassage lag.

„Danke, dass Sie sich die Zeit nehmen. Wir haben da noch ein paar kleine Routinefragen, was den Überfall in dem Telefonladen angeht."

Alexander ließ seine Blicke schweifen und sah aus dem Fenster. Das also war die Aussicht, die seine Mutter und seine Großeltern und die Urgroßeltern einst hatten. Die sie genossen oder auch nicht!

„Tja, was genau wollen Sie denn da wissen. Ihre Kollegen waren doch schon da und ich habe alles ausgesagt. Eigentlich habe ich gar nicht viel gesehen."

„Manchmal sind es nur Details im Leben, die den Ausschlag geben", sagte Alexander und wunderte sich über seine merkwürdige, vieldeutige Äußerung.

„Möchten Sie vielleicht eine Tasse Kaffee? Ich habe mir gerade welchen gemacht", fragte Regina Weber höflich.

„Gern", antwortete Alexander erleichtert. Das gab ihm Gelegenheit, unbeobachtet zu schauen.

„Mit Milch und Zucker?"

„Nein danke, ich trinke meinen Kaffee immer nur schwarz", sagte Alexander.

„Nehmen Sie doch in der Zwischenzeit einfach Platz. Ich bin gleich wieder bei Ihnen."

Regina wandte sich um und lief in die Küche. Bei einem Polizisten, noch dazu von der Kriminalpolizei, sollte sie wohl keine Bedenken haben, ihn allein zu lassen. Der würde schon nicht in ihren Schränken nach Geld wühlen. Außerdem war sie mit den Riechmanns befreundet. Da wollte sie sicherheitshalber im Nachhinein ihre Erkundigungen einziehen.

Als sie zurückkehrte, stand Alexander immer noch, mit dem Gesicht der Straße zugewandt. In den wenigen Augenblicken hatte er alle Bilder wie mit einer Kamera eingefangen. Den Stuck an der Decke, den gab es damals bestimmt auch schon. Der alte Kachelofen stammte offensichtlich aus Vorkriegszeiten und war gut erhalten. Jedenfalls machte er einen sehr gepflegten Eindruck. Auf dem Fußboden Parkett, das vielleicht schon eine Erneuerung, zumindest die eine oder andere Auffrischung erfahren hatte.

Als die Standuhr im Nebenraum geschlagen hatte, war Alexander zusammengezuckt. In sein Blickfeld geriet nicht nur dieses deutlich nostalgische Exemplar, sondern auch ein Käfig mit einem etwas zerzaust wirkenden Papagei, der ihn neugierig anzustarren schien. Der Käfig mutete nach Jugendstil an. Und Papageien? Diese Vögel konnten doch viele Jahrzehnte alt werden, von bis zu hundert Jahren war sogar die Rede. Bei dem Gedanken gefror Alexander das Blut in den Adern.

„Nanu, ich hatte Ihnen doch einen Platz angeboten."

Regina Weber stand plötzlich mit ihrem beladenen Tablett im Raum.

„Danke. Ich stehe auch mal ganz gern. In meinem Beruf sitzt man schließlich sehr viel am Schreibtisch, was nicht sonderlich gesund ist", erklärte Alexander und setzte sich doch in den alten Ohrensessel, den sie ihm mit einer Handbewegung zuwies. Dann griff er zu seinem Kaffee und schloss ein paar belanglose Fragen nach dem Raub an, die die Frau geduldig beantwortete.

Schließlich ergänzte er: „Sie haben eine tolle Aussicht hier."

„Na ja, das ist Geschmackssache und relativ", entgegnete Regina. „Der Ausblick ist schon recht nett. Tagsüber herrscht allerdings mächtiger Trubel. Da geht es mitunter ziemlich lautstark zu und abends zieht Totenstille ein, wenn man mal von den vereinzelten Nachtschwärmern absieht, die angetrunken auf sich aufmerksam machen."

„Aber die Wohnung ist doch sehr schön", lenkte Alexander das Gespräch in die von ihm gewünschte Richtung.

„Das kann man wohl sagen. Wir haben die Entscheidung auch nie bereut, hier zu bleiben."

„Wohnen Sie denn schon länger hier?", fragte Alexander.

„Was hat das denn nun mit dem Einbruch in diesen Telefonladen zu tun?", wunderte sich die Frau.

Im Hintergrund machte der Papagei auf sich aufmerksam und Alexander meinte, das Wort Hella zu hören.

„Ach, nur so ganz allgemeines Interesse", wiegelte Alexander ab, schluckte heftig und biss sich auf die Lippen. Zu direkt wollte er eigentlich auch nicht werden.

„Na gut. Meine Großeltern haben hier schon gewohnt. Wenn ich mich recht entsinne, sind sie irgendwann im Krieg hier einquartiert worden, weil die Wohnung leer stand. Als meine Mutter meinen Vater kennenlernte, zog der mit ein. Und ich bin mit meinem Mann schließlich in der vertrauten Umgebung geblieben. Die vielen Räume und die Größe lassen ja auch durchaus ein optimales Miteinander für mehrere Generationen zu. Mein Vater ist leider inzwischen verstorben und für meine Mutter kommt zweimal täglich der Pflegedienst vom Roten Kreuz."

Regina blickte auf ihre Armbanduhr. „Ach du meine Güte. Fast hätte ich die Zeit verschwitzt. Ich muss ja meine Mädchen vom Unterricht abholen."

„Sie haben Töchter?", fragte Alexander und atmete tief durch.

„Ja, zwei. Die eine ist gerade in die Schule gekommen. Sie nimmt jetzt noch eine Reitstunde und meine Große ist beim Ballett. Wieso fragen Sie?"

„Ach, ich habe auch zwei Töchter, von denen die eine gerade eingeschult wurde."

„Na, so ein Zufall aber auch."

„Dann will ich Sie nicht weiter aufhalten", erklärte Alexander. „Vielen Dank auch für Ihre Auskünfte und natürlich für den Kaffee."

„Keine Ursache. Wenn ich Ihnen helfen konnte, dann freut mich das", betonte Regina. „Ich bringe Sie noch hinaus."

Beide erhoben sich. Als die Frau hinter Alexander die Tür geschlossen hatte, lehnte sie sich an den Rahmen. Das war jetzt aber mal eine merkwürdige Begegnung, dachte sie bei sich. Was wohl solcherart geführte Ermittlungen bringen sollten? Das kostete doch nur unendlich viel Zeit. Und dafür einen sicher gut bezahlten Kriminalhauptkommissar einsetzen? Sie wollte sich mal tatsächlich bei Riechmanns erkundigen, wie sie es sich gleich vorgenommen hatte. So ganz geheuer kam ihr die Angelegenheit nicht vor.

Alexander lief indes die Stufen hinunter. Das Holz knarrte etwas, allerdings nicht bei jedem Tritt. Damals hing bestimmt ein ebensolcher Ton im Treppenhaus, überlagert jedoch vom Gepolter und Geschrei und dem Weinen seiner Vorfahren. Ungehört konnte man sich hier nicht davonstehlen, dachte er und fühlte eine unendliche Last auf seiner Seele. Das also war die Wohnung, in der seine Familie einst daheim war. Dort hatten sie alle gelebt und geliebt und gelitten. Jetzt musste er zusehen, dass er noch etwas über die Nachmieter herausfand. Inwiefern sie vielleicht dazu beigetragen hatten, dass seine Familie verschwinden musste und die Wohnung für sie frei wurde. Alles Mögliche war denkbar.

Als er auf die Fußgängerpassage trat, blendete ihn das schräg einfallende Sonnenlicht. Hinter ihm fiel die Haustür schwer ins Schloss. Ein Straßenmusikant sang zur Geige seines Begleiters, vor sich den abgewetzten Kasten, offen für das Trinkgeld. Ein paar Euro lagen bereits darin, zwei Scheine und etliche Münzen. Gedankenverloren griff Alexander nach seinem Portemonnaie und zog einen Fünf-Euro-Schein heraus. „Wenn ich einmal reich wär", klang das Lied vom Fiedler auf dem Dach. Eine ungewöhnliche Kombination an diesem Ort, in diesen Zeiten. Aber schön war diese Weise schon. Die Musiker dankten lächelnd mit einem Nicken.

Und Alexander schwamm im Strom der Flanierenden dahin. Sein Herz raste. „Todesmühlen", fiel es ihm wieder ein und ihm wurde übel.

Er hielt es nur bis zur Rathauslaube aus. Dort blieb er stehen, nestelte sein Handy aus der Jackentasche und aktivierte die Nummer seiner Mutter.

„Ja, Rosenbaum hier."

„Ich bin's Mutti, Alex."

„Ach, mein Sohn, das ist schön. Ich habe gerade an dich gedacht. Wann kommst du denn mal wieder vorbei? Vielleicht auch mit den Kindern? Ich habe meine Enkel schon wieder so lange nicht gesehen."

„Das ist momentan etwas schwierig", wich Alexander aus, während er weiter Richtung Obermarktstraße lief.

„Wir haben hier in Minden gerade so einen problematischen Fall beziehungsweise gleich mehrere ..."

„Junge, warum hast du dir auch nur so einen Beruf ausgesucht?"

„Eigentlich kann ich da überhaupt nicht klagen. Ich möchte gar nichts anderes machen. Nur ein wenig mehr Freizeit wäre schon schön. Weshalb ich dich aber anrufe ..."

„Da habe ich mich auch gewundert. Um diese Tageszeit? Am helllichten Vormittag!"

„Hattest du in deiner Kindheit ein Haustier?"

Am anderen Ende setzte Schweigen ein.

„Mutti, bist du noch dran? Hat es dir die Sprache verschlagen?"

„Irgendwie schon, mein Sohn. Ich habe all die Jahre nicht mehr daran gedacht. Aber nun, wo du mich danach fragst, fällt es mir wieder ein und ich erinnere mich an jeden Augenblick. Das ist doch merkwürdig. Nicht wahr?"

„Ja, aber nun sag schon. Gab es da ein Haustier?"

„Lori, unseren Papagei. Den habe ich zu einem Geburtstag bekommen. Da muss ich noch ganz klein gewesen sein, doch schon groß genug, dass es mir in der Erinnerung haften geblieben ist. Aber ich sehe ihn vor mir, mit seinem wunderschön bunten Federkleid in einem knalligen Gelb mit Blau und seiner lustig-krächzigen Stimme. ‚Hella' konnte er bald perfekt sagen. Wenn man nicht aufpasste, dann zwackte er einen mit seinem kräftigen Schnabel. Und dann hatte er so einen ganz tollen Käfig ..."

„Erzähle", forderte Alexander seine Mutter atemlos auf.

„Der war, ja der war ... Ich muss mal nachdenken. Also, der war richtig groß. So groß, dass ich oft mit dem Gedanken gespielt habe, mich zu Lori hineinzusetzen. Nur die Eingangsluke war dafür natürlich zu klein. Und dann hatte er so geschwungene dekorative Linien im unteren Bereich, wo sich auch der Futterkasten befand. Das Gitterwerk aber war das schönste überhaupt. Es bestand aus floralen Ornamenten."

Jetzt war es an Alexander zu schweigen.

„Junge, ich kann dich nicht mehr hören. Diese Handys sind aber auch schrecklich ..."

„Doch, ich bin noch dran."

„Aha, dann ist ja gut. Warum wolltest du denn das jetzt so dringend wissen?"

Alexander überlegte nur kurz. Mit der Wahrheit konnte er nicht herausrücken. Das war alles viel zu kompliziert. Also griff er doch zu einer Notlüge.

„Ich überlege gerade, ob die Mädchen nicht doch mal ein Haustier bekommen sollten. Aber ich bin mir nicht wirklich sicher, auch nicht, was die Sorte angeht. Da gibt es ja so eine große Auswahl von der Rennmaus über das Kaninchen bis zum Hamster. Ich stehe hier nämlich gerade vor einer Zoohandlung ..."

Alexander befand sich am Eingang zu den Obermarktpassagen und wurde rot. Weit und breit keine Tiere im Angebot! Ein Glück, dass seine Mutter ihn in diesem Augenblick nicht sehen konnte.

„Eigentlich wollte ich von dir nur einen Rat", beendete er die Geschichte.

„Also, von einem Papagei würde ich dringend abraten, auch wenn ich Lori geliebt habe und dann im Lager immer an ihn denken musste. Wer weiß, was aus ihm geworden ist. Hoffentlich haben sie ihm nichts angetan."

Hella Rosenbaum räusperte sich ausgiebig.

„Schenk den Mädchen doch ein Meerschweinchen oder einen Hasen. Das ist was zum Kuscheln und Streicheln und die Lebenserwartung ist auch nicht so hoch. Papageien können uns ja glatt überleben! Außerdem sollte der Pflegeaufwand so gering wie möglich sein. Und sprich das unbedingt vor dem Kauf mit Olga ab. Irgendwelche Mauscheleien bringen da nichts. Nicht dass du da jetzt in dem Laden gleich zuschlägst. Ich kenne dich, mein Junge, du triffst manchmal so spontane Entscheidungen, aber die bereut man eventuell hinterher. Und du kannst ja ein Tier auch nicht so einfach wieder zurückbringen oder gar aussetzen ..."

„Nein, Mutti, ganz bestimmt nicht", erwiderte Alexander.

„Ich muss dann auch mal weiter. Grüß Vati schön."

„Gern, mein Kind und alles Gute. Ich hab dich lieb!"

„Ich dich auch“, nuschelte Alexander noch ins Telefon und wischte sich eine einzelne Träne unter dem linken Augenlid weg.

Als die Flammen hochschlugen, erleuchteten sie mit einem Mal die Dunkelheit und ließen lange Schatten in der Umgebung entstehen. Knisternd fraßen sie sich durch das trockene Holz und leckten am Mauerwerk. Die Natur vermochte innezuhalten, so still war die Nacht ganz plötzlich, bis auf diese ganz speziellen Geräusche. Kein Tier schien sich zu bewegen, die Baumwipfel verharrten in scheinbarer Reglosigkeit. Selbst die Weser im Hintergrund floss nur lautlos dahin und der Wind hielt den Atem an.

An einem der Mühlenflügel, oberhalb des Walls, hing eine Gestalt, offensichtlich gefesselt ans Holz, mit derben Tauen. Auch hier kein Ton und nur absolute Starre. Bis, ja bis das Feuer auch hierher geklettert war und den Menschen in Besitz nahm. Der schien plötzlich zu erwachen, zuckte mit dem Körper, doch die Fesselung lockerte sich nicht, sondern schien nur fester zu werden. Das Opfer schickte seine gellenden Schreie gen Himmel. Doch von dort kam keine Hilfe.

Jetzt arbeitete sich das Feuer Stück um Stück vorwärts, von den Haaren auf dem Kopf, über die Haut im Gesicht, auf die Kleidung überspringend. Hin und her, her und hin. Die markerschütternden Hilferufe gingen in ein ersticktes Röcheln über. Jetzt schien die Figur in der Umarmung des lodernden Feuers fast zu tanzen. Fast nur ... Im Hintergrund ertönten mit einem Mal die Sirenen der Feuerwehr.

Alexander hatte nicht schlafen können. Unruhig lief er durch das Haus. Seine Gedanken kreisten um seine Familie, um die laufende Scheidung, um die Kinder, vor allem um seine Große, bis sie bei Janine verharrten. In dem Moment klingelte sein Handy und er musste etwas genauer hinhören, ehe er einordnen konnte, wo es lag. Vorhin, ja, da hatte er es bei sich gehabt, als er sich noch etwas zu trinken holte. Die Mineralwasserflasche hatte er in einem Zug geleert und sie dann zu dem anderen Leergut gestellt. Küche also. Genau dort lag das Handy und vibrierte ausdauernd. Auf dem Kühlschrank. Toller Platz, dachte Alexander bei sich. Ich werde wohl langsam auch vergesslich. Er griff nach dem Telefon und betätigte die Annahmetaste, nachdem er die Dienststelle als Anrufer erkannt hatte.

„Ja, hallo! Was gibt´s?", erkundigte er sich.

„Die Feuerwehr ist gerade zu einem Mühlenbrand ausgerückt!"

„Das wäre nun aber noch kein Anlass, mich zu informieren", rutschte es Alexander heraus und er biss sich auf die Zunge. Nein, er wollte doch nicht immer so rasch mit seinen Urteilen und Äußerungen sein. Damit verletzte er die Leute. Im Prinzip war ihm das schon klar.

„Ich würde wohl kaum anrufen, wenn es nicht einen entsprechenden Anlass gäbe", erklang es auch etwas verschnupft von der anderen Seite.

„Na klar. Tut mir leid. Ich bin wohl noch nicht ganz munter", log Alexander und lief ins Arbeitszimmer, um sich schon einmal einen Stift und einen Notizzettel zu besorgen.

„Was ist also los?"

„Am Brandort gibt es einen Leichenfund. Sie sollen sich ebenfalls einfinden. Die Staatsanwaltschaft und die Spurensicherung sind schon informiert. Ansonsten ist vor Ort alles erstmal mit den dortigen Einsatzkräften abgesichert."

Alexander ließ sich die Adresse geben. Als das Stichwort Mühle fiel, zuckte er zusammen, sparte sich aber einen weiteren Kommentar. Was wollte er auch jetzt mit dem Kollegen aus der Einsatzzentrale darüber plaudern?! Das war nicht die Zeit und nicht der Partner dafür.

„Mache mich sofort auf den Weg. Besten Dank."

Die Verabschiedung am anderen Ende fiel eher verhalten aus.

Alexander hatte während des Telefonats das Wohnzimmerfenster geöffnet, woraufhin Albert, als habe er nur darauf gewartet, schnurstracks aus dem Unterholz der Tannen auf ihn zu gerannt kam und in elegantem Sprung das Fensterbrett nahm. Er streifte ihn kurz und verschwand um die Ecke, um in der Küche im Futternapf nach Nachschub Ausschau zu halten. Die Metallschüssel klapperte, aber es befand sich kaum noch etwas darin.

Alexander legte jetzt das Handy erneut auf den Kühlschrank, wobei er überlegte, dass das eigentlich auch ein ganz passabler Stammplatz sein könnte. Dann bückte er sich und streichelte seinem Kater über den Kopf. Schließlich begutachtete er das verletzte Auge. Es schien alles relativ gut zu verheilen. Ein Glück aber auch.

„Na, du alter Fresssack, mitten in der Nacht und dann Hunger. So kannst du nie auf deine Linie achten", murmelte Alexander vor sich hin und lachte. Albert und schlanke Linie war ja auch eine tolle Verbindung. Wobei, als junger Kater hatte er sich rank und schlank und äußerst hochbeinig präsentiert. Da konnte er ihn mit Leichtigkeit in einer Hand in die Höhe über dem Kopf halten, damit Albert auch einmal die Aussicht genießen konnte.

Das Tier maunzte lautstark. „Ist ja gut. Eine Knabberstange, aber nicht mehr!“ Alexander griff ins Regal und zückte eine Packung Katzen-Sticks. „Mit Geflügel und Leber“ stand drauf sowie „Leckerer Zwischendurch-Snack“. Alexander riss die Perforation einer Portion auf, zog das Fleischstäbchen heraus und roch daran, dann wog er den Kopf hin und her. Nicht schlecht, was es da so alles für die Tiere gab, während anderswo auf der großen, weiten Welt die Menschen Hunger litten ... Könnte man glatt selbst Appetit bekommen. Jetzt sah er auf die Küchenuhr, die geräuschvoll tickte. Zwei Uhr fünfundzwanzig. Da fing der Tag aber verdammt zeitig an und aus dem Frühsport wurde auch mal wieder nichts. Jetzt musste er sich einfach rasch auf den Weg begeben.

Alexander machte sich im Bad frisch und zog sich an. Dann erfasste er die Adresse im Navigationssystem. Eine gute halbe Stunde würde er benötigen. Mal sehen, wer von den anderen es vor ihm schaffte! Als er die Haustür öffnete, verschwand auch der Kater mit ihm aus dem Haus und lief ins Feld gegenüber. Wahrscheinlich geht es jetzt der nächsten Maus an den Kragen, dachte Alex kurz, als er im Licht der Außenlampe die zerfledderten Eingeweide einer solchen vor dem Abtreter entdeckte. Es schmeckte eben offensichtlich nicht alles von diesen pelzigen Gesellen. Eine nette Liebesgabe seines Haustiers.

Der Wagen sprang sofort an. Seine Lichtkegel fielen auf das Feld, in das eben Albert entschwunden war. Zwei Rehe blickten erstaunt auf. Alexander folgte den Anweisungen des Navis, obwohl er sich auch ohne schon recht gut in der Gegend auskannte. Aber, sicher war sicher. Jetzt fuhr er über den Mittellandkanal in Südhemmern ein und durchquerte Specken, um schließlich über einsame Straßen auf der L 770 zu landen, die er ein Stück entlangfuhr. Dann noch Petershagen rechts liegenlassen, über die Weserbrücke und den Kanal und dann die B 482 Richtung Norden. Tatsächlich, es handelte sich um fast die gleiche Gegend, nur diesmal noch ein Stückchen weiter nördlich, beinahe schon in Niedersachsen. Da musste es Parallelen geben.

Alexander fuhr einsam durch die Nacht, nur einige wenige Autos begegneten ihm auf dem Weg zum Einsatzort. Der indes war bereits von Weitem zu erkennen. Qualm stieg auf und die Lichter der Fahrzeuge erhellten das Areal. Bei der letzten Weggabelung nahm ihm ein Pkw in rasantem Tempo die Vorfahrt. Das war jetzt aber nicht wahr, fuhr es Alexander durch den Kopf. Der Staatsanwalt! Ob er ihn mal auf die Geschichte ansprach, die unlängst in der Presse kursierte? Von der neuen Betrugsmasche, die nun auch in den Kreis Minden-Lübbecke überschwappte! Da gaben sich doch Betrüger am Telefon als Staatsanwälte aus und verlangten die Begleichung von Schulden aus der Teilnahme an Gewinnspielen. Und sehr hartnäckig verwiesen sie darauf, dass Pfändung drohe, wenn die Forderung nicht beglichen würde. In einigen Fällen hatte es schon geklappt, dass die Opfer die Summen auf Konten im Ausland überwiesen.

Sachen gibt´s, die gibt´s gar nicht, dachte Alexander bei sich. Immer wieder neue betrügerische Machenschaften, nachdem der klassische Enkeltrick so langsam schon jedem bekannt war. Aber darüber mit dem Staatsanwalt locker parlieren, wäre wahrscheinlich keine gute Idee. Humor war nicht seine stärkste Seite.

Alexander parkte schließlich genau neben ihm. Marc Oberländer war schon ausgestiegen, rieb sich fröstelnd die Hände und blickte auf die Einsatzkräfte. Dann schaute er nach links.

„Ach, Sie waren das, mir kam dieses Auto auch irgendwie bekannt vor", begrüßte er Alexander, indem er das Wort „dieses" schon recht merkwürdig, so von oben herab, betonte. So schien es jedenfalls Alex, der Groll in sich aufsteigen fühlte und es sich verkniff, auf die Straßenverkehrsordnung hinzuweisen.

Ein Polizist hob höflich das rot-weiße Flatterband für die beiden Männer hoch: Bernd Langer. Alexander erkannte ihn sofort und bedankte sich freundlich. Kommissar und Staatsanwalt näherten sich dem Objekt.

Das Bild, das sich ihnen bot, sah gespenstisch aus. Vom Dach war nicht mehr viel erhalten und die Mühlenflügel präsentierten sich als bloßes Gerippe. Auf dem Boden lag ein schwarz verkohlter Haufen, davor kniete Professor Engelbrecht.

„Sagen Sie mal", wandte er sich an Alexander. „Täusche ich mich oder ist das jetzt wieder genau so eine Mühle, wie schon in den beiden vorherigen Fällen? Obwohl eine Menge den Flammen zum Opfer gefallen ist, gibt es noch ein paar Überbleibsel von Tauen, mit denen der Tote offensichtlich auch diesmal verschnürt war."

„Nein, Sie täuschen sich keineswegs, Herr Professor", entgegnete Alexander. „Auch das ist ein Wallholländer. Und in sehr kurzen Abständen ist das unser dritter Toter an einer Windmühle. Das ist einfach nicht zu fassen."

„So weit hätten Sie es nicht kommen lassen dürfen", sagte der Staatsanwalt, wobei er mit dem „Sie" eigentlich niemanden direkt ansprach, sondern selbst etwas konsterniert dreinschaute. Alexander fühlte sich dennoch angegriffen und konnte diesmal nicht an sich halten: „Wir haben alles getan, was in unseren Kräften stand. Unter dringendem Tatverdacht steht Ansgar Hoyer. Von ihm liegt uns auch ein Bekennerschreiben vor und er hatte weitere Morde dieser Art angekündigt."

„Na, wunderbar. Dann ist der Fall doch im Grunde schon geklärt", gab Marc Oberländer seiner Stimme einen erfreuten Klang.

„Schön wäre es", sagte Alexander nur nüchtern. „Wenn er denn nicht gerade in Untersuchungshaft sitzen würde ..."

„Stimmt. Das vergaß ich für einen Augenblick", Marc Oberländer zog die Stirn kraus.

„Man hat aber auch dermaßen viel um die Ohren! Also doch ein neuer Täter mit Nachahmungstick. Und wie sieht es mit dem Toten aus? Gibt es aus Ihrer Sicht schon Erkenntnisse, Professor Engelbrecht?"

Der Staatsanwalt beugte sich über das Opfer und begutachtete es.

Alexander grinste in sich hinein. So eine ähnliche Frage hatte er beim vorherigen Fall gestellt und sich eine ziemliche Strafpredigt des Gerichtsmediziners anhören müssen. Wie würde er wohl jetzt reagieren? Alexander schaute aufmerksam von Marc Oberländer zu Professor Eberhard Engelbrecht.

Der Professor schraubte sich vom Boden hoch: „Falls es Ihnen entgangen sein sollte, verehrter Herr Staatsanwalt, so ist hier nur äußerst wenig zu erkennen. Verkohlt, zusammengeschrumpelt, was soll man da sagen? Von Spekulationen halte ich nichts. Alles andere zu gegebener Zeit. Es wird sich herausstellen, was die Todesursache war und wie alles gelaufen ist. Wie immer! Wir sehen uns."

Brüsk wandte sich der Gerichtsmediziner ab und lief zu seinem Wagen.

Oh, wenn der mal jetzt nicht ziemlich sauer war, dachte Alexander und war froh, dass er diesmal nicht die Ursache des Ärgers war. Was sagte seine Mutter immer: Reden ist Silber, Schweigen ist Gold! Das hatte ja diesmal hervorragend geklappt, dass er seinen Mund gehalten hatte.

Erst jetzt entdeckte er Heike Langenkämpfer. Sie kam gerade von der anderen Seite des rot-weißen Flatterbandes, das ihr Bernd Langer ebenfalls und sehr galant hochhielt. In ihrer Rechten präsentierte sie etwas, das sich beim Näherkommen als Kanister entpuppte.

„Hallo Alex, schau mal, was ich da in unmittelbarer Nachbarschaft entdeckt habe: Einen Benzinkanister. Wenn der nicht zu unserem Fall gehört, dann fresse ich einen Besen."

Alexander lachte: „Gute Idee, ich liefere dann den Senf dazu. So trocken wirst du ihn wohl nicht runterbekommen, falls du falschliegen solltest. Aber wann hast du schon einmal falschgelegen. Ich kann mich jedenfalls nicht erinnern!"

Heike lächelte breit: „Du kannst aber Komplimente machen. Danke. Das tut mal richtig gut. Sonst sind Lobe bei uns ja eher dünn gesät."

Dann nestelte sie an ihrer Jackentasche und zog eine Plastiktüte hervor: „Ich habe aber noch eine Überraschung!"

Alexander schaute ungläubig auf den Inhalt. „Ist es das, was ich jetzt annehme?"

„Hm."

„Lass dir doch nicht alles aus der Nase ziehen! Ich würde das jetzt für ein Portemonnaie halten."

„Genau das ist es. Lag vorn an der Straße im Gras, direkt neben einer wunderbaren Spur von einem Pkw. Gipsabdruck davon befindet sich schon in meinem Auto, falls du mich das jetzt fragen willst."

„Nee, will ich nicht. Ich weiß doch, dass du deine Arbeit perfekt machst. Und natürlich hast du schon geschaut, ob sich ein Ausweis oder was anderes für die Identität darin befindet."

„Du sagst es. Immerhin eine Krankenkassenkarte mit Foto. Die gibt es ja seit geraumer Zeit. Wobei uns ein Bild bei dem Zustand, in dem sich die Leiche befindet, auch nicht viel hilft. Der Inhaber des Portemonnaies muss auf jeden Fall ein Mann gewesen sein. Jahrgang 1974. Hier."

Und sie nestelte die Karte heraus, um sie Alexander unter die Nase zu halten.

„Ist genau mein Jahrgang!", gab Alex von sich, um dann doch noch eine Frage anzuschließen: „Die Überprüfung der Daten läuft?"

„Ja, schon", sagte Heike. „Aber hast du mal auf die Uhr geschaut? Einen Moment werden wir uns wohl noch gedulden müssen."

Alexander blickte auf seine Armbanduhr. Es war noch nicht fünf Uhr. Im Hintergrund rollten die Feuerwehrmänner gerade ihre Schläuche wieder ein. Das Feuer war offensichtlich gelöscht. „Dann lass uns mal in die Dienststelle fahren. Die Nacht ist sowieso gelaufen."

„Ich nehme mir gleich mal den Kanister und die Geldbörse vor. Vielleicht finde ich ja was. Wäre doch gelacht!"

Heike machte auf dem Absatz kehrt und lief zu ihrem Auto.

So eine sympathische Kollegin, dachte Alexander. Ein super Kumpel. Aber eben auch nicht mehr …

Wobei er in der zurückliegenden Zeit immer wieder versucht hatte, diesen einen Abend zu rekonstruieren. Es gelang ihm einfach nicht. Er wusste noch genau, wie er ihr gratuliert hatte und wie sie getanzt hatten. Das war alles harmonisch und stimmungsvoll und rundum schön gewesen. Doch dann riss irgendwann der Erinnerungsfaden und knüpfte erst im Morgengrauen an, als er neben Heike aufgewacht war.

Da waren sie, diese Schmetterlinge im Bauch. Alexander konnte sich gar nicht mehr daran erinnern, wann er dieses berauschende Gefühl zum letzten Mal verspürt hatte. Mit seiner Frau war das jedenfalls schon endlos lange her. Bei seiner Beförderung damals, da hatte es noch einmal heftig geknistert. Wobei, vielleicht schien ihm das auch nur so. Auf jeden Fall hatte irgendwann der Alltag die Oberhand gewonnen und dann überschlugen sich auch schon die Ereignisse. Und unter Zwang ging bei ihm gar nichts!

Janine war noch in seinem Zimmer am Fenster stehen geblieben und schaute verträumt in die Ferne, während Alexander mit dem Bekennerschreiben in der Hand Richtung Tür lief.

„Ich muss dann mal zu Heike", sagte er mit verhaltener Stimme.

„Klar doch", entgegnete Janine. „Ich mach dann auch endlich Feierabend."

Beide schauten sich intensiv an, doch es fehlte ihnen an passenden Worten.

„Wir sehen uns", entrang sich schließlich Alex eine belanglos wirkende Bemerkung.

„Das will ich doch hoffen", meinte Janine noch und lief auch zur Tür. Ihre Körper streiften sich kurz, jeder sog den Duft des anderen ein und lief dann im Flur in eine andere Richtung.

Alexander blickte nach wenigen Schritten zurück. Ob sie sich noch einmal umschaut, fragte er sich, so wie damals vor dem Ratsgymnasium, als wir beim Jazz Club waren? Er hielt einen winzigen Augenblick im Gehen inne und da blieb auch sie, schon gut zehn Meter entfernt, noch einmal stehen, um den Kopf zu wenden. Janine hob eine Hand und winkte leicht. Alexander tat es ihr nach und endlich gingen beide ihrer Wege.

Alexander hielt den Brief samt Inhalt in seiner Linken und konnte keinen klaren Gedanken fassen. Fast wäre er in den falschen Flur abgebogen. Reiß dich mal am Riemen, fuhr er sich innerlich an, als er schließlich seinen Kopf in die geöffnete Tür von Heike steckte, die hinter ihrem Computer saß, gerade noch auf die Tasten schlug und sofort aufblickte.

„Mann, das hat aber gedauert. Bist du unterwegs aufgehalten worden? Ich bin heute noch zum Essen verabredet."

Heike strahlte und dachte an die bevorstehende abendliche Begegnung. Tatsächlich hatte sich so am Rande immer mal das eine oder andere Gespräch mit dem neuen Kollegen von der Verkehrspolizei ergeben, der sie an seinem ersten Arbeitstag so freundlich gegrüßt hatte. Er war richtig witzig und hatte flotte Sprüche drauf, genau so, wie sie das mochte. Und für heute hatte er sie eingeladen. Diesmal wollten sie richtig Essen gehen, nicht nur zu einer Imbissbude, wie sonst.

„Siehst ausgesprochen schick aus", lobte Alexander, um Heike zu beruhigen. Und einen besonderen Duft hatte sie auch angelegt, wie er feststellte, aber dazu äußerte er sich lieber nicht.

Sie blickte zweifelnd an sich herunter: „Meinst du? Es sind eben heute mal nicht die üblichen Jeans und ein praktisches T-Shirt."

„Doch, das steht dir", fuhr Alex fort. „Zeig dich mal richtig."

Heike erhob sich von ihrem Schreibtischstuhl und drehte sich einmal vorsichtig im Kreis. Sie trug eine schwarze, elegante Hose und ein Oberteil aus Spitze, das den wohlgeformten Untergrund erahnen ließ, dazu ein paar Pumps von deutlicher Höhe.

„Genau! Außerordentlich! Solltest öfter mal in den Tiefen deines Kleiderschrankes graben."

„Ja, meinst du denn, das macht Sinn, wenn ich im Einsatz bin? Das würde ja jedes gute Stück zugrunde richten. Ich stelle mir gerade vor, wie ich mit diesen Schuhen hier über einen Fundort stakse ..."

„Stimmt auch wieder", sagte Alexander und wechselte das Thema, indem er den Brief direkt vor ihr auf dem Tisch platzierte.

„Also, was kannst du mir hierzu schon sagen und was willst du noch damit anstellen?"

„Du wirst es nicht glauben, aber ich habe ein Haar beim Umschlag gefunden!"

„Oh, klasse!"

„Ja, das finde ich auch. Und sogar noch mit Wurzel. Insofern lässt sich das richtig gut verwerten."

„Die anderen Details dürfte dann ja ein Gutachter bestimmen können. Wobei mir schon vom Stil her klar ist, dass der Typ ziemlich durchgeknallt sein muss. Von den vielen Schreibfehlern mal ganz zu schweigen."

„Ich glaube, es gibt mehr Irre, als wir uns vorstellen können. Ein Glück nur, dass das nicht bei allen in extreme Taten mündet."

„Liegt vielleicht auch an der ganzen Gesellschaft, die solche Auswüchse ermöglicht", warf Alexander ein. Er hatte sich jetzt wieder voll im Griff – nüchtern und sachlich – und seine Gefühle von vorhin heruntergefahren. Sein Kombinationsvermögen lief auf Hochtouren.

Heike zog die Stirn kraus: „Wie meinst du das denn jetzt?"

„Na ja, erstens wäre es sinnvoll, möglichst alle Leute in Lohn und Brot zu bringen. Dann kämen sie gar nicht auf dumme Gedanken, sondern wären abends rechtschaffen müde und hätten auch genügend Geld, um sich mal ihre Wünsche zu erfüllen ..."

„Und zweitens?"

„Tja, ich bin auch ein Technikfreak, aber so richtig als Segen kann ich das nicht sehen. Es öffnet immer mehr uferlose Kanäle. Jeder kann heute seine Fantasien per Computer ausleben und anonym Leute anscheißen. Mobbing schon in den untersten Schulklassen, da fängt man jetzt in der Vorbeugung schon im Kindergartenalter an! Denk einfach mal nur daran, wie sich dieser Bereich der Kriminalität und der dazugehörigen Bekämpfung in den letzten Jahren ausgeweitet hat."

„Ach, Alex, das ist jetzt aber ein weites Feld. Dazu müsste man sich richtig Zeit nehmen, um das mal in Ruhe zu bereden. Aber wie ich sehe", Heike blickte auf die Uhr, „ticken die Zeiger. Ich müsste mich dann auch mal auf den Weg machen. Will schließlich nicht zu spät zu meinem Date kommen."

„Sorry", warf Alexander ein. „Wohin soll's denn gehen, wenn ich fragen darf?"

„Ins Landgasthaus Eichenhain nach Friedewalde."

„Sagt mir jetzt auf Anhieb nichts!"

„Liegt in Petershagen, ganz idyllisch von großen Bäumen umstanden."

„Also, bei Petershagen denke ich spontan nur an unsere jüngsten Fälle."

„Kannst du auch mal abschalten, Alex? Ich jedenfalls freue mich heute Abend auf ein super leckeres

Menü in schönem Ambiente und eine nette Unterhaltung und …"

„Und?"

„Nun bohr doch nicht so hartnäckig. Das geht dich eigentlich gar nichts an."

Alexander wiegte den Kopf hin und her.

„Tut mir leid. Ich wollte jetzt nicht zu neugierig sein. Freue mich nur, wenn es dir gut geht, Heike."

Jetzt sah er sie fast liebevoll an, denn innerlich beruhigte es ihn schon sehr, dass sie da offensichtlich jemanden gefunden hatte. Dann konnten sie endlich von beiden Seiten zu einer guten Freundschaft übergehen, an der ihm sehr lag.

„Dann will ich mal auch wieder. Ist ja wirklich schon spät geworden. Mensch, ich muss ja meinen Mädels noch ihre Gutenachtgeschichte erzählen …"

„Das finde ich toll von dir. Wird ihnen bestimmt ewig in Erinnerung bleiben. Ich habe auch noch genau die ersten Geschichten im Kopf, wenn ich an meine Kindheit zurückdenke. So was prägt sich enorm ein. Aber du siehst ja deine Kleinen auch viel zu selten."

„Hm", brummelte Alexander vor sich hin. Das Thema passte ihm jetzt nicht so unbedingt. „Die Große wird bald mal zu mir kommen."

„Weißt du was, Alex, dann bringst du sie mit zum Dienst und ich mache mit ihr auch mal so eine erkennungsdienstliche Erfassung. Die beiden Jungs neulich waren jedenfalls hellauf begeistert."

„Danke, Heike. Und einen schönen Abend noch."

„Dir auch, Alex. Bis morgen."

An der Tür zögerte Alexander einen Moment. Eigentlich war die Gelegenheit günstig.

„Ist noch was, Alex?" Heike blickte über ihren Schreibtisch hinweg.

Er druckste kurz herum, doch dann fasste er in seine Jackentasche und holte eine Folientüte mit einem Blatt Papier heraus. „Ich hätte da noch was Privates."

„Aha, und darum soll ich mich in der Arbeitszeit kümmern?", flachste Heike.

„Na ja, ich will das nicht an die große Glocke hängen", erwiderte Alexander.

„Gib mal her. Worum handelt es sich denn?"

Alexander legte Heike jetzt die Tüte mit ihrem Inhalt auf den Tisch. Sehr zögerlich. Sie griff danach und glaubte ihren Augen nicht zu trauen.

„Nein, Alex, das ist jetzt aber nicht dein Ernst! So was kannst du doch nicht mit dir allein ausmachen. Das ist doch ganz heftig."

„Ach, ich weiß nicht. Man sollte vielleicht nicht so viel Aufhebens um die Sache machen. Ist möglicherweise auch nur ein dummer Jungenstreich."

„Na, du bist lustig. Das hat aber alles seine Grenzen."

Alexander zuckte mit den Schultern.

„Ja und nein. Wichtig wäre mir, dass du einfach mal anprüfst, ob es da eventuell Spuren gibt, die uns Anhaltspunkte liefern könnten."

Heike zog die Stirn kraus.

„Also, da werde ich für meinen Lieblingskollegen mal eine Ausnahme ermöglichen. Ich mache mich morgen an die Arbeit. Aber wenn ich das hier geprüft habe, solltest du auf jeden Fall mit Riechmann drüber sprechen."

„Mal sehen", wiegelte Alexander ab. „Also Tschüss dann!"

Alexander verließ den Raum und Heike blieb noch an ihrem Schreibtisch sitzen, vertieft in den Inhalt der Zeilen, die da vor ihr lagen. Dabei hätte sie sich längst auf den Heimweg, zu ihrer Verabredung, gemacht haben müssen.

„Wir kriegen dich! Dein blödes Vieh war erst der Anfang. Hier kann nicht jeder machen, was ihm einfällt", stand auf dem Blatt zu lesen. Und unterschrieben war es mit „Die Rächer!".

An den folgenden Tagen gingen sich Alexander und Janine zunächst aus dem Weg. Sie vermochten es, ihre Begegnungen so zu legen, dass immer jemand dabei war. Entweder Wolfhard, der diese atmosphärischen Schwingungen schon wahrnahm, aber stets wohlwollend auf beide blickte, oder einer von den anderen Kollegen.

Bis Janine am Ende der Woche allein zu Alexander kam.

„Ich halte es nicht mehr aus", sagte sie beim Eintreten in sein Büro, lief zu seinem Schreibtisch, umrundete ihn, nahm ihn in die Arme und küsste ihn innig.

„Ich auch nicht", entgegnete nach einer ganzen, schier endlos scheinenden Weile Alexander und löste sich ein wenig von ihr, um ihr in die Augen zu schauen.

„Und warum haben wir dann so lange gewartet?", fragte Janine und lächelte verschämt.

„Ich weiß auch nicht. Wahrscheinlich ist es die Vernunft."

„Dann lass uns die einfach weit wegschieben, wenigstens übers Wochenende. Kommst du zu mir?"

Alexander strahlte: „Gern. Ich habe sowieso diesmal keine Tour nach Berlin eingeplant. Muss noch ein paar Sachen abarbeiten."

„Dann lass mich ein wenig den Abend vorbereiten. Wenn du so um acht bei mir bist, wäre das schön. Ich schreib dir hier mal meine Adresse auf. Kannst du gar nicht verfehlen."

Alexander blickte auf den kleinen Notizzettel. Fischerglacis stand da und eine Hausnummer. Deshalb fuhr sie fast immer mit dem Fahrrad, das war ja gleich um die Ecke von der Dienststelle.

„Ich werde pünktlich sein. Soll ich irgendwas mitbringen?"

„Nur dich", hauchte Janine und Alexander lächelte. Das wollte sich wohl einrichten lassen, aber ohne was ging man nun auch nicht zu einer Angebeteten zu Besuch. Das heute, das war schon etwas ganz Besonderes.

Auf dem Heimweg hielt Alexander an seiner Tankstelle in Rothenuffeln an. Der Blumenladen daneben hatte noch geöffnet. Zum Glück für ihn. Er parkte an einer Zapfsäule, betankte seinen Wagen, ohne nach dem Spritpreis zu sehen, bezahlte und lief zum Geschäft nebenan.

„Was kann ich für Sie tun", erkundigte sich die Floristin freundlich.

Alexander ließ seine Blicke schweifen und entdeckte in einem Behälter Rosen in einem kräftigen Gelbton mit üppigen Köpfen. Er bückte sich, um sie näher zu begutachten und entdeckte ein kleines Logo daran, auf dem er das Wort FAIR entzifferte.

„Das kenne ich eigentlich nur von Kaffee und Schokolade", nahm Alexander das Gespräch auf. „Was bedeutet denn in diesem Fall fair?"

„Na, die werden fair gehandelt, also unter akzeptablen Bedingungen vor Ort produziert, zum Beispiel in Ecuador. Das heißt, für die Angestellten gibt es vernünftige Löhne, meist sogar noch eine Betreuung für die Kinder oder eine Ausbildung. Und dann spielt der Umweltgedanke eine große Rolle. Es muss eben alles sozial und ökologisch vertretbar sein. Das sind so die Maßgaben."

Die Frau hinter dem Ladentisch hatte sich richtig in Rage geredet. Auf ihrem Hals lagen ein paar hektische rote Flecken. Sonst fragte kaum jemand danach. Alexander kam ihr ausgesprochen gelegen, um einmal ihre Botschaft an den Mann zu bringen.

„Prima", sagte Alexander. „Das passt hervorragend. Dann hätte ich gern davon einen richtig schönen großen Strauß."

Er überlegte kurz. „Fünfunddreißig Stiele bitte und nett arrangiert. Sie machen das schon."

Eben war ihm eingefallen, dass Janine erst vor ein paar Wochen ihren fünfunddreißigsten Geburtstag gefeiert hatte. Damit ergab sich ein wunderbarer Bezugspunkt. Er strahlte in Vorfreude, während er der Floristin auf die Hände schaute, die geschickt einen Blütenstiel nach dem anderen verarbeitete.

„Ist es so recht?", erkundigte sie sich zwischendurch.

„Super. Einfach schön."

Jetzt legte sich ein zufriedenes Lächeln auf das Gesicht der Frau. „Damit werden Sie ganz bestimmt Eindruck machen", sagte sie.

„Genau. Darauf kommt es mir auch an." Schließlich schob Alexander die Geldscheine über den Ladentisch und steckte sich das Wechselgeld wieder ins Portemonnaie.

„Ein schönes Wochenende noch", verabschiedete er sich.

„Und Ihnen einen schönen Abend", wünschte die Floristin.

Alexander verließ beschwingt den Laden und lief zu seinem alten Auto. Dann öffnete er die Beifahrertür und legte den Strauß vorsichtig auf den Boden, damit er keinen Schaden nahm. Als er hinter dem Lenkrad saß, blickte er noch einmal auf die strahlenden Blüten, die seitlich aus dem Einwickelpapier hervorlugten. Doch, die Entscheidung war gut gewesen. Die Rosen mussten ihr einfach gefallen.

Zu Hause angekommen, griff er sich seinen Kater Albert und wirbelte ihn in der Luft herum, so wie er es mit ihm als jungem Kätzchen getan hatte oder auch gelegentlich mit den Mädchen tat, wobei die natürlich schon langsam zu schwer dafür wurden.

„Ach, mein Bester. Was darf´s denn heute sein? Ein paar Brocken vom Allerfeinsten? Oder vielleicht mal ein paar Stückchen Käse."

Und als habe der Kater jedes Wort verstanden, maunzte er freudig auf und umstrich die Beine von Alexander, kaum dass er sich auf dem Boden befand. Alex öffnete die Kühlschranktür und griff nach dem Gouda. Dann nahm er sich ein Messer und ein Holzbrett und schnitt ein paar Scheiben in kleine Würfelchen, während der Kater sich reckte und mit den Vorderpfoten versuchte, sich am Tisch hochzuziehen.

Kaum lagen die Köstlichkeiten im Futternapf, befand sich Albert schon mit seinem Kopf darin und angelte sich eine nach der anderen mit seiner rauen Zunge heraus. Alexander beobachtete ihn dabei liebevoll. Es ging doch nichts über die Geselligkeit eines Haustiers. Schließlich wanderte sein Blick zur Uhr über der Tür. Oh, viel Zeit blieb nicht. Schnell noch die Mädchen anrufen und eine klitzekleine Gutenachtgeschichte zum Besten geben, dann fix unter die Dusche und wieder Richtung Minden fahren.

Ihm war jetzt ein Stein vom Herzen gefallen, dass er die Sache mit dem „Rächer"-Schreiben an Heike weitergeleitet hatte. Wenn es etwas zu finden galt, dann war sie genau die Richtige dafür. Und mehr konnte er momentan auch nicht machen. Jetzt wollte er sich einfach auf die bevorstehenden Stunden konzentrieren.

Alexander fand im Fischerglacis einen Parkplatz direkt gegenüber dem Haus, in dem Janine wohnte. Eine Villa eher, wahrscheinlich von mehreren Parteien genutzt. Das würde er herausbekommen. Die großen Bäume des Parkgürtels reckten sich mächtig in den Himmel und strahlten Geborgenheit aus. Ein paar Vögel wetteiferten im Zwitschern. Nachdem Alexander das Auto abgeschlossen hatte, griff er noch einmal sicherheitshalber an die Tür, ein Mechanismus, den er nicht wirklich wahrnahm. Er schaute auf die andere Straßenseite. In der ersten Etage brannte Licht und dort meinte er auch schon Janine zu erkennen. Er beschleunigte seine Schritte.

Kaum hatte er geklingelt, ertönte ein Summen und er konnte die Haustür aufdrücken.

„Komm nur eine Treppe hoch", hörte er von oben Janines Stimme. Er nahm zwei Stufen auf einmal und positionierte schließlich vor der Wohnungstür den großen Blumenstrauß direkt vor sich, nachdem er noch das Einschlagpapier abgenommen und in der anderen Hand zusammengeknüllt hatte. Da war wieder im gedanklichen Hintergrund seine Mutter, die sagte, dass man Blumen stets ohne das Einwickelpapier überreichen müsse.

Wie charmant, dachte Janine, beobachte Alexander, wie er sich ihr näherte, und lehnte dabei am Türrahmen. „Du bist ja pünktlich auf die Minute. Komm rein. Und was für schöne Blumen du mitgebracht hast."

„Gefallen sie dir? Das freut mich aber. Ich war erst etwas unsicher wegen der Farbe..."

„Oh nein, genau richtig. In Rot wären sie nicht ganz so mein Fall."

Komisch, dachte Alexander bei sich, dabei ist doch Rot die Farbe der Liebe und im ersten Moment hatte er im Laden auch mit roten Rosen geliebäugelt. Das musste mal wieder Intuition gewesen sein. Er trat in die Wohnung und Janine schloss die Tür hinter ihm.

„Ich gebe ihnen dann erst mal Wasser", sagte sie und fügte an: „Geh du schon mal vor. Am Ende des Flurs triffst du genau auf mein Wohnzimmer."

Alexander tat, wie ihm geheißen.

Kurze Zeit später trat Janine mit den Blumen in einer Glasvase in den Raum und lächelte. „Nicht schlecht. Zum einen war noch Frischhaltemittel dabei und zum anderen habe ich das Fair-Trade-Logo gesehen. Auf so was achtest du? Hätte ich nicht erwartet."

„Doch", betonte Alexander. „Wenn man die Möglichkeit hat, dann sollte man schon etwas in dieser Richtung tun, um ein wenig die Welt zu erhalten."

Innerlich schüttelte er den Kopf. Worüber unterhielten sie sich da eigentlich? Über die Produktion von Blumen und die Rettung der Welt? Dabei gab es doch einen ganz anderen Grund für ihre Begegnung. Er blickte Janine tief in die Augen, die sich gerade ihm gegenüber auf einen Sessel gesetzt hatte. Sie zögerte einen Moment, dann erhob sie sich wieder und auch Alex stand auf. Zögerlich schritten beide um den flachen Tisch herum aufeinander zu.

Er streichelte mit dem Handrücken ihre Wange und auch sie legte ihre Rechte zärtlich an seinen Hals. Dann zogen beide einander magisch an. Unbeholfen zunächst, suchend, tastend. Doch schließlich küssten sie sich ungestüm und lange. Bis Janine endlich wieder Luft für eine Satz fand: „Komm, lass uns nach nebenan gehen."

Und behutsam zog sie Alexander hinter sich her in ihr Schlafzimmer.

Am liebsten hätte er sich in den Arm gekniffen, um sich davon zu überzeugen, dass diese Situation jetzt auch wirklich und wahrhaftig stattfand. Aber ihm fehlte die Kraft dafür. Vielleicht war es auch Angst, aus diesem Schwebezustand zu erwachen. Er folgte Janine dicht auf dem Fuße. Kaum angekommen im Schlafzimmer drehten sie sich einander zu und verschmolzen in einer Umarmung, aus der sie Stück um Stück die einzelnen Teile ihrer Kleidung entfernten, bis sie nackt und bloß auf dem Bett lagen.

Wie Ausgehungerte stürzten sie sich aufeinander und sättigten ihre Lust.

Erst Stunden später kamen sie wieder zu sich und waren vernünftiger Worte fähig.

„Eigentlich hatte ich ein nettes Abendbrot vorbereitet", sagte Janine.

„Das ist doch eine prima Idee. Worauf darf ich mich denn da freuen?", erkundigte sich Alexander.

„Ach, nichts Bedeutendes. Ich habe einfach einen kleinen Imbiss angerichtet, nur kalte Sachen, damit uns nichts anbrennt …"

Jetzt mussten beide lachen.

„Stimmt", sagte Alexander, „ein Braten in der Röhre wäre uns mit Sicherheit angekokelt."

Er schob den Arm unter den Kopf von Janine, strich ihr sanft über die Brust und blickte selig an die Zimmerdecke. Dann löste sie sich behutsam von ihm und stand auf: „Ich gehe dann mal in die Küche. Serviert wird dort, mein Herr."

„Gern. Ich folge in Kürze."

Er drehte sich auf den Bauch und blickte Janine nach, die grazil aus dem Schlafzimmer entschwand. Alexander schloss die Augen und überlegte, ob er nun Schuldgefühle empfinden sollte. Nur für einen winzigen Augenblick funkte dieser Gedanke auf, dann ließ er sich wieder in seine selige Traumwolke fallen. Man soll sein Leben genießen, hörte er seine Mutter sagen. Ja, Mutti, genau das mache ich jetzt, war er fast versucht zu flüstern. Mit einem Ruck sprang er auf, griff sich seine Shorts und lief ins Bad.

„Wenn du dich frisch machen willst, ein Handtuch liegt auf der Waschmaschine", erklang es aus der Küche.

Wie aufmerksam, dachte Alexander und rief: „Danke, schon gefunden."

Wenig später saßen sie am Küchentisch. Ringsherum brannten Kerzen und verbreiteten eine heimelige Atmosphäre. Alexander aß mit Heißhunger von den Kleinigkeiten, die Janine vorbereitet hatte. Hauchdünner Schinken und Honigmelone, kräftig abgeschmeckter Quark mit Walnüssen, süße Datteln, die auf der Zunge zergingen. Sie hatte dazu eine Flasche Prosecco aufgemacht, der in den Gläsern perlte, als sie sich zuprosteten.

„Auf uns", sagte Janine.

„Auf uns", bestätigte Alexander, stand auf und hauchte ihr einen Kuss auf die Stirn.

„Bleibst du heute Nacht bei mir?", fragte Janine später.

Alexander dachte gar nicht weiter nach: „Aber selbstverständlich."

Dann fiel ihm Albert ein, aber der verbrachte die Nächte sowieso ganz gern in freier Wildbahn, zumindest wenn es nicht allzu kalt war. Er würde ihn nicht weiter vermissen. Außerdem hatte der Kater sich vorhin reichlich den Bauch vollgeschlagen. Hunger dürfte er da keinesfalls leiden.

Dicht an dicht gekuschelt fanden Janine und Alexander irgendwann in den Schlaf.

Als Alex am anderen Morgen als Erster erwachte, schoss ihm zunächst der Gedanke an jene Situation bei Heike durch den Kopf, aber nein, das hier war gänzlich anders. Das hier, das hatte er gewollt und bei vollem Bewusstsein genossen. Er rekelte sich und schloss noch für ein Weilchen die Augen, um den Moment zu bewahren.

„Guten Morgen, Alex", hauchte es später an seinem Ohr. „Ich habe Frühstück gemacht."

Da musste er doch tatsächlich noch einmal eingenickt sein. Er erhob sich bereitwillig und beide saßen wieder in der Küche, diesmal am gedeckten Frühstückstisch. Den gelben Rosenstrauß hatte Janine dazugestellt und warf hin und wieder einen seligen Blick darauf. Der Duft der Blumen hing im Raum, zwischen dem nach Kaffee und heißen Brötchen. Eine schöne Mixtur, dachte Alexander bei sich. Ach, könnte man so etwas einfach festhalten.

„Wollen wir was zusammen unternehmen?", fragte Janine zwischen zwei Bissen von einem Honigbrötchen und Alexander nickte sofort zustimmend.

„Ich muss zwar noch ein paar Berichte durchgehen, aber das kann ich eigentlich auch morgen machen", beschloss er.

„Was hältst du vom Steinhuder Meer?“, schlug Janine vor.

„Nee, ein Meer, hier in der Nähe? Das gibt's doch nicht.“

„Doch, und in etwa einer Stunde können wir schon dort sein.“

„Das ist prima. Meine Eltern wohnen auch am Meer, allerdings an der Ostsee, auf der Insel Usedom.“

„Liegt die nicht schon in Polen?“

Jetzt lachte Alexander.

„Das sage ich meinen Eltern auch immer, wenn ich von der furchtbar weiten Entfernung rede. Sie können ja mit der Bäderbahn nach Polen fahren. Ist quasi nur einen Steinwurf entfernt. Aber nun zu uns. Steinhuder Meer! Irgendwie dämmert es da jetzt doch. Vielleicht mal aus einem Reiseprospekt?“

„Lass dich überraschen. Wenn du magst, dann fahren wir mit meiner gelben Ente übers Land. Nehmen die Dorfstraßen und genießen das schöne Wetter.“

„Super Idee. Wir können im Grunde auch gleich starten.“ Alexander überlegt kurz, dann fiel ihm die Nachbarin ein. Natürlich Hertha Jendritzky. Sie würde Albert bestimmt ein paar Leckereien hinstellen, damit er tagsüber nicht verhungerte.

„Ich muss nur mal kurz telefonieren und meinen Kater versorgen lassen.“

Janine grinste: „Klar, mach das. Ich räume inzwischen das Geschirr in den Spüler.“

Alexander lief ins Wohnzimmer, setzte sich gemütlich aufs Sofa und suchte die Nummer seiner Nachbarin heraus. Es klingelte nur zweimal, dann war sie schon am Apparat.

„Hier Rosenbaum, liebe Frau Jendritzky.“

„Nanu, Sie, Herr Nachbar? Wieso denn per Telefon bei der kurzen Entfernung? Da hätten Sie doch auch an meiner Tür klopfen können!"

„Eben darum geht es. Ich bin, ähm, dienstlich eingebunden und momentan unabkömmlich. Ob Sie sich freundlicherweise kurz um meinen Vierbeiner kümmern könnten? Ein Tütchen vom Standardfutter reicht völlig aus, Sie haben doch da bestimmt noch Reserven von neulich, und vielleicht etwas frisches Wasser, Milch muss nicht sein."

„Geht klar, Herr Rosenbaum. Ich freue mich ja, wenn ich Ihnen helfen kann. Und wenn es dann auch noch so ein wichtiger dienstlicher Grund ist."

Alexander war ziemlich rot geworden. Zum Glück handelte es sich hierbei nicht um ein Telefonat mit Computerbildschirmansicht. Davon hielt er sowieso nicht viel. Die gesichtslose Anonymität war ihm durchaus recht.

„Dann bedanke ich mich schon mal herzlich bei Ihnen. Ich bin sicher zum späten Abend hin wieder da."

Im selben Augenblick ärgerte sich Alexander über diese Formulierung. Woher wollte er jetzt wissen, wann er nachher wieder daheim ankam. Andererseits musste er sich aber natürlich auch selbst um Albert kümmern. Ach was, irgendwie würde sich alles finden, beruhigte er sich innerlich. Jetzt wollte er einfach den Tag und die nächsten Stunden genießen.

Die Sonne strahlte, ebenso wie Alexander und Janine, die sich auf den Weg Richtung Steinhuder Meer gemacht hatten. Janine hatte die Fensterscheiben ihrer Ente von Fahrer- und Beifahrerseite nach oben geklappt und das Verdeck ein Stück weit zurückgeschlagen.

„Das ist ja ein schickes Cabrio", lobte Alexander und ließ sich den Fahrtwind durch die Haare streichen. Er lehnte sich im Beifahrersitz zurück und ließ sich gemütlich durch die Gegend schaukeln. Janine fuhr außerordentlich sicher und bedachtsam. So wohl hatte sich Alex lange nicht mehr gefühlt. Er genoss jeden Augenblick intensiv.

Später spazierten sie am Steinhuder Meer entlang und kehrten irgendwann in ein Fischrestaurant ein.

„Wie bei meinen Eltern", sagte Alexander zwischen zwei Bissen vom Aal. „Da nehme ich auch immer nur Fisch, ganz frisch aus dem Meer."

„Lecker, nicht wahr", entgegnete Janine.

„Und dann in deiner Gegenwart!" Alexander setzte erneut an: „Ich glaube, ich habe mich schon in dich verliebt, als wir uns bei meiner Vorstellung kennenlernten."

„Da hatte mir Riechmann die Tür ins Kreuz gestoßen und mein ganzer Aktenstapel war mir aus den Händen auf den Boden gerutscht. Er hat sich nur so salopp entschuldigt, als ob gar nichts geschehen wäre und du hast beim Aufheben geholfen. Ich weiß das noch ganz genau."

„Ja? Das ist doch schon ein ganzes Weilchen her."

„Na, so lange nun auch wieder nicht. Du bist jetzt das dritte Jahr bei uns."

„Mir kommt es viel länger vor."

„Tja, so ist das im Leben." Janine rührte in ihrem Espresso, den sich beide bestellt hatten. „Ich hätte noch einen Vorschlag für heute, wenn du magst!"

„Dann lass mal hören. Ich bin für alle Ideen offen."

„Also, ich gehe auch immer ganz gern ins BÜZ."

„Kenne ich, Bürgerzentrum am Johanniskirchhof, da wo auch Radio Westfalica sitzt."

„Genau. Woher kennst du es denn?"

„Na, weißt du nicht mehr? Unsere Aktion mit dem Weißen Ring ..."

„Stimmt." Janine zog ihre Stirn etwas kraus. Jetzt war ihr wieder eingefallen, dass sie sich damals mit darum gekümmert hatte, während die Liaison von Alex und Heike in der Dienststelle zum Gesprächsthema wurde. Den Gedanken verdrängte sie tunlichst. Selbst wenn da etwas gewesen war, dann ging sie das nichts an. Vorbei, vergessen.

„Also, jedenfalls haben die heute Abend einen Poetry Slam. Da wollte ich hin. Schließlich liegt das BÜZ bei mir auch quasi vor der Haustür. Bin ein echter Stammgast."

„Jetzt musst du mir doch etwas auf die Sprünge helfen. Mir ist, als hätte ich davon schon gelesen, aber wirklich hängen geblieben ist da nichts."

„Das ist ein kurzweiliger Abend mit Texten so in der Länge von fünf oder sechs Minuten. Die müssen witzig, spannend, originell sein und super vorgetragen werden. Es gibt immer mehrere Runden, in denen sich die Teilnehmer qualifizieren. Erst entscheidet eine Jury, zuletzt das Publikum. Da merkst du überhaupt nicht, wie die Zeit vergeht. Meist ist es noch nach Altersgruppen sortiert, für die unter 20-Jährigen, die über 20-Jährigen, gelegentlich auch für über 60-Jährige."

„Na, das klingt doch interessant. Würde mich freuen, wenn wir da zusammen hingingen. Ist zwar kein Jazz, aber mal was anderes", grinste Alexander.

„Es wird dir bestimmt gefallen", sagte Janine. „Da bin ich mir ganz sicher."

Zum frühen Abend hin fuhren beide noch bei Alexander vorbei, um Kater Albert zu versorgen. Der schaute etwas missgestimmt auf die Begleitung an der

Seite seines Herrchens. Aber als Alex den Futternapf gut füllte und überdies einen Spritzer Sahne als Haube darauf drapierte, war die Welt wieder heil. Da würde er wohl die Damenbegleitung verschmerzen.

Als sich Alexander und Janine im gelben Citroën wieder auf den Weg machten, bewegte sich leicht die Gardine an der Haustür von Hertha Jendritzky. Alexander vermeinte ihr Kopfschütteln zu spüren, was er aber von sich schob.

Vor der Tür zu der alten, ehemaligen Kirche am Johanniskirchhof hatte sich eine größere Gruppe von Menschen versammelt. Es lag ein fröhliches Stimmengewirr in der Luft. Ein paar Zigaretten glimmten in den Abend hinein.

„Ich bin gleich wieder da“, erklärte Janine und wies in das Innere des Objektes. Dann stieg sie die Treppen hinunter zu den Toiletten.

Alexander schlenderte derweil durch die Gegend und musterte die Gesichter. Nein, ein bekanntes war noch nicht dabei. Vielleicht war das jetzt auch nicht so das Einzugsgebiet der Kollegen. Und wenn schon, dann wäre das schließlich auch egal. Er konnte doch mit Janine einen Abend verbringen. Wenn nun aber doch sehr viel mehr daraus werden sollte? Alexander hing seinen Gedanken nach und er malte sich eine Zukunft mit seiner Assistentin aus. Warum auch nicht?

Plötzlich stand Janine wieder neben ihm und hakte ihn unter: „Lass uns was zu trinken holen und dann einen Platz suchen. Hier wird es immer ziemlich voll. Man kann eigentlich vorneweg auch beim Slammaster reservieren, aber daran habe ich nicht gedacht. Das hat sich ja heute auch eher zufällig ergeben ...“

Sie zog Alexander hinter sich her und griff sich am Eingang noch zwei Kissen. „Die Sitze sind etwas hart", erläuterte sie.

Am Tresen bestellte sich Janine ein Ginger Ale, Alexander entschied sich für ein Tonic. In der dritten Reihe fanden sie noch zwei Plätze und tauchten in die Geselligkeit ein.

Alexander amüsierte sich von Anfang an. Das war zwar sein erster Poetry Slam, würde aber mit Sicherheit nicht sein letzter sein, beschloss er. Vor allem nicht, wenn Janine künftig an seiner Seite wäre. Dann würden sie sowieso ihre Freizeit miteinander teilen. Neben allerlei jungen Leuten, Schülern, Studenten, die tolle, pfiffige Texte mitgebracht hatten, trat auch die Mindener Nachtwächterin auf. Ihre flotten, tiefgründigen Verse, pointiert und akzentuiert vorgetragen, heimsten tosenden Beifall ein.

Und in der Pause musste sich Alexander von Janine erklären lassen, was es nun mit einer Nachtwächterin in Minden auf sich hatte, dass diese regelmäßig einmal in der Woche von der Rathauslaube aus startend den Interessierten die Geschichte erklärte und ihre Anekdoten mitreißend erzählte.

„Müssen wir uns unbedingt mal gemeinsam anhören", fasste Janine zusammen. Und Alexander überlegte, dass es etwas eng mit dem Freizeitfonds werden würde, wenn er jetzt alles bislang Versäumte nachholen wollte. Aber in diesem Moment hätte er allem zugestimmt, was auch immer Janine ihm vorgeschlagen hätte. Nur ja keinen Augenblick verpassen, den man gemeinsam verbringen könnte.

Plötzlich fiel ihm die Gutenachtgeschichte für die Mädchen ein. Die hatte er heute total vergessen. Es ging jetzt schon auf Mitternacht zu und selbst für eine

Entschuldigung bei Olga war es zu spät. Er konnte ihr nur noch eine SMS schicken. Die war unverfänglich und völlig emotionslos. Als Janine in der Pause aufgestanden war und sich mit einer Nachbarin unterhielt, tippte er ein paar Worte in sein Handy. Er habe einen plötzlichen Einsatz und könne sich deshalb erst jetzt melden. Olga möge ihn bei den Kindern entschuldigen. Er würde sich umgehend wieder melden.

Als Alexander den letzten Buchstaben getippt und die SMS abgesendet hatte, fuhr es ihm heiß durch den Körper. So schnell hatte er seine Mädchen vergessen! Er fühlte sich schuldig und bekam ein überaus schlechtes Gewissen. Plötzlich war da so eine Leere in ihm, er konnte gar keine rechte Freude mehr an dem ganzen Abend empfinden. Das Lachen um ihn herum, die angeregten Gespräche, alles störte ihn mit einem Mal.

„Doch ich will zu Papa mit!“

Lena stampfte mit dem Fuß auf und verschränkte zornig die Arme, ein paar Tränen kullerten über ihre Wangen.

„Und deine Schwester willst du also hier ganz allein lassen und mich natürlich! Was sollen wir denn ohne dich machen?“, erwiderte Olga mit heruntergezogenen Mundwinkeln.

Lena schmollte und antwortete: „Tina kann mir gestohlen bleiben. Wir haben uns vorhin sowieso ganz doll gestritten. Sie hat mir Eselsohren in meine Schulhefte gemacht. Das sieht ganz schrecklich aus. Dafür bekomme ich bestimmt eine schlechte Note. Und du hast uns doch immer und der Papa so selten. Ich will ihm einfach mal etwas Gesellschaft leisten, damit er nicht so allein ist.“

Alexander stand neben den beiden und sagte kein Wort. Natürlich freute er sich, dass seine Große seinem Vorschlag zugestimmt hatte, ein paar Ferientage bei ihm zu verbringen. Aber unter solchen Umständen war er damit wiederum nicht so glücklich. Es stand unter keinem guten Stern, wenn Olga das Kind jetzt so anstachelte. Endlich äußerte er sich doch: „Ich finde das super, Lena, wenn du ein Weilchen bei mir Station machst."

Er nahm seine Tochter in den Arm und strich ihr über den Kopf. „Und wenn du Sehnsucht hast, können wir ja jederzeit hier in Berlin anrufen."

„Genau! So, wie du immer anrufst und uns die Gutenachtgeschichten erzählst. Wir sind schließlich nicht aus der Welt! Ich gehe dann schon mal meine Spielsachen packen."

Alexander lächelte in sich hinein. Einfach klasse, das Kind, so selbstbewusst und überzeugend und zugleich praktisch denkend.

„Wenn es denn unbedingt sein muss, dann fährst du eben mit Papa mit. Aber ich habe dich gewarnt. Du wirst bestimmt ganz viel Heimweh bekommen." Olga triumphierte schon vorab, was Alexander widerwillig konstatierte.

„Du kannst ja dann die Anziehsachen von Lena zusammenpacken, damit wir heute noch fahren können", schloss Alexander energisch an.

Olga nickte nur und verschwand ins Kinderzimmer. Lena hüpfte von einem Bein aufs andere hinterher und jubelte: „Ich fahr zum Papa, ich fahr zum Papa. Und ohne meine doofe Schwester!"

Tina hatte sich währenddessen in der Toilette eingeschlossen. Alexander übermannte jetzt doch das Mitleid mit dem Kind. Er lief durch den Flur und klinkte an der Tür: „Mach auf, Tina. Sei lieb! Das mit den Eselsohren in Lenas Schulheften ist sicher ein Malheur gewesen. Du kannst doch nicht ewig den Raum blockieren. Andere müssen da vielleicht auch mal rein. Ich hab dich auch lieb!"

Das zog. Plötzlich drehte sich der Schlüssel im Schloss und die Klinke ging sanft hinunter. Ein verwuschelter Kopf und ein tränenverschmiertes Gesicht lugten durch einen Spalt:

„Ich komme erst raus, wenn du mir versprichst, mich beim nächsten Mal auch allein mitzunehmen."

Alexander überlegte kurz. Mit Versprechen sollte man nicht so sorglos umgehen. Wie hieß der Film mit Arnold Schwarzenegger? „Versprochen ist versprochen"! Man konnte sich ein höllisches Durcheinander einbrocken, wenn man nicht zu seinem Wort stand. Was man folglich generell tun sollte! Also sprach er sanft: „Ja, Tina, keine Frage. Diesmal verreist deine große Schwester mit mir und beim nächsten Mal bist auf jeden Fall du dran."

„Schwörst du das, Papa?"

Das Kind war hartnäckig. Also gut.

„Ich schwöre und gelobe, bei allem, was mir heilig ist!"

„Na gut …"

Die Tür öffnete sich vollends und Tina trat heraus, die Arme um Alexander schlingend.

„Ich hab dich ja so lieb, mein Papa!", küsste sie ihn.

Das brach ihm fast das Herz. Wie mochte sich diese ganze Angelegenheit hier noch entwickeln. Dann riss er sich zusammen. Nein, jetzt nicht zu viel Gedanken um ungelegte Eier machen, sondern Schritt für Schritt vorgehen. Er erhob sich. Und in diesem Moment kam auch Olga mit einer Reisetasche aus dem Kinderzimmer.

„So, das wär's für Madam. Wenn es nicht ausreicht, dann kannst du deinem Kind auch mal was zum Anziehen kaufen. Soll ja durchaus Geschäfte in deinem Kuhkaff Minden geben ..."

Alexander wollte gerade darauf einsteigen, bremste sich aber gerade noch. Nein, jetzt nicht wieder eine Auseinandersetzung vor den Kindern. Gleich wollten sie losfahren, da würden dann vielleicht nur die bösen Worte bei allen in Erinnerung bleiben. Lena zog nun ebenfalls eine Reisetasche auf dem Fußboden hinter sich her. Sie war entschieden größer als die der Mutter. Den Reißverschluss hatte sie gar nicht zubekommen. Oben ragten ein beiger Teddy und eine Puppe heraus.

„Aha", sagte Alexander, „die Dame will also auf eine längere Reise und die nicht allein antreten?"

„Genau", entgegnete Lena. „Ich kann schließlich nicht ohne meine Familie verreisen."

„Da hast du recht", grinste Alex und griff sich beide Taschen. „Ich bringe sie dann schon mal ins Auto. Ihr könnt euch in der Zwischenzeit verabschieden."

Er lief die Treppe hinunter und stellte die Reisetaschen in den Kofferraum.

Wenig später saß Lena auf dem Rücksitz, gut angeschnallt.

„Schade, dass ich nicht vorn bei dir sitzen darf, Papa. Da hätte ich eine viel bessere Aussicht", nörgelte sie etwas.

„Ach nein, da hinten hast du auch eine viel schönere Rundumsicht und ich bin dein Fahrer, du kannst unbesorgt mit deinem Teddy spielen oder was lesen", entgegnete Alexander und startete das Fahrzeug. „Versorgt bist du ja und langweilig wird es auch nicht?!"

„Kein Problem Papa, wir haben genügend Gummibärchen. Das wird für uns alle reichen. Außerdem habe ich das Computerspiel eingesteckt..."

Alexander zog ein wenig die Stirn kraus. Aber daran kam mal wohl kaum vorbei. Die anderen in der Klasse hatten auch diese Spiele und durch das eine oder andere konnte man wohl den generellen Umgang mit dem Computer gut erlernen. Hoffentlich behielt Olga das im Auge. Nicht dass das Kind auf Abwege oder gar in Abhängigkeiten geriet! Er wollte seine Große in den nächsten Tagen mal vorsichtig aushorchen.

Die Befragungen im ersten Fall vom „Wallholländer" waren mehr als ausgeufert. Wenn man da mal die Stunden hochrechnen wollte … Aber irgendwo musste es den wichtigen Anhaltspunkt geben, der die Aufklärung schließlich ins Rollen bringen konnte. Eigentlich liebte Alexander dieses Ermitteln sehr, wo sich winzige Bruchstücke zu einem Puzzle zusammenfügten. Bei jedem einzelnen Fund vervollständigte sich das Bild um einen Hauch, kaum merklich, bis eine Erkenntnis zutage trat.

Alexander hatte sich die Unterlagen von Aktenführer Eduard Schiller vorlegen lassen. Sie hatten jeden, aber auch jeden im Umfeld von Waldemar Schulze befragt. So langsam konnte die eine oder andere Akte geschlossen werden, weil sich keinerlei Anhaltspunkte mehr ergaben und der Ansatz ausermittelt war.

Inzwischen überlappten sich die Ereignisse. Anselm Hoyer war der zweite Tote an einer Mühle. Und nun gab es auch noch einen dritten in der Runde. Immerhin hatte sich dessen Identität relativ rasch klären lassen, die gefundene Krankenkassenkarte gehörte zum Opfer. Vielleicht würde es künftig weitere Morde geben. Schließlich war da das Bekennerschreiben. Aber der Bekenner saß ausgerechnet beim dritten Fall in Untersuchungshaft. Irgendwie passten die Fäden alle noch nicht zusammen. Noch nicht!

Alexander saß an seinem Schreibtisch und grübelte. Er erinnerte sich, wie schnell Opfer Nummer drei zugeordnet war. Na ja, wenn einer auch noch sein Portemonnaie in der Nähe des Fundortes verlor ... Volkmar Thinius konnte anhand seines Gebisses identifiziert werden.

Alexander erinnerte sich an den Besuch in der Praxis an der Königstraße, unweit vom Botanischen Garten. Eine von den Stadtvillen aus rotem Backstein. Sehr solide und zuverlässig gebaut. Die nette Sprechstundenhilfe beschrieb den Patienten als sehr gewissenhaft und dabei hatte sie so merkwürdig geblinzelt.

„Der hat alles immer genau hinterfragt, wenn es um einen Kostenvoranschlag ging. Jede einzelne Position ist er mit mir durchgegangen. Und bei den beiden Implantaten erst, da hat er fast versucht, mit mir zu feilschen. Von wegen zwei zum Preis von einem." Sie hatte gelacht und dabei ein perfekt weißes Gebiss präsentiert.

Genau, die beiden Implantate waren der konkrete Hinweis, dass es sich um Volkmar Thinius handelte. Die ziemlich verkohlte Leiche offenbarte mit weiteren Details in der Pathologie unter den geschickten Händen von Professor Engelbrecht dann den nötigen Rest für die Eindeutigkeit.

Alexander sah sich mit Wolfhard beim Besuch im Lübbecker Finanzamt, wo der Tote gearbeitet hatte. Ein wenig attraktives, nüchternes Gebäude in der Bohlenstraße, das schon von außen einen ungemütlichen Eindruck machte, so als ob man es sich nicht mit denen da drinnen verscherzen sollte.

Volkmar Thinius hatte im obersten Geschoss sein Büro gehabt. Dort saß nun sein Kollege Hans Winter allein, von kräftiger Statur, mit einem durchdringenden Blick, aber beim Einstieg in die Befragung doch eher erschrocken.

„Was ist denn konkret Ihr Aufgabengebiet", fragte Wolfhard und lieferte damit die Vorlage. Alexander wartete gespannt, wie er das wohl erklären wollte. Denn er hatte vorab schon bei seiner Steuerberaterin Erkundigungen eingezogen. Von Flankenschutz war die Rede, was außerordentlich militärisch klang. Der Mann jedenfalls machte einen solchen Eindruck.

„Wir kümmern uns um die Problemfälle im Steuerrecht. Wenn es da gewisse Ansätze gibt, es könne in einer Steuererklärung nicht mit rechten Dingen zugehen, dann stehen wir vor der Tür und tragen zur Klärung bei."

Das wollte sich Alexander lieber nicht vorstellen. Ein Kerl wie ein Baum und dann vielleicht noch mit Volkmar Thinius an seiner Seite, der ebenfalls für jedes Fitnessstudio als Reklamefigur hätte dienen können, wie er inzwischen von den Fotos wusste. Irgendwie erinnerte ihn das an Inkassounternehmen, die auch gern besonders muskulöse Mitarbeiter vorbeischickten, um fehlende Gelder einzutreiben. Ob in solchen Fällen der Anblick der beiden Männer hier ausreichte, um die Leute zur Wahrheit zu zwingen?

Im weiteren Verlauf des Gespräches erregte sich dann Hans Winter: „Da kann man ja seines Lebens nicht mehr sicher sein, wenn so etwas einfach passiert."

„Na ja", warf Alexander ein, „so einfach passiert so etwas natürlich nicht. Da gibt es immer Tatmotive und Hintergründe. Und um die herauszufinden, sind wir nun da."

„Im Grunde haben wir ja einen ähnlichen Beruf", schloss Hans Winter leutselig an.

Alexander schüttelte sich innerlich und versuchte aber, sich dabei nichts anmerken zu lassen. Zum Glück ergriff Wolfhard das Wort: „Ja, so kann man das auch sehen."

Eine schöne Wendung, mit der er sich für sie beide geschickt aus der Affäre zog, wie Alexander fand.

„Vielen Dank, dass Sie sich die Zeit für uns genommen haben“, sagte Alexander und erhob sich.

„Gern geschehen. Sollten noch Fragen sein, stehe ich Ihnen jederzeit zur Verfügung. Fassen Sie rasch den Täter. Ich las ja unlängst von zwei anderen Morden an Mühlen hier in der Region. Ist denn das etwa ein Serienmörder, der da umgeht?“

„Das versuchen wir gerade herauszufinden“, entgegnete Alexander und öffnete die Bürotür. Die Luft im Raum kam ihm jetzt sehr stickig vor. Wolfhard folgte ihm auf dem Fuße.

Für ein Weilchen schwiegen beide, bis sie das Objekt verlassen hatten. Erst im Auto ergriff Wolfhard wieder das Wort: „Irgendwie war mir mulmig in dieser Atmosphäre.“

Alexander grinste breit: „Genau so habe ich das auch empfunden. Ich kann mir vorstellen, dass man da selbst als unbescholtener Bürger Fracksausen bekommt.“

„Genau! Und nun lass uns in die Dienststelle fahren. Das Gespräch von eben eröffnet ja jede Menge Möglichkeiten an infrage kommenden Tätern.“

„So sehe ich das auch. Wir sollten zunächst eine Liste von den Leuten erstellen, bei denen die beiden Herren zuletzt vorstellig wurden.“

„Exakt. Ich kümmere mich gleich darum. Eigentlich knurrt mir der Magen …“

„Das hätte mir ja klar sein sollen. Hast du einen Vorschlag, Wolfhard? Ich könnte dir hier was von meinen Gummibärchen anbieten. Meine Nervennahrung für alle Notfälle.“

„Ach, Alex!", Wolfhard zuckte mit den Schultern. „Wenn du mich so fragst: Barre´s Brauwelt liegt hier gleich am Wegesrand, in der Berliner Straße."

„Und das hast du jetzt ausgewählt, weil du meinst, du kannst mich mit dem Straßennamen locken, bei dem ich Heimatgefühle bekomme?"

Alexander grinste schelmisch.

„Nein, natürlich nicht. Aber ich bin da gelegentlich auch mit meiner besseren Hälfte zu Gast."

„Überredet." Auf dem Parkplatz vor dem großen Objekt stand kaum ein Fahrzeug. Es war zwar um die Mittagszeit, aber unter der Woche schienen sich nicht so viele Gäste für ein Essen an diesem Ort zu entscheiden. Die beiden Männer stiegen aus und liefen über die Schräge für Behindertenfahrzeuge auf die Terrasse, um von dort in den Gastraum zu gelangen. Am Tresen wurden sie freundlich begrüßt und konnten sich einen Tisch aussuchen. Alexander setzte sich lieber mit dem Rücken zur Wand, um alles im Auge behalten zu können – eine seiner Marotten in der Öffentlichkeit. Wolfhard schien es nichts auszumachen, nun das urige Mauerwerk anstarren zu müssen. Er strahlte über beide Backen und musterte dabei die Speisekarte, die ihnen rasch gebracht worden war.

„Was darf es zu trinken sein?", erkundigte sich die Kellnerin.

„Da nehmen wir mal zwei alkoholfreie Barre", entschied Wolfhard für beide und Alexander nickte nur bestätigend. „Fürs Essen brauchen wir noch einen Augenblick." Und er vertiefte sich noch einmal in die reichhaltige Auswahl.

„Das Schmetterlingssteak mit den grünen Bohnen und den Kroketten klingt nicht schlecht", schlug er Alexander vor.

„Mir ist eher nach einer Kleinigkeit", wehrte Alex ab. „Vielleicht nehme ich was für den kleinen Hunger. Hier, so einen Speck-Lauch-Zwiebelkuchen. Den mag ich."

„Na, wenn du davon satt werden kannst?" Wolfhard verdrehte die Augen.

„Das lass mal meine Sorge sein. Mit so einem gesegneten Appetit wie du ihn hast, kann ich eben nicht aufwarten."

Nachdem beide bestellt hatten, tauschten sie sich noch über den merkwürdigen Eindruck bei dem Gespräch eben im Finanzamt aus. Aber als das Bestellte kam, gingen sie auf private Themen über. Wolfhard erkundigte sich nach den Kindern und Alexander nach Rita.

Sie hielten sich nicht lange auf, bezahlten gleich nach dem Essen und setzen sich wieder ins Auto. Eine Weile später fuhren sie mit dem Wagen auf den Parkplatz an der Marienstraße.

In der folgenden Zeit überprüften sie gemeinsam mit den anderen Teamkollegen das Netzwerk um Volkmar Thinius. Es gab durchaus einige Kandidaten, die ihre Gründe gehabt hätten, etwas gegen den Finanzbeamten zu unternehmen, sich an ihm zu rächen. Aber gleich ein Mord? Das ging doch den meisten zu weit. Ein Motiv allein reichte auch noch nicht aus, um einen Täter herauszufiltern. Da mussten schon ein paar weitere Eckdaten stimmen.

Abgesehen von der Vergleichbarkeit der Orte und der Aufknüpfungsart an den Mühlenflügeln gab es wenige Übereinstimmungen. Zwischen den drei Toten fanden sich allerdings keinerlei Bezugspunkte. Sie waren vom Alter her unterschiedlich, von ihrem sozialen Umfeld her, sie konnten sich auch nicht gekannt haben.

Die fachmännischen Knoten mochten etwas hergeben. Hier hörte sich Wolfhard in seinem Bekanntenkreis ganz unverfänglich um. Wobei das mit der Unverfänglichkeit so eine Sache war. Natürlich nahm ihn der eine oder andere hoch, von wegen, wann denn endlich der Serienkiller gefasst würde. Alle Bootsleute würden in Misskredit geraten, wenn sich das noch länger hinzog. Jeder eben, der gekonnt Taue verknoten konnte.

„Wir tun alles, was in unserer Macht steht", pflegte Wolfhard dann stets zu antworten. Er ließ die Vorwürfe an sich abprallen, aber das schien auch nur so. Im Laufe seines Berufslebens hatten sie ihm schon arg zugesetzt.

Bei einem Feierabendbier mit Alexander hatte er dazu mal eine Bemerkung fallen lassen. Eher eine Frage.

„Wie kommst du eigentlich klar mit all den ungeklärten und auch den geklärten Dingen in unserem Beruf?", hatte er scheinbar nebenher gefragt. Alexander hatte erstaunt aufgeschaut. Für ihn war sein Kollege Wolfhard der Fels in der Brandung. Einer, den nichts umhaute. Und dann solch ein Satz!

„Also, bei uns geht es doch noch mit der Aufklärungsquote", hatte Alexander sachlich geantwortet. „Mord wird schließlich in fast allen Fällen gesühnt."

„Na ja, gesühnt ... Wir haben irgendwann die Täter, aber ringsum ist verbrannte Erde."

Alexander hatte Wolfhard gemustert: „Wirst du auf deine alten Tage rührselig?" Er versuchte dem Gespräch mehr Leichtigkeit zu geben.

Wolfhard seufzte tief auf: „Wäre ich mal wie mein Schwager Fleischermeister geworden. Dann würden die Leute bei mir Schlange stehen und meine Bratwürste schätzen."

„Na, das ist ein toller Vergleich. Du bist doch gut in deinem Beruf. Was wäre ich ohne dich, ohne deine Ideen und Anregungen, wenn wir einem Täter auf der Spur sind."

„Wirklich?"

„Ja, Wolfhard! Ich mag mir gar nicht vorstellen, das hier alles mal ohne dich zu machen."

„Dabei wird das schon in naher Zukunft sein. So lange bin ich nicht mehr im Dienst."

„Mensch, das hatte ich irgendwie verdrängt", Alexander blickte jetzt traurig über den Tisch.

„Ach was, da bekommst du einen neuen, kompetenten Kollegen an deine Seite oder eine flotte Kollegin. Wäre ja auch nicht verkehrt. Wobei du da ja neuerdings in eine bestimmte Richtung zielst ..."

Alexander bemerkte sehr wohl, dass Wolfhard jetzt auf Janine anspielte. Aber das war ihm egal. Also antwortete er direkt: „Wenn du jetzt meine Beziehung zu Janine meinst, dann – ja, wir haben etwas miteinander. Da will ich auch gar keinen Hehl draus machen. Ich lebe schließlich in Scheidung!"

„Und willst dein Leben natürlich nicht in totaler Unschuld vergeuden!"

Wolfhard lachte.

„Macht mal euer Ding. Ich drücke euch die Daumen. Janine ist eine ganz famose Person. Wenn ich zwanzig Jahre jünger wäre, dann könnte ich glatt ..."

„Lass es Wolfhard. Da bin ich schon am Ball." Beide prosteten sich zu.

Plötzlich schluchzte das Kind auf und lief von der Kuchenauslage weg. Janine schaute der Kleinen erstaunt hinterher. Gerade eben hatte sie doch gemeinsam mit Lena ausgesucht, was sie heute zum Kaffee an Gebäck essen wollten.

„Der Papa isst immer Mohnstrudel", hatte Lena mit Überzeugung betont. „Und ich nehme ein Stück Prasselkuchen. Da kann ich ihm was abgeben, falls ich das nicht schaffe. Aber eigentlich schaffe ich das immer."

Janine hatte sich für ein Stück Obsttorte entschieden und während des weiteren Wartens einen Augenblick gar nicht auf das Kind geachtet.

Wobei: Jetzt fiel es ihr doch ein! Kurz vorher hatten sie auf der Sitzbank vor dem Storchenfernseher gesessen und da war das Nest verwaist. Kein Ei mehr zu sehen. Nichts. Das hatte sie schon beunruhigt, aber sie schob es auf eine möglicherweise nicht so gute Bildqualität.

Und dann das Gespräch der Bäckereiverkäuferin mit einer Kundin. Die Wortfetzen waren bei ihr hängengeblieben: erst sieben Eier, dann vier Junge erfolgreich geschlüpft, jetzt alle tot, so eine furchtbare Katastrophe… Oh nein, das musste Lena mitbekommen haben.

Jetzt saß das Mädchen in einer Ecke, neben einem Stehtisch, die Arme verschränkt und den Kopf gesenkt. Der kleine Körper zitterte und bebte. Janine hatte nur kurz mit der Verkäuferin Blicke getauscht und mit den Schultern gezuckt.

Dann war sie zu Lena gegangen und hatte ihr behutsam über den Kopf gestreichelt. Nur mühsam gelang es ihr, das Kind zum Aufstehen zu bewegen. Lena trottete schluchzend neben ihr her, als sie den Supermarkt in Hille verließen. Ringsum wurden die beiden aufmerksam gemustert, mal neutral, mal neugierig, mal entrüstet.

„Willst du wirklich keinen Kuchen mehr?", fragte Janine im Auto. Das Kind schüttelte nur den Kopf und verlor kein Wort.

Als Alexander die beiden zu Hause in Empfang nahm, erschrak er. Kein Kuchen, aber dafür seine völlig aufgelöste Tochter.

„Ich mach dir mal eine heiße Milch mit Honig, mein Liebes", nahm er sie schützend in die Arme und Lena nickte dazu.

In der Küche erklärte Alexander flüsternd: „Janine, ich habe da gerade was im Tageblatt gelesen. Da stand was von den heftigen Wolkenbrüchen und dem Dauerregen, der für nasse Keller und überflutete Straßen gesorgt hat. Die ungewöhnlich niedrigen Temperaturen und die Regenmassen setzen auch den Jungstörchen zu. Die kämpfen überall ums Überleben. Der Regen sammelt sich nämlich in den Nestern, dabei kühlen die kleinen Vögel total aus und meist sterben sie dann an einer Lungenentzündung. Der Aktionskreis Weißstörche hat sich dazu geäußert."

„Ja, und wie bringen wir das deinem Kind bei?", erkundigte sich Janine schulterzuckend.

„Tja, schwere Frage. Mit dem Tod umzugehen, muss man auch irgendwann lernen. Aber das war für sie bestimmt ein schwerer Schlag. Im vorigen Jahr haben wir dort nämlich die Vorgänge im Nest beobachtet und da lief alles glimpflich ab. Natürlich haben auch nicht alle überlebt. Aber bei sieben Eiern geht das sowieso nicht. Der Nachwuchs muss ja auch durchgefüttert werden. Das hat sie damals irgendwie ganz locker genommen."

Währenddessen saß Lena im Wohnzimmer und starrte auf den Fernsehbildschirm. Alexander hatte ihr eine DVD mit einem ihrer Lieblingstrickfilme eingelegt, in der Hoffnung, sie damit ablenken zu können. Als die Kleine ihre heiße Milch mit Honig trank, erzählte er zur Ablenkung von den Kollegen, die die Küken einer Entenfamilie aus einem Gully gerettet hätten. Da war die Mama doch vorneweg durch ein Wohngebiet gewatschelt und beim Überqueren eines Gullys schaffte es nur sie und nicht ihr Nachwuchs. Der rutschte einer nach dem anderen in den Schacht. Anwohner waren darauf aufmerksam geworden. Aber zum Glück konnte eine Polizeistreife alle sieben wieder ans Tageslicht befördern. Lena nickte nur missmutig dazu. Die Entenküken schienen sie nicht sonderlich zu interessieren, ihr lagen nur die Storchenbabys am Herzen.

In der Nacht wälzte sich Lena im Bett unruhig hin und her. Immer wieder schrak sie hoch. Anfangs hatte Alexander sie noch beruhigt und wieder mit kleinen Geschichten in den Schlaf gebracht, aber irgendwann half das nicht mehr und er ließ das Kind zwischen sich und Janine liegen.

Am anderen Morgen brach Lena beim Frühstück wieder in Tränen aus: „Ich habe solches Heimweh. Ich will zu meiner Schwester und zu Mama."

Alexander und Janine schauten sich erstaunt an. Bis zu dem gestrigen Ereignis hatte es der Kleinen gut bei ihnen gefallen, auch hatte sie sich mit Janine richtig angefreundet. Aber das jetzt war wohl doch ein zu einschneidendes Erlebnis. Den ganzen Sonntag über versuchten sie, das Kind auf andere Gedanken zu bringen. Aber ganz gleich, was sie auch anstellten, immer wieder kam die Forderung nach der Heimfahrt.

Bis Alexander zum Abend hin erklärte: „Gut, dann bringe ich dich morgen nach Berlin. Es müsste sich mit einem freien Tag einrichten lassen."

Erst nach diesen Worten beruhigte sich Lena wieder etwas und aß ihr belegtes Brot auf.

Als das Kind später im Bett lag, packte Janine die beiden Reisetaschen und Alexander seufzte währenddessen schwer vor sich hin. Er hatte sich alles ganz anders vorgestellt. Die Verbindung zwischen Janine und der Kleinen ließ sich so gut an. Und nun das!

Am nächsten Morgen frühstückten alle drei noch zusammen. Es wurde eine schweigsame Runde. Janine machte sich zuerst auf den Weg, um zur Arbeit zu fahren.

Sie umarmte Lena noch: „Mach's gut, Lena. Ich freue mich schon auf deinen nächsten Besuch! Dann unternehmen wir wieder ganz viel. Suchst dir einfach aus, was dir am meisten Spaß macht, nicht wahr?!"

Die Kleine schaute skeptisch und sagte nur: „Tschüss!" Alexander blickte von Janine zu seiner Tochter und bekam Herzschmerzen. Warum um alles in der Welt musste das Leben so kompliziert sein?! Konnte er nicht in einer neuen Beziehung mit seiner Großen zusammen einfach zur Tagesordnung übergehen und eine richtige Familie bilden, Vater, Mutter, Kind eben? Dann rief er sich innerlich zur Räson. Nein, jetzt war es vorrangig wichtig, vernünftig zu funktionieren. Er brachte Janine noch zur Tür und küsste sie zärtlich und flüsterte: „Bis heute Abend. Ich sehe zu, dass es nicht allzu spät wird."

Sie drückte ihn an sich und entgegnete ebenso leise: „Nimm dir alle Zeit, die du brauchst! Ich warte auf dich!"

Während Alexander die Haustür schloss, winkte Janine Lena noch zu.

„Fahren wir jetzt endlich?", sagte das Kind zum Vater.

Alexander lief zu Lena und hob sie in seinen Armen hoch: „Ja, gleich, mein Liebes. Ich weiß, du hast Sehnsucht nach Berlin. Ich ja gelegentlich auch."

„Dann bleib doch bei uns, wenn du mich jetzt hinbringst!", schlug das Kind vor.

„Wenn das alles so einfach wäre", entgegnete Alexander und setzte die Kleine wieder auf den Boden.

„Man muss nur wollen, sagt Oma immer", erklärte Lena weise.

Jetzt lächelte Alexander und strich seiner Tochter übers Haar: „Genau. Das trifft den Kern. Aber jetzt müssen wir uns sputen. Du willst doch bestimmt noch einmal auf die Toilette?! Die Fahrt ist lang und ich will nicht an jedem Parkplatz anhalten, weil du musst!"

Lena lief Richtung Badezimmer und kurze Zeit später machten sich beide auf den Weg.

Ansgar Hoyer blickte noch einmal auf seine Zeilen. So, das war jetzt perfekt. Er zog die Nase hoch und wischte mit dem Handrücken quer über sein Gesicht. Was hatte er als Unterschrift formuliert? Da stand es klipp und klar: Der Mühlenmörter. Oder schrieb man das mit einem d? Aber nein, das wäre ja viel zu weich und er war verdammt hart! Sein Name tat nichts zur Sache. Er wollte einfach ein Zeichen setzen, zumal das alles so gut zu dem Mord an der anderen Mühle passte, von dem in der Zeitung gestanden hatte, mit all den nötigen Details, die er dann verwenden konnte.

Das Schreiben steckte er gefaltet in den Umschlag und leckte die Klebestreifen auf beiden Schrägen der Rückseite intensiv an. Beim Verschließen rutschte ein Haupthaar zwischen die Klebung, was der Mann nicht bemerkte. Zufrieden betrachtete er sein Werk. Adresse und Briefmarke befanden sich darauf, mehr nicht. Keinerlei Absenderangabe.

Er schwang sich auf sein Fahrrad und fuhr bis zum nächstgelegenen Supermarkt, bei dem auch ein Briefkasten angebracht war. Ansonsten gab er die seltenen Schreiben, die er auf den Weg bringen musste, immer dem Briefträger Hinrich mit. Aber bei dieser sensiblen Post wollte er das anders erledigen. Hinrich war auch viel zu neugierig. Schon immer gewesen, schon als sie noch in eine Klasse gingen. Aber seine Tage waren auch gezählt bei der Post, hatte Ansgar gehört. Die bauten da Personal ab und es sollte nicht mehr einer den immer selben Bereich abfahren. Da konnte es zu viele Intimitäten geben. So ein Schwachsinn aber auch, grübelte Ansgar, da hatte er sich nun so an seine spezielle Ansprechperson gewöhnt … Aber alles im Leben hatte irgendwann ein Ende.

Ansgar radelte über den Feldweg. An der stark befahrenen Straße gab es noch keine gesonderte Spur für Radfahrer, die war immer noch in Planung. Aber so kam er auch gut vorwärts.

Ein Nachbar winkte ihm auf dem Parkplatz vor dem Supermarkt zu. Das war jetzt aber blöd, dachte Ansgar bei sich. Er wollte den Brief schließlich ungesehen im Kasten verschwinden lassen. Also wartete er einen Augenblick und tat so, als ob er sich an der Kette zu schaffen machte. Dann schob er das Rad zum gelben Kasten, blickte ein letztes Mal auf den Brief, nickte, ließ ihn in den seitlichen Schlitz fallen und setzte ein zufriedenes Grinsen auf.

Er überlegte nur kurz, dann stellte er das Rad in den Fahrradständer und betrat den Laden. Zwischen den Regalen traf er erneut den Nachbarn, als er gerade zum Kräuterschnaps griff. „Na, Ansgar, ist dir der Sprit ausgegangen?", fragte dieser und Ansgar antwortete nur: „Genau!" Damit war das Gespräch zwischen den beiden Männern beendet, denn die Sachlage war eindeutig und es bedurfte keiner weiteren Worte. Draußen steckte sich Ansgar die Flasche in die innere Westentasche und stieg wieder auf sein Fahrrad. Der Nachbar stand noch neben seinem Wagen und hielt die geöffnete Tür fest. Ach ja, der Alkohol, der machte doch vielen schon zu schaffen, dachte er bei sich. Seit die Eltern von Anselm und Ansgar tot waren, soffen die Jungs wahrscheinlich noch mehr als vorher, weil nunmehr ungezügelt. Wobei der Jüngere ja wohl verschwunden sein sollte … Aber was machte er sich hier Gedanken um anderer Leute Probleme. Er setzte sich in seinen Wagen, startete ihn und fuhr heim. Jenny hatte da so was erzählt und die arbeitete mit seiner Tochter zusammen.

Diese Massen-Gentests sind doch ein Segen, dachte Heike Langenkämpfer bei sich, ein super wirkungsvolles Instrument zur Täterermittlung. Schließlich wurde von ihr an Tatorten laufend die DNA von mutmaßlichen Tätern gesichert. Und immer mal wieder wurden da oder dort alle infrage kommenden Männer - meist so zwischen achtzehn und sechzig Jahren - aufgerufen, um ihre Speichelprobe abzugeben. Wer nicht freiwillig erschien, wurde vorgeladen. Gar keine Frage. Und Stück um Stück ergab sich so ein Netz aus Daten, auf die man zugreifen konnte. Der DNA-Spurenvergleich hatte schließlich schon in vielen Fällen weitergeholfen.

Wenngleich es immer viele Kritiker gab, die vom massenhaften Eingriff in die Privatsphäre und von den immensen Kosten sprachen. Aber wo geriete man da hin, wenn man bei der Aufklärung eines Mordfalles vorab die Kosten kalkulieren wollte. Da kommt es schließlich nicht aufs Geld an, sondern darauf, den Täter zu fassen, beschloss Heike innerlich. Natürlich musste man abwägen, damit einerseits die Persönlichkeitsrechte nicht zu sehr verletzt wurden, aber andererseits alles getan werden konnte, um eine Straftat aufzuklären.

„Ja, ja“, murmelte Heike vor sich hin, „Kosten für Wattestäbchen, Versand und Verwaltung der Proben, Analyse jeder einzelnen Probe, Personaleinsatz, um die DNA-Proben zu sammeln, Benzinkosten für die Fahrerei …Verdammt. Laufend muss man sich rechtfertigen.“

Sie dachte noch daran, dass die DNA-Reihenuntersuchungen stets erst nach sorgfältiger Prüfung angeordnet wurden, außerdem musste ein richterlicher Beschluss eingeholt werden. Allein schon der bürokratische Aufwand vorneweg war enorm. Aber das sah die Öffentlichkeit natürlich nicht.

Heike seufzte. Sie kniff die Augen zusammen und entdeckte unter einer starken Lupe noch etwas. Dieses Bekennerschreiben bot nun gleich mehrere Anhaltspunkte.

An einer Ecke des Blattes war ein dreckiger Fleck, der einen Teil eines Fingerabdrucks ergab. Viel mehr noch war indes das Haar wert, das sich eingeklemmt auf der Rückseite befunden hatte. Beides zusammen war schon phänomenal.

Heike leitete ihre Ergebnisse ans LKA nach Düsseldorf weiter und wenig später kam ein Echo: Treffer! Der Name Ansgar Hoyer und dazu die Wohnadresse. Heike griff zum Telefon und rief bei Alexander an: „Ich hätte da was sehr Ergiebiges für dich, lieber Alex!“

„Spann mich nicht auf die Folter! Sag schon. Immer wenn du was Ergiebiges hast, dann kommen wir der Lösung eines Falls näher!“

„Richtig“, lächelte Heike vor sich hin und berichtete von den Untersuchungsergebnissen. Schließlich nannte sie Namen und Adresse.

„Schickt am besten gleich jemanden vorbei. Wobei, wenn er diesen Bekennerbrief geschrieben hat, dann wollte er vielleicht auch, dass man ihn erwischt. Manchmal kann ich mich in die Denkweise solcher Leute einfach nicht hineinversetzen. Ich jedenfalls würde einen Mord klammheimlich erledigen …“

„Du und Mord!“ Alexander lachte.

„Wieso nicht? Meinst du nicht, ich hätte auch mal den einen oder anderen, dem ich gern den Hals umdrehen würde?“

„Na ja, in Gedanken vielleicht!“

„Nein, nicht nur in Gedanken. Aber unsereins ist ja diszipliniert, hat sich im Griff und kennt außerdem die Folgen. Mord lohnt sich einfach nicht. Wird schließlich fast immer aufgeklärt.“

„Dank unseres genialen Wirkens!“

„Du sagst es, Alex. Und nun muss ich auch mal wieder. Viel Erfolg bei eurem Einsatz in Sachen Ansgar Hoyer. Und schade, dass ich dir bei deinem privaten Schreiben nicht helfen konnte. Aber das war wirklich nachgerade keimfrei. Muss sich einer jede Menge Mühe gegeben haben. Warst du deshalb bei Riechmann und gab es noch weitere Aktionen?“

„Gleich zwei Fragen auf einmal. Und beides nein. Ich warte einfach ab. Manchmal erledigen sich Dinge ja auch von selbst, wenn man nichts tut.“

„Na ja, das doch eher selten“, zweifelte Heike und verabschiedete sich, wobei sie den Kopf schüttelte.

Kurze Zeit später fuhren Alexander und Wolfhard auf dem Bauernhof vor, hinter ihnen ein weiteres Polizeifahrzeug mit Bernd Langer und Dagmar Scholz, das sie zur Sicherheit angefordert hatten.

Man verständigte sich per Handzeichen, dass die beiden in ihrem Auto die Geschehnisse abwarten und nur auf konkrete Aufforderung hin eingreifen sollten.

Das Objekt lag im Dunkeln. Vor dem Haus stand eine Hütte, daran an einer langen Kette ein Hund angeleint, der sofort anschlug, als die Männer sich näherten.

„Also, das finde ich aber ziemlich fies“, sagte Alexander.

„Na ja", lenkte Wolfhard ein. „Der Kläffer hat doch seinen Auftrag und macht nur seinen Job."

„Nee, so meinte ich das jetzt nicht. Ich finde das mit dem Anleinen schäbig. Sollte mal einer mit uns machen. Meinen Kater Albert lasse ich schließlich auch frei herumlaufen. Der kann sich aussuchen, was er machen will."

„Du bist gut. Deinen Kater kannst du doch nicht mit einem Hofhund vergleichen. Der ist doch auch ziemlich scharf, mit Absicht. Und wenn er frei rumrennen könnte, stünden wir beide nicht mehr so locker hier. Das kannst du mir aber glauben."

„Ach, egal. Auf jeden Fall halte ich das für Tierquälerei."

In der Zwischenzeit hatten sich die beiden der Haustür genähert und Alexander betätigte die Klingel. Erst nach dem dritten Versuch ertönte Gepolter im Haus. Die beiden Kriminalisten blickten sich an.

„Jetzt haben wir den Hausherren wohl aufgeweckt." Wolfhard rieb sich den Rücken und verzog dabei etwas das Gesicht.

„Beschwerden?", erkundigte sich Alexander höflich.

„Die Bandscheibe", erklärte Wolfhard nur wortkarg und in dem Moment wurde die Haustür geöffnet. Ein modriger Geruch schlug ihnen entgegen. Ansgar Hoyer stand in ausgebeulten Trainingshosen mit Hosenträgern, einem schmuddeligen Feinrippunterhemd und Pantoffeln in der Tür. Er trug nur einen Socken, der andere Fuß war nackt.

„Kripo Minden", stellte sich Alexander vor und hielt seinen Ausweis ins Dämmerlicht. Der war sowieso nicht zu erkennen und eine detailliertere Vorstellung nicht nötig, denn es schlug ihnen sofort eine Alkoholfahne entgegen.

„Dann kommt mal rein, Jungs“, sagte Ansgar mit schwerer Zunge und schwankte ein Stück rückwärts.

Alexander und Wolfhard schauten sich kurz an, um sich über die weitere Vorgehensweise zu verständigen. Nein, die Verstärkung durch Bernd und Dagmar schien nicht nötig. Außerdem waren sie zu zweit und der Verdächtige offensichtlich ziemlich angetrunken. Den würden sie wohl in den Griff bekommen.

Beim Nähertreten schüttelte sich Alexander. Oh nein, wie konnte man nur so hausen.

Er hatte im Laufe seines Berufslebens ja schon allerhand erlebt. Aber daran gewöhnen konnte er sich nicht wirklich. Jedes Mal hob es ihm den Magen an, wenn er in solche Dunsthöhlen kam. Anders konnte man dieses Wohnumfeld nicht bezeichnen. Hier war wohl schon tagelang nicht gelüftet worden. Wolfhard schritt, ohne eine Miene zu verziehen und als würde ihm das alles überhaupt nichts ausmachen, durch die Deele.

„Sie haben hier mit Ihrem Bruder gewohnt?“, erkundigte sich Wolfhard sachlich.

„Was, Bruder? Der ist doch tot!“

„Und genau deshalb sind wir hier.“

„Aber eure Kollegen haben mir doch schon ein Loch in den Bauch gefragt …“

„Ja, aber inzwischen hat sich die Sachlage verändert“, fiel nun Alexander ein. „Wir haben da ein Bekennerschreiben erhalten und den dringenden Verdacht, dass das aus Ihrer Feder stammt.“

Kurzzeitig hellte sich das Gesicht von Ansgar auf. Aus seiner Feder würde ein Schreiben stammen. Das klang verdammt gut. Das hob einen richtig hervor. Genau so hatte er sich das vorgestellt. Und er legte ein breites Grinsen an den Tag.

„Tja, das könnte vielleicht schon sein, dass ich mal was aufgeschrieben habe. Aber was konkret soll das denn sein?"

„Hier!" Alexander hielt ihm eine Kopie des Briefes unter die Nase. „Unterzeichnet ist es mit: Der Mühlenmörter."

Wieder lag so ein Strahlen auf dem Gesicht von Ansgar und die Augen funkelten. Er erhob sich schwankend, lief die wenigen Schritte zum Wohnzimmerschrank, öffnete die Tür und holte sich eine Flasche Kräuterschnaps heraus.

„Ich nehme mal an, die Herren trinken im Dienst nicht", sagte er, drehte den Verschluss auf und setzte an. Mit einem glucksenden Geräusch verschwand ein Viertel des Inhalts in ihm. Dann setzte er ab und wischte sich mit dem Handrücken über den Mund. „So, jetzt kann ich wieder klarer denken."

Alexander schauderte. Der Mann musste vorher schon einiges konsumiert haben. Dazu jetzt noch diese Menge Schnaps und dann, abgesehen vom Schwanken, eine relativ klare Sprache. Schon merkwürdig.

„Mörder schreibt man übrigens mit d", konnte sich Alexander jetzt nicht verkneifen und Wolfhard schaute ihn auch prompt vorwurfsvoll an.

„Was Sie nicht sagen", erwiderte Ansgar. „Aber Sie sind ja auch ein Studierter, ein ganz Schlauer. Sie müssen das wissen."

„Sie geben also zu, diesen Brief aufgesetzt und an uns geschickt zu haben", brachte Wolfhard zielgerichtet das Thema auf den Punkt. Dabei war es an Alexander, etwas grimmig zu schauen. Aber nur kurz, denn ihm war schon klar, dass die Unterredung hier nicht ausufern durfte. Im Grunde war alles ziemlich eindeutig.

„Das müssen Sie erst herausfinden", kicherte Ansgar vor sich hin und griff noch einmal zur Flasche, um die verbliebene Menge in einem Zug zu leeren.

Wolfhard und Alexander ließen ihn gewähren. War das doch für die nächste Zeit sicherlich der letzte Fusel, den er zu sich nehmen konnte.

„Wir müssen Sie vorerst festnehmen. Es besteht der dringende Verdacht, dass Sie Ihren Bruder ermordet haben", sagte Alexander mit fester Stimme.

„Tja, dann muss ich wohl mitkommen", meinte Ansgar und zuckte die Schultern.

„Am besten ziehen Sie sich mal noch was Ordentliches an", lenkte Wolfhard ein.

Ansgar drehte sich um und lief Richtung Tür.

„Meine Sachen sind in meinem Zimmer. Dann werfe ich mich mal in Schale."

„Wir begleiten Sie", betonte Wolfhard und er begab sich an die Seite von Ansgar, Alexander direkt einen Schritt dahinter.

Das Zimmer von Ansgar sah noch schlimmer aus als die Räumlichkeiten, die die beiden Beamten bisher gesehen hatten. Auf dem Tisch standen Teller mit angetrockneten Essensresten, auf denen Käfer und Fliegen krabbelten, überall befanden sich aufgerissene Chipstüten und die Krümel drumherum, auf dem Boden lagen leere Bierdosen. Zigarettenkippen bildeten einen Berg auf einem Aschenbecher und umringten ihn darüber hinaus.

„Ich glaube, ich muss kotzen", flüsterte Alexander vor sich hin und Wolfhard nickte ihm verständnisvoll zu.

Als beide mit dem Verdächtigen vor der Haustür standen, kamen ihnen Dagmar und Bernd entgegen, um ihn in Empfang zu nehmen.

„Sie müssen jetzt erst einmal in Untersuchungshaft", erklärte Alexander noch und Ansgar nickte nur grinsend. Dann stiegen die beiden Polizisten mit ihm ins Fahrzeug und fuhren davon.

„Ich glaube, der hat nicht alle Tassen im Schrank", fing Wolfhard an.

„Das scheint mir auch so. Insofern glaube ich gar nicht an eine Serie. Wenn der seinen Bruder wirklich umgebracht hat, was durchaus Sinn machen kann, dann aber nur den. Für weitere Morde sehe ich momentan überhaupt kein Motiv. Aber auch hier müssen wir erst alles ausleuchten."

„Genau", sagte Wolfhard. „Schließlich bekennt sich manchmal einer, der einfach nur angeben will. Aber ehrlich, in dem Fall glaube ich das nicht. Der hat bestimmt Dreck am Stecken. Und Brudermord ist nun auch wieder keine Seltenheit. Da staut sich häufig so viel Hass an, der dann eines Tages explodiert. Ich denke da immer nur an die Bibelgeschichte von Kain und Abel!"

„Aber ein psychiatrisches Gutachten werden wir auf alle Fälle benötigen", warf Alexander ein.

„Das macht Sinn", antwortete Wolfhard. „Bekommen wir bestimmt sofort genehmigt. Und eine Nacht in der Gewahrsamzelle wird ihm bestimmt gut tun. Dann ist er morgen vielleicht gesprächiger."

„Und vor allem nüchtern. So ist der Mann ja überhaupt nicht zu ertragen", sagte Alexander und schüttelte sich angewidert.

Im untersten Geschoss der Polizeidirektion schob man Ansgar Hoyer in die Zelle, nachdem man ihm den Gürtel und seine persönlichen Dinge abgenommen hatte. Auch die Schuhe musste er vor der Tür stehen lassen. Er ließ alles ohne Kommentar oder Gegenwehr mit sich geschehen. Offensichtlich hatte die Müdigkeit auch schon überhand genommen. Denn kaum lag er auf der Pritsche in der Zelle und hatte die Decke über sich gezerrt, ertönte auch schon ein heftiges Schnarchen.

Der Diensthabende verschloss die Tür und zog sich beruhigt zurück. Von dem hier ging in den nächsten Stunden keine Gefahr aus, bestimmt auch nicht die, dass er sich was antun wollte. Der würde einfach nur seinen Rausch ausschlafen. Das Becken für die Notdurft und falls er sich übergeben musste, befand sich keine Armlänge vor dem Lager. Insofern gab es mit Sicherheit keinen Handlungsbedarf.

Der Polizist warf einen letzten Blick durch das Guckloch und drehte sich dann um. Er verschwand in sein Dienstzimmer und erledigte noch die üblichen Formalitäten. Das versprach eine ruhige Nacht zu werden. Ansgar Hoyer war für heute der einzige Gast.

Nur einen Steinwurf vom Gehöft der Familie Hoyer entfernt lag ein Winkelbungalow neuester Bauart, mit schönen Backsteinen und einem glänzenden Dach. Man hätte sich zuwinken können. Allerdings lagen zwischen den Hoyers und den Eheleuten Thinius Welten: einerseits die bäuerliche, bodenständige, andererseits die intellektuelle, abgehobene. Natürlich verkehrte man nicht miteinander. Nur wenn es sich nicht vermeiden ließ, nahm man die dörflichen Aktivitäten wahr. Und da Volkmar und seine Frau Gerit auch erst kürzlich zugezogen waren, beschnupperte man sich im Dorfe zunächst gegenseitig, ehe eine eventuelle Einbindung stattfand. Im Falle von Volkmar kam es erst gar nicht dazu.

Aufgrund seines Jobs war Volkmar auch viel unterwegs, während seine Frau an der Mindener Volkshochschule im Bereich Kultur/Gestalten/Medien Seminare organisierte und betreute. Sie war eher an ihren Arbeitsplatz am Königswall gebunden.

„Es kann heute spät werden, Schatzi", rief Volkmar aus seinem Arbeitszimmer in Richtung Küche, wo Gerit das Frühstück für beide vorbereitete. Die Frau verdrehte die Augen. Den Satz hörte sie meist ein- bis zweimal die Woche.

„Habt ihr wieder so viel zu tun, Bärli?", rief sie zurück, während sie die Kaffeemaschine befüllte.

„Ach ja, wie immer, die Steuersünder werden nicht weniger. Und wir müssen uns die Hacken ablaufen. Man kommt gar nicht mehr hinterher", erklang es, immer noch aus dem Arbeitszimmer.

„Dann muss ich wohl mit dem Abendbrot nicht auf dich warten?", wollte Gerit wissen.

In dem Moment betrat Volkmar die Küche und zuckte mit den Schultern: „Ach, Schatzi, das wird nichts bringen. Bereite dir dann mal schon allein einen Salat. Vielleicht gehe ich auch mit Hans noch eine Kleinigkeit essen."

„Macht das mal, ihr zwei. Dann könnt ihr euch gleich noch ein wenig abstimmen, wie ihr weiter vorgehen wollt", antwortete Gerit lächelnd. Volkmar nahm seine Frau in den Arm und drückte ihr einen Kuss auf die Stirn: „Wenn ich dich nicht hätte! Du und dein wunderbares Verständnis für meinen Beruf."

Gerit schüttelte verlegen den Kopf: „Aber das ist doch selbstverständlich in einer Ehe!"

„Nein, Schatzi, keineswegs. Ich kenne da so viele Paare, bei denen jeweils völlig aneinander vorbei gelebt wird."

„Na, ein Glück aber auch, dass das bei uns nicht der Fall ist", schloss Gerit an.

„Wir können dann auch. Frühstück ist fertig. Die Brötchen hole ich gleich aus dem Ofen. Setz dich einfach schon mal hin."

Volkmar grinste breit und nahm am gedeckten Tisch Platz. Diese Beziehung war schon wunderbar. Alles lief wie am Schnürchen. Das neue Haus war einmalig, der Bau hatte rundum perfekt geklappt. Außerdem war nun die Entfernung zu seiner Geliebten nicht mehr so weit. Nur der Mittellandkanal lag zwischen ihnen und wenn sie sich mit den Autos trafen, dann gelegentlich auch direkt an einer der Brücken.

Was hatte er dort schon für stürmische Momente erlebt. Valentina an einen Baum im lockeren Unterholz gelehnt und er mit aller Manneskraft an sie gedrückt.

Immer der aufregende Kitzel des Entdecktwerdens durch einen Radfahrer oder Spaziergänger. Aber sie sahen sich schon vor und inspizierten das Umfeld genau, ehe sie eine Pappel aussuchten, die günstig stand. Wobei, im Eifer der Lust konnte es schon geschehen, dass sie Raum und Zeit vergaßen. Im Gegensatz zur Beziehung mit seiner Gattin Gerit, wo die ehelichen Vereinigungen immer seltener stattfanden. Immerhin hatten sie schon vor fünfzehn Jahren geheiratet. Volkmar sah sich jetzt mit Valentina im kleinen Wäldchen und ein Glanz legte sich auf seine Augen.

„Du freust dich schon auf deinen heutigen Arbeitstag?", erkundigte sich Gerit naiv.

„Aber ja doch, Schatzi. Es ist mir immer wieder ein innerer Vorbeimarsch, wenn ich potenzielle Täter erwischen und einer gerechten Strafe zuführen kann."

„Ach, wenn wir dich nicht hätten", strahlte nun auch Gerit, streckte ihre Rechte über den Tisch und streichelte ihrem Mann die Wange.

„Ich muss dann aber auch mal los", lenkte Volkmar ein. Er errötete nicht eine Spur. Solcherart gefühlsmäßige Entgleisung war ihm völlig fremd. Was tat er auch schon? Er führte eine mustergültige Ehe und holte sich sein Vergnügen eben anderswo. Das taten doch so viele!

Als er sich mit seiner Aktentasche auf den Weg machte, pfiff er fröhlich vor sich hin und Gerit winkte noch so lange, bis ihr Mann im Auto saß und es startete. Dann blickte sie ihm beim Davonfahren hinterher.

Eigentlich sollte sie froh sein, so eine beeindruckende, ja nachgerade imposante Erscheinung an ihrer Seite zu wissen. Fast zwei Meter groß, sehr muskulös gebaut, dank des jahrzehntelangen Handballtrainings auch immer gut in Form. Das dunkle Haar noch dicht und voll, dazu einen freundlich wirkenden Schnauzbart.

Überall, wo sie erschienen, schaute man anerkennend auf ihren Mann, der auch stets alle Gesprächsrunden anführte und im lockeren Monolog die anderen erheiterte. Egal, wo sie auftauchten. Keinem fiel es auf, dass Volkmar damit die Äußerungen der anderen abwürgte. Wenn er redete, dann nur er, dann hatten die anderen Sendepause.

Aber eigentlich gefiel das Gerit schon. Nur grübelte sie jetzt bei sich, wieso er plötzlich ein anderes Eau de Toilette nahm. Sonst bevorzugte er doch immer das, was sie ihm schenkte. Aber seit geraumer Zeit stand eine andere Sorte im Bad und gelegentlich schien sich sein Duft mit einem anderen vermischt zu haben, wenn er abends heimkam. Gerit hatte auch schon ein paar Mal längere blonde Haare an ihm entdeckt, die sich auf dem Rücken oder der Schulter platziert hatten. Und als sie Volkmar daraufhin ansprach, hatte er nur gelacht und was von idiotischer Eifersucht erzählt, die ja gar keinen Sinn machen würde. Blond sei doch seine Sekretärin und die alte Schlampe würde eben überall ihre Zotteln herumhängen lassen. Da könne schon mal bei der Übergabe von Akten so ein Haar an ihm haften bleiben und ihn in Verruf bringen. So doch nicht. Volkmar hatte sogar mit dem Zeigefinger gedroht.

Also ließ Gerit von ihrem Verdacht ab und kümmerte sich um den Auszug aus dem alten Haus und den Einzug ins neue, um die Handwerker beim Bau, um den Innenarchitekten bei der Gestaltung der Räume, um den Landschaftsgärtner bei der Anlage des

Umfeldes. Außerdem hing die Betreuung der Erbtante an ihr, deren Umzug ins Pflegeheim sie ebenfalls organisierte, nachdem ein Schlaganfall ihr ein selbstständiges Dasein nicht mehr ermöglichte. Jeden zweiten Tag fuhr sie in den Benediktuspark in Hüllhorst-Schnathorst. Ihr blieb eigentlich auch gar keine Zeit für solche Überlegungen. Die Ehe war perfekt, auf ihre Art. Überall gab es sicherlich einmal Missverständnisse. Ein ewiges Auf und Ab, wie in jeder Beziehung.

Volkmar fuhr diesmal schon vor dem Dienst zu seiner Flamme. Sie hatte ihm erzählt, dass ihr Mann für ein paar Tage beruflich unterwegs sein wollte und sie deshalb nicht auf die Liebe in der freien Natur ausweichen müssten.

„Mein Liebster, komm zu mir. Ich werde dir all deine Wünsche erfüllen, auch die, von denen du noch gar nichts weißt“, hatte Valentina ins Telefon gehaucht, als sie sich verabredeten.

„Dann machen wir das morgen so. Bei meiner Gleitzeit im Büro ist das kein Problem. Außerdem immer die vielen Außerhaustermine. Das bekomme ich selbstverständlich hin“, hatte Volkmar nur entgegnet und lediglich bei seinem Kollegen Hans angerufen und vom plötzlichen Zahnschmerz berichtet. Er müsse am nächsten Tag dringend zum Arzt, weil das alles gar nicht mehr auszuhalten sei.

„Wenn du mich sehen könntest, Hans“, hatte Volkmar mit leidender Stimme ins Handy gestöhnt. „Ich sehe aus wie Quasimodo! Ist alles angeschwollen. Ich könnte auch gar nicht unter Menschen.“

„Mach dir nur keine Gedanken“, hatte Hans getröstet. „Und wenn du dich für einen Tag krankmeldest ist das auch in Ordnung. Ich gebe im Dienst einfach mal

Bescheid. Lass dich vom Doc wieder auf die Beine bringen."

„Danke, mein Bester", atmete Volkmar hörbar auf. „Das ist prima von dir. Vielleicht lasse ich mich auch mit Schmerzmitteln vollpumpen und haue mich daheim aufs Sofa. Anders ist das eigentlich auch gar nicht zu ertragen."

Als Volkmar das Gespräch beendet hatte, lächelte er breit. Morgen würde er sich einen besonders schönen Tag bescheren. Den malte er sich in Gedanken schon mit allerhand Raffinessen aus. Valentina wusste, was sie tat. Sie hatte ein gutes Händchen und nicht nur das. Volkmar strahlte über beide Backen.

Als er bei Valentinas Wohnhaus vorbeifuhr, entdeckte er sie schon im Obergeschoss am Fenster. Ihre Blicke kreuzten sich und die Frau winkte dem Mann zu. Das eindeutige Zeichen, dass die Luft rein war. Volkmar fuhr noch zwei Häuser weiter und parkte auf einer Freifläche vor dem Familienzentrum und der Kindertagesstätte. Hier war ein ständiges Kommen und Gehen. Da fiel er mit seinem Auto nicht weiter auf. Beim Aussteigen musterte er noch kurz die Umgebung, schlug die Tür zu und betätigte die Rundumverriegelung. Jetzt noch die paar Meter zum Haus seiner Geliebten halbwegs unbeobachtet überstehen und sobald er drin war, konnte er sie in seine Arme schließen. Der Eingang zum Haus lag hinter dichtgewachsenen Lebensbäumen versteckt. Alles passte ideal.

Valentina empfing ihn in einem eleganten Negligé, mit einem stark geschminkten Mund. Nachdem sie die Haustür geöffnet hatte, erweiterte sie mit beiden Händen die Sicht auf ihren wohlgeformten Körper, den sie in Spitzenunterwäsche verpackt hatte. Nicht so wie

Gerit, die sich rasch verkühlte, dann eine schmerzhafte Blasenentzündung bekam und schon deshalb stets Baumwollenes inklusive Hemd darunter trug. Volkmar leckte sich über die Lippen. Lockend zog Valentina ihn ins Haus und er ließ die Tür hinter sich ins Schloss fallen. Sie hielt weiter seine Hand und zog ihn die Treppen nach oben, in den Schlafbereich. Es duftete überall betörend, am meisten aber törnte den Mann die Frau selbst an. Ihr Parfüm stammte von ihm, so wie auch er seit einiger Zeit das von ihr geschenkte trug. Stets nur einen Hauch, aber es erinnerte ihn auf Schritt und Tritt an seine Geliebte.

Auf einem Nachttisch stand ein Sektkühler, darin eine Flasche Champagner, zwei hochstielige Kelchgläser dazu und ein Döschen mit Kaviar, in dem ein kleiner silberner Löffel steckte. Volkmar stöhnte auf. Ihm war sofort klar, wozu das alles gedacht war. Er ließ alle Vernunft sausen und gab sich dem Augenblick hin, ohne Reue, nur mit intensiver Lust. Erst wollte er ganz rasch seine Sachen ausziehen, aber Valentina hinderte ihn daran, legte ihm einen Finger auf die Lippen und flüsterte: „Ich mach das für dich. Hab nur Geduld."

Volkmar ließ alles mit sich geschehen. Es schien in Zeitlupe zu geschehen, wie sie Knopf für Knopf öffnete und den Reißverschluss der Hose hinunterzog. Sie hob ihm das Unterhemd über den Kopf und streifte seinen Slip hinunter. Nur die Socken ließ sie ihm an. Die zog er nie bei solchen Gelegenheiten aus.

Auf einem Sideboard stand ein Hochzeitsfoto, darauf Valentina und ihr Mann Detlef. Sie in einem atemberaubenden weißen Kleid mit deutlichem Dekolleté, das blonde Haar in kunstvollen Locken gewunden und im Arm einen üppigen Brautstrauß mit einer Kuppel aus dunkelroten Rosen. Er, einen deutlichen Kopf kleiner, ganz unauffällig in einem einfachen schwarzen Anzug mit passender Fliege, dazu eine rote Rose im Knopfloch des Jacketts.

Auf dem von Valentina selbst geklöppelten Deckchen stand nicht nur das Foto im Goldrahmen, sondern daneben noch etwas edler Nippes: Figürchen aus Porzellan, eine rundliche Vase mit Seidenblumen. Die kleine Kamera, die in den Kunstblumen versteckt war, fiel überhaupt nicht auf. Sie war direkt auf das Bett gerichtet.

Währenddessen saß Detlef in einem Anbau neben der Garage des Hauses und verfolgte das Geschehen atemlos. Er konnte den Blick nicht von dem kleinen Bildschirm wenden, den er sich auf seinen Basteltisch gestellt hatte. Als Computerspezialist war es ihm ein Leichtes, eine Beobachtungskamera zu installieren, nachdem ihm mehrere Ungereimtheiten an seiner Frau aufgefallen waren. Ihre sonst so stürmische Lust hatte eines Tages schlagartig nachgelassen. Sie küsste ihn nur noch oberflächlich auf die Wange, dehnte ihre monatliche Unpässlichkeit über einen immer längeren Zeitraum aus. Und sogar ihre Kochkünste schien sie nicht mehr an ihm ausprobieren zu wollen. Dabei hatte sie sonst immer wieder die ausgefallensten Rezepte aus den Frauenzeitschriften ausprobiert, sich stets ein Magazin aus dem Kassenbereich der Supermärkte mitgebracht, das neue Leckereien verhieß.

Detlef schwitzte stark und streckte die Nase in Richtung seiner Achselhöhlen. Angewidert stieß er die Luft aus. Kein Wunder, dachte der Mann bei sich, dass sie mich nicht mehr liebt, wenn ich dermaßen stinke. Sogleich verwarf er den Gedanken und beschloss Ursache und Wirkung in diesem Fall nicht durcheinanderzubringen. Er hatte das kleine Gerät nicht nur mit Bild, sondern auch mit Ton angeschlossen. Damit aber kein Laut nach draußen drang, hatte er alles nur ganz leise gestellt. Kaum hörbar. Jetzt musste er selbst mit dem Gesicht näher an Bildschirm und Lautsprecher, um den Dialog des Liebespaares zu verstehen. Aber was gab es da schon zu erlauschen: geiles Gestöhn. Detlef schüttelte sich.

Der Mann saß Stunde um Stunde in dieser Position, immer nur mit gebanntem Blick auf das Geschehen in seinem Schlafzimmer. Als er dann doch einmal auf die Toilette musste, benutzte er für den Urin einen Abfalleimer, der direkt unter seinem Basteltisch stand. Er wollte nicht eine Sekunde verpassen, obwohl sich der Schmerz dieser Schande immer tiefer in ihn einbrannte. Er konnte sich einfach nicht lösen. Und er hätte schließlich auch nicht das Gäste-WC im Erdgeschoss des Wohnhauses benutzen können, dann hätten ihn die beiden im Obergeschoss mit Sicherheit bemerkt, zumindest das Rauschen der Spülung. Detlef wollte nicht ertappt werden.

Als keine Menschen mehr auf dem Bildschirm zu sehen waren, dauerte es eine Weile, bis er zur Besinnung kam. Zunächst überlegte er, ob er einfach den Wagen starten und die Luft aus dem Auspuff in das Innere des Fahrzeugs leiten sollte. So konnte man gut aus dem Leben scheiden, hatte er mal gelesen beziehungsweise auch schon etliche Male im Fernsehen gesehen. Wenn die das im TV brachten, dann musste das ja stimmen. Er würde mit seinem Tod mahnen und Valentina würde an seinem Grab bittere Tränen vergießen, weil sie ihn so weit getrieben hatte.

Doch als die Haustür klappte, hatte sich Detlef anders entschieden. Er stand auf, fuhr sich mit den Fingern durchs Haar, um es etwas zu glätten, nachdem er es in den Stunden zuvor immer wieder zerzaust hatte. Dann zog er seine Anzugjacke über, die so lange auf der Rücklehne des Stuhls gehangen hatte. Er blickte nur ganz kurz in einen alten, schon etwas blinden Spiegel, der an der Seite des Raumes hing. Nein, Staat konnte man mit ihm wahrhaftig nicht machen. Aber das war kein Grund, so mit ihm umzugehen. Diese Angelegenheit wollte er wohl klären.

Leise verließ er das Haus und folgte seinem Nebenbuhler in angemessener Entfernung zum Parkplatz vor dem Familienzentrum, der jetzt in der Dunkelheit völlig ausgestorben wirkte.

Volkmar saß bereits entspannt hinter seinem Lenkrad und hielt die Augen geschlossen, als Detlef sich mit der rechten Hand auf dem Dach abstützte und mit der linken gegen die Scheibe klopfte.

Alexander saß an seinem Schreibtisch, vor sich die Akten zu den Mühlenfällen. Eben ging er noch einmal die Befragung der Eheleute durch, die den zweiten Toten an der Mühle gefunden hatten. Wobei sie das eigentlich nicht so direkt waren, eher der Hund, den sie im Regen ausführten. Aufgrund des schlechten Wetters waren sie ja auch die Ersten, die auf das Opfer getroffen waren. Ansonsten war es schon eine recht stark frequentierte Gegend.

Nein, hier fand sich kein Ansatz. Das war zu Ende ermittelt. Hier konnten keine weiteren Ergebnisse erwartet werden. Er fuhr sich durch die Haare, setzte die Ellbogen auf den Schreibtisch und stützte den Kopf auf die Hände. Ihm war danach, sich jetzt haltlos gehen zu lassen. Am liebsten hätte er hemmungslos geheult. Aber das ging nun gar nicht, nicht als Kriminalhauptkommissar und nicht als Mann. Auf jeden Fall nicht im Dienst! So viel Kraft sollte er wohl aufbringen. Alexander seufzte schwer. Die aktuellen Ermittlungen ließen sich einfach nicht in die richtige Richtung und zu einem vernünftigen Ende bringen. Da und dort hatte es den Anschein, als ob endlich die Lösung nahte und dann zerplatzte alles wie eine Seifenblase.

Dann das Desaster mit Lena bei ihrem jüngsten Besuch, den sie abrupt abgebrochen hatte, indem sie die Rückfahrt nach Berlin zu ihrer Mutter und der Schwester einforderte. Dabei waren weder er noch Janine irgendwie schuld daran. Einzig und allein der Tod der kleinen Storchenbabys hatte das Kind aus der Bahn geworfen. Das war der Auslöser ihrer maßlosen Traurigkeit und des unbezähmbaren Heimwehs. Er hatte alles probiert, um das Kind bei Laune zu halten. Aber nichts, rein gar nichts hatte geholfen. Dann hatte er sich sogar mit Janine deshalb gestritten.

Und jetzt auch noch dieser Brief von Olga beziehungsweise von ihrem Anwalt. ... würde er sich als unfähig erwiesen haben, seinen Verpflichtungen aus dem elterlichen Sorgerecht angemessen nachzukommen, hieß es da ... leide das Kind unter einem Trauma und sei derzeit ein weiteres Treffen zwischen Tochter und Vater nicht zu empfehlen ... gebe es inzwischen auch die entsprechenden Gutachten vom Kinderpsychologen. Alexander zog den Brief erneut unter seinem Aktenstapel hervor. Das Papier war schon zerknittert, denn in einem Anfall von Wut hatte er es zwischendurch zusammengeknüllt und durch den Raum geworfen.

„So eine Scheiße, so eine verdammte Scheiße!", brachfluchte Alexander leise vor sich hin. Allerdings brachten diese zornigen Worte auch keinerlei Erleichterung. Wo es doch sonst gelegentlich half, etwas aus sich herauszubrüllen. Aber von brüllen konnte ja keine Rede sein. Verstohlen wischte er sich jetzt eine Träne aus dem Augenwinkel. Mann, war das jetzt megapeinlich. Du alte Heulsuse, hörte er, wie er sich innerlich selbst zurechtwies.

Als es an der Tür klopfte, setzte er sich gerade hin, schob das Anwaltsschreiben wieder unter den Aktenstapel und öffnete den obersten Ordner.

„Herein!"

„Ich bin's bloß", sagte Janine, die den Kopf durch die Tür steckte.

„Schön, dich zu sehen", entgegnete Alexander. „Können wir uns heute Abend treffen?"

„Ich weiß nicht recht“, antwortete Janine, nachdem sie die Tür hinter sich geschlossen hatte.

„Deshalb wollte ich mit dir reden. Irgendwie habe ich ein schlechtes Gewissen wegen deiner Kinder. Deine Große hat neulich so gelitten. Das ertrage ich einfach nicht. Vielleicht versuchst du ja noch einmal, den Familienfrieden wiederherzustellen. Ich meine nur so im Sinne deiner Töchter. Eine Ehe möchte ich auch nicht zerstören.“

Alexander erstarrte und auch Janine stand steif im Raum. Sie glaubte das nicht wirklich, was sie gerade von sich gegeben hatte. Aber irgendeine innere Stimme musste ihr dazu geraten und den Text diktiert haben. Und nun war es heraus. Worte sind wie Pfeile, einmal abgesendet, kann man sie nicht zurückholen, schwirrte ihr ein Sprichwort durch den Kopf. Sie fuhr sich fröstelnd mit beiden Händen über die Arme.

„Wenn du meinst?“, sagte Alexander, obwohl er eigentlich etwas ganz anderes sagen wollte. Und wenngleich er jetzt im Grunde aufstehen und Janine an sich drücken wollte. Es ging einfach nicht. Er saß wie festgeklebt auf seinem Schreibtischstuhl. Das war wie ein Alptraum. Er konnte sich keinen Millimeter fortbewegen und er konnte die Frau nicht zurückhalten.

„Ich muss dann mal wieder“, sagte Janine noch zögerlich und abwartend. Doch als keine Antwort von Alexander kam, drehte sie sich um und verließ den Raum.

Er saß nun allein in seinem Dienstzimmer und hörte alle Geräusche des Computers überlaut. Selbst die Wanduhr schien dröhnend zu ticken. Alexander schlug sich mit der flachen Hand gegen die Stirn und schluckte heftig. Nein, jetzt nur nicht die Gewalt über sich verlieren. Keine Blöße zeigen. Gleich musste er bestimmt wieder funktionieren. Gleich würde bestimmt das Telefon klingeln und eine dringende Entscheidung eingefordert werden.

Als das Telefon tatsächlich ertönte, erkannte er sofort auf dem Display, dass es sich um Heike handelte. Ob das jetzt eine gute Idee war, mit ihr zu reden? Er wusste es nicht und griff instinktiv zum Apparat.

„Hallo Heike, was gibt's Neues?"

Er versuchte locker zu wirken und sich nichts anmerken zu lassen.

„Kannst du mal auf einen Sprung bei mir vorbeischauen, ich hab da was für dich", sagte Heike mit Spannung in der Stimme.

„Na, da will ich dich keineswegs warten lassen. Bin gleich bei dir", antwortete Alexander. „Ich muss hier nur kurz meinen Aktenstapel in Form bringen. Dann komme ich. Dauert keine halbe Stunde."

„Gut. Ich warte auf dich."

Alexander überlegte. Dann griff er sich seine Flasche Mineralwasser, die noch vom Morgen angebrochen in der untersten Schreibtischschublade stand, schraubte sie auf und nahm einen langen Zug von dem lauwarmen Getränk. Er öffnete das Fenster und atmete die frische Luft kraftvoll ein und wieder aus.

Schließlich rief er sich ein paar Sprüche aus einem Meditationsprogramm ins Gedächtnis, die er unlängst bei einem Seminar gehört hatte. Da hatte er das noch als Spinnerei abgetan, aber natürlich dennoch gründlich in sich aufgesogen, wie alle Informationen, die man ihm lieferte. Und nun sagte er sich innerlich, dass er ganz ruhig wäre und zu absoluter Gelassenheit gelangen würde. Stück um Stück ging er alle Körperregionen mit dem immer gleichen beruhigenden Satz durch. Als er von Kopf bis Fuß alles gedanklich durchgearbeitet hatte, fühlte er sich etwas befreit und erleichtert. Na, geht doch, wenn man nur will, munterte er sich in Gedanken auf. Das war wieder so ein Zitat seiner Mutter, von denen unzählige in seinem Gehirn herumschwirrten und immer auftauchten, wenn sie gebraucht wurden oder auch nicht. Auf jeden Fall zauberte ihm dieser Vergleich ein Lächeln ins Gesicht. Alexander schloss das Fenster wieder, reckte sich kurz und verließ entschlossen das Zimmer.

„Na, alle Akten passend gestapelt?“, fragte Heike, als Alexander ihr Zimmer betrat.

„Geht so“, entgegnete Alexander. „Wir kommen nur nicht wirklich mit den Tötungsdelikten an den Mühlen voran. Wir wissen ja noch nicht einmal, ob es wirklich Mord war, also niedere Beweggründe oder Heimtücke dahinterstecken. Es kann auch Totschlag gewesen sein. Zum Beispiel hat im ersten Fall unser Professor Engelbrecht inzwischen den Herzinfarkt, den er anfangs in Erwähnung gezogen hatte, noch einmal als Todesursache bestätigt. Da waren uns ja Zweifel gekommen.“

„Wobei das für denjenigen, den es dahingerafft hat, nun auch wieder keinen Unterschied macht. Tot ist tot“, konnte sich Heike nicht verkneifen und lächelte dazu schelmisch. Sie schwebte gerade auf Wolke sieben, denn ihre neue Beziehung schien sich einfach optimal zu entwickeln. Am liebsten hätte sie Alexander davon vorgeschwärmt, aber sie dachte, das würde ihn vielleicht verletzen. Insofern hielt sie lieber den Mund.

„Hm“, brummte Alexander nur vor sich hin, ohne die Miene zu verziehen.

„Bedrückt dich was“, fragte Heike direkt heraus, denn ihr war sofort an ihrem Kollegen aufgefallen, dass da etwas nicht stimmte. „Rück raus mit der Sprache. Geteiltes Leid ist halbes Leid."

„Toller Spruch, könnte von meiner Mutter sein", sagte Alexander schon ein wenig froher gestimmt, aber nur ein ganz klein wenig.

„Siehst du, schon stiehlt sich ein Lächeln in dein Gesicht. Macht dich gleich noch viel sympathischer, als du es ohnehin bist. Und nun sag schon. Was liegt an?"

„Ich will dich damit überhaupt nicht belasten", versuchte Alexander vom Thema abzukommen.

„Das hast du nun aber schon, indem du wie die Katze um den heißen Brei herumredest. Bist schließlich mein Lieblingskollege und da muss ich doch wissen, ob der Hilfe braucht! Wozu hat man denn Freunde?!"

Alexander nickte und seufzte dazu: „Danke dir. Also es geht um meine Familie und speziell um meine Große. Da habe ich jetzt so ein unmögliches Schreiben vom Anwalt bekommen. Ich würde meine Aufgaben nicht erfüllen, die das Sorgerecht für Eltern vorschreibt. Und das mir!"

„Nimm's nicht so schwer. Du weißt doch, wie Anwälte sind. Die haben ihr Vokabular und wir das unsere. Hast du dir denn auch schon einen Gesetzesvertreter genommen?"

„Doch. Da blieb mir nach all dem Hin und Her nichts anderes übrig. Eine richtig taffe Anwältin. Ist die Tochter meiner Nachbarin."

„Es geht doch nichts über gute Nachbarschaft und bestes Netzwerk hier in der Gegend."

„Na ja, nicht nur hier. Generell im Leben."

„Du sagst es. Und nun lass uns mal zu den dienstlichen Dingen schreiten, weswegen ich dich angerufen habe. Oder liegt dir sonst noch was auf dem Herzen?"

Alexander überlegte kurz, ob er Heike etwas von dem gestörten Verhältnis zu Janine erzählen sollte. Aber das hielt er nun doch für unpassend. Das grenzte dann ja schon fast an Klatsch und wer weiß, mit wem sie sich sonst noch austauschte. Das sollte doch eher eine ganz interne Angelegenheit zwischen ihnen beiden bleiben. Bestimmt renkte sich alles wieder ein, hoffte Alexander inständig und schüttelte den Kopf.

„Gut, dann mal zu den weiteren Spuren, die ich da noch aufgetan habe. Ich habe mir doch in der Zwischenzeit erneut den Wagen von Volkmar Thinius angeschaut, unser Opfer Nummer drei an einer Mühle."

„Ich weiß, dass das der Dritte in der Runde ist und hoffentlich gesellt sich kein Vierter dazu."

„Ach nein, das glaube ich nun nicht unbedingt. Jedenfalls hat sich das Kraftfahrzeug wieder mal als idealer Spurenträger herausgestellt. Ich bin an der Fahrertür und am Dach fündig geworden. Da gibt es nicht nur die Spuren des Halters, sondern auch noch fremde Abdrücke. Wenn wir die jetzt ganz zügig zuordnen, dann bin ich mir sicher, wir sind auf dem rechten Weg."

„Heike, wenn wir dich nicht hätten ..." Alexander lächelte nun doch intensiver und nicht mehr so aufgesetzt, auch in den Augen lag wieder ein wenig Schalk.

„... dann müsstet ihr mich erschaffen! Geht ganz einfach. Man nehme einen Mann und eine Frau, die super gut zusammenpassen ..."

„Aber ehe das neue Wesen dann im arbeitsfähigen Alter wäre, müsste ich ja schon längst in den Ruhestand treten."

„Da merkst du mal, wie die Zeit dahinsaust und wenn ich jetzt auf die Uhr blicke, dann stelle ich fest, dass ich mal wieder heftig überzogen habe. Feierabend!"

„Genau. Ich wünsche dir einen schönen solchen. Und danke für die neuen Ansätze. Da kommen wir bestimmt weiter."

Alexander drehte sich um und verließ den Raum. In der Tür blickte er noch einmal zu Heike: „Tschüss dann."

„Bis morgen, in alter Frische", warf ihm Heike zu und fuhr ihren Computer herunter.

Jenny stand vor dem großen Gebäude an der Marienstraße. Sie zupfte an ihrem Pferdeschwanz und knabberte gedankenverloren am Zeigefinger der anderen Hand. Sollte sie jetzt hineingehen und ihre Anzeige aufgeben oder sollte sie es lassen und hoffen, ihr Anselm würde sich schon wieder einfinden? Die Frau lief auf und ab, auf und ab. Ihr Fahrrad hatte sie schon in einen Ständer gestellt und angeschlossen. Der Wind zauste die Bäume.

„Was mache ich nur", flüsterte sie vor sich hin und blieb stehen. Dann gab sie sich einen Ruck. Nein, da musste sie jetzt wohl durch, wenn sie endlich Klarheit haben wollte. Sie lief die paar Schritte zum Eingang und öffnete die gläserne Tür. Ein Streifenpolizist kam ihr entgegen und grüßte freundlich. Schließlich stand Jenny vor einem Beamten, der sie ernst anblickte und nach ihrem Anliegen fragte. „Ich möchte eine Vermisstenanzeige aufgeben. Gestern habe ich schon einmal angerufen."

„Es wird sich gleich jemand um Sie kümmern. Warten Sie bitte einen Augenblick", entgegnete der Uniformierte.

Dann verschwand er noch einmal, um offensichtlich einen Kollegen herbeizuholen. Jenny trat unschlüssig von einem Bein aufs andere. Noch konnte sie sich umdrehen und wieder nach Hause fahren und dann wäre vielleicht auch alles wieder gut. Anselm würde am Küchentisch sitzen und sich aufs Abendbrot bei ihr freuen …

„Wir hatten gestern miteinander telefoniert, hörte ich gerade", riss ein nächster Polizist die Frau aus ihren Gedanken.

„Sie waren das?", stahl sich ein müdes Lächeln in das Gesicht von Jenny.

„Genau. Sie sagten, Sie würden Ihren Lebensgefährten vermissen. Dann kommen Sie einfach mal mit nach nebenan, damit ich alles aufnehmen kann."

Er machte eine einladende Geste und zeigte damit auf den Nebenraum. Dort stand ein Schreibtisch mit einem Computer und auf beiden Seiten eine Sitzgelegenheit, einmal für den Vertreter des Gesetzes, einmal für denjenigen, der etwas anzeigen wollte.

Jenny nahm Platz und sackte in dem Stuhl in sich zusammen. Sie hatte ein sehr ungutes Gefühl. Du wieder mit deinen Emotionen, würde Anselm sie jetzt auf den Arm nehmen, betrachte mal alles mit mehr Vernunft. Das ist das Einzige, was im Leben hilft. Jenny gab Auskunft zu ihrer Person und zu der von Anselm.

„So", sagte der Mann hinter dem Schreibtisch. „Das hätten wir. Wenn noch Fragen sein sollten, dann kann ich Sie ja sicherlich über Ihre Handynummer erreichen?"

„Ja", hauchte Jenny.

„Und sobald wir Ihnen etwas mitteilen können, melden wir uns bei Ihnen."

„Dankeschön."

Jenny stand auf und zupfte wieder an ihrem Pferdeschwanz. Irgendwie war sie ein wenig erleichtert. Bestimmt würde sich alles einrenken und aufklären, jetzt, wo sie die Polizei eingeschaltet hatte.

Als es an Jennys Tür klingelte, wusste sie, dass es keine gute Nachricht war, die sie erreichen würde. Sie hatte ein flaues Gefühl im Magen. Ihre Schritte verlangsamten sich, so als könnte sie damit all das, was nun bevorstand, hinauszögern. Doch irgendwann erreichte sie die Tür und schloss auf. Draußen standen zwei Uniformierte.

„Guten Tag, sind Sie Jenny Amelang?“, erkundigte sich die Polizistin.

Jenny nickte nur.

„Dürfen wir reinkommen?“

Jenny nickte noch einmal und trat beiseite, um die beiden Polizisten ins Haus zu lassen. Ihr Blick machte noch die Runde über die gegenüberliegenden Anwesen. Nichts rührte sich, nur der Hund vom Nachbarn schlug gerade an.

„Nehmen Sie doch Platz“, bot Jenny an und sackte selbst auf ihr Sofa im Wohnzimmer.

Der Polizist blieb stehen, die Polizistin setzte sich seitlich neben Jenny auf einen Sessel: „Sie hatten eine Vermisstenanzeige aufgegeben.“

„Ja“, bestätigte Jenny kaum hörbar.

„Es geht dabei um Ihren Lebensgefährten Anselm Hoyer?“

„Hm.“ Jenny schluckte.

„Wir haben jemanden gefunden und Grund zur Annahme, dass es sich dabei um Anselm Hoyer handelt.“

Jetzt leuchteten Jennys Augen auf, aber die Polizistin fuhr fort: „Sie müssen jetzt stark sein. Er ist tot und wir benötigen Ihre Unterstützung für die Identifizierung.“

Tot, tot, tot, hämmerte es im Kopf von Jenny. Sie konnte keinen klaren Gedanken fassen. Immer nur dieses eine Wort kreiste in ihr. Sie zitterte am ganzen Leib. Die Polizistin legte eine Hand auf ihre Schulter, um sie zu beruhigen: „Haben Sie die Kraft, uns jetzt zu begleiten?“

„Ich glaube schon“, stieß Jenny hervor, nestelte ein Taschentuch aus ihrer Hosentasche und schnaubte sich geräuschvoll die Nase. Tränen rannen ihr über das Gesicht.

Wie in Trance folgte sie den beiden Uniformierten.

Wenig später kamen sie im Klinikum Minden an und nahmen den Weg in die Pathologie. Bei ihren wenigen bisherigen Aufenthalten zu Besuchen in diesem Haus musste sie immer in die oberen Geschosse, in einen der seitlichen Flügel, mit Blick aufs Gebirge, wo die Patienten lagen. In dem Bereich hier war sie noch nie gewesen. Der scharfe Desinfektionsgeruch drang ihr in die Nase. Wieder verlangsamten sich ihre Schritte, so als ob sie alles hinauszögern wollte, um es damit vielleicht ungeschehen zu machen. Ihre Begleiter wurden ebenfalls langsamer, sie drängten sie nicht, sondern ließen ihr die Zeit, die sie benötigte.

Die Polizistin ging vor und öffnete eine Tür. „Da wären wir. Wenn es Ihnen recht ist, dann begleite ich Sie hinein."

„Ja, bitte!", entrang es sich Jenny.

In dem kahlen, gefliesten Raum lag ein Mann, mit einem weißen Tuch bis unter den Hals abgedeckt.

„Erschrecken Sie nicht. Er ist mit einem Gegenstand niedergeschlagen worden."

Jenny spürte Angst und Schmerz. Sie zwang ihre Blicke auf das Gesicht von Anselm, denn er war es. Eindeutig. Gar keine Frage. Aber er sah so anders aus. So kalt, so unnahbar und so verletzt.

„Ist das Ihr Lebensgefährte Anselm Hoyer", hing jetzt die Frage im Raum.

Jenny konnte wieder nur nicken.

„Wenn Sie wollen, dann lassen wir Sie auch gern für einen Moment mit ihm allein."

„Um Himmels willen, nein", entfuhr es Jenny und dann fügte sie an: „Aber bleiben Sie bitte noch einen Augenblick mit mir bei ihm, damit ich Abschied nehmen kann."

„Keine Frage. Das machen wir", sagte die Polizistin und tauschte einvernehmliche Blicke mit ihrem Kollegen.

Gerit Thinius knetete nervös ihre Hände und schaute aus dem Fenster. Seit ihr Mann Volkmar ungebracht worden war, verstand sie die Welt nicht mehr. Vorhin hatte jemand von der Kripo bei ihr angerufen. Man wolle gleich bei ihr vorbeikommen.

Falk und Otto von der ermittelnden Mordkommission parkten ihren Wagen direkt vor dem Haus. Alexander hatte sie losgeschickt, um die Frau des dritten Opfers an einer Mühle zu befragen. Eigentlich wollte er sich schon auf den Weg gemacht haben, doch da rief der Staatsanwalt Marc Oberländer an und bat um ein dringendes Gespräch. Das konnte er ihm natürlich nicht abschlagen. Er instruierte seine Leute noch kurz, während Falk die Augen verdrehte. Wie gelang es einem, ein guter Vorgesetzter zu sein, fragte sich dabei Alexander innerlich. Einerseits musste er anweisen, andererseits war es ihm lieber, wenn seine Mitarbeiter auch selbst aktiv wurden, immer im Rahmen der gegebenen Möglichkeiten.

„Die Frau kommt als Mörderin keineswegs infrage. Geht also behutsam mit ihr um. Immerhin hat sie gerade ihren Mann verloren und ist sicherlich mit den Nerven ziemlich runter", hatte Alexander noch gesagt. „Es geht nur um ihr Alibi zur Tatzeit und darum, ob sich vielleicht irgendwelche Hinweise ergeben, die wir doch noch gut gebrauchen können."

„Geht klar, Chef", hatte Otto betont und Falk in die Rippen gestoßen. „Das packen wir."

Jetzt standen beide resolut und breitbeinig vor der Haustür. Gerit Thinius bat die Herren herein: „Ich habe einen Kaffee gemacht", sagt sie höflich. „Sie mögen doch welchen?"

„Aber klar", entgegnete Falk. „Kaffee geht immer. Dankeschön."

Als alle drei in der Essküche um den Tisch herum saßen, eröffnete Otto das Gespräch, indem er auf den gepflegten Garten zu sprechen kam. Dabei leuchteten die Augen von Gerit auf. „Das sind alles meine Ideen. Wir hatten dann gemeinsam einen Landschaftsgärtner beauftragt, der alles eins zu eins umgesetzt hat. Ist wirklich schön geworden. Ich liebe meinen Garten. Aber jetzt allein? Was soll mir das alles?"

Die Frau schluchzte und die Männer blickten sich mit hochgezogenen Augenbrauen an.

„Das wird schon wieder", tröstete Otto unbeholfen. „Sie werden darüber hinwegkommen. Die Zeit heilt alle Wunden. In Kürze wird auch die Leiche freigegeben, dann können Sie sich um die Beisetzung kümmern. Das ist immer ein wichtiger Einschnitt, der zum Abschiednehmen dazugehört."

Bei den Wortbrocken „Leiche freigeben" und „Um die Beisetzung kümmern" bekam Gerit einen Weinkrampf und die beiden Polizisten wussten nicht weiter. Otto griff zur Kaffeekanne: „Ich schenke uns dann mal ein." Das normalisierte die Situation und Gerit bekam sich wieder in den Griff.

Ganz geschickt lenkten die Männer dann das Gespräch in die gewünschte Richtung. Was sie denn zur fraglichen Tatzeit gemacht habe, wobei sie die Kombination „fragliche Tatzeit" vermieden und sich wie nebenbei erkundigten, was Gerit an besagtem Tag denn so alles erledigt habe. Es kam nur der Besuch bei der Erbtante im Benediktuspark heraus, der sich in diesem Fall besonders lange hingezogen hatte, weil die Tante einen Herzanfall erlitt und Gerit sie nicht allein lassen wollte. Da war sie sogar über Nacht geblieben und hatte ihrem Mann nur auf die Mailbox gesprochen. Das war alles schon überprüft, das stimmte auch bei dieser wiederholten Befragung.

Alexander saß in seinem Büro und war gerade auf Facebook. Kollegen aus dem Ermittlerteam hatten ihn darauf aufmerksam gemacht, was da gerade kursierte. Er selbst war kein großer Freund von diesem sozialen Netzwerk, brachte es doch neben den sicher vielen positiven Effekten auch jede Menge Negatives mit sich. Er dachte an den Fall, wo unlängst zur Selbstjustiz aufgerufen wurde, weil ein mutmaßlicher Täter bei einem Sexualdelikt festgenommen worden war. Aber der hatte ein hieb- und stichfestes Alibi und konnte die Tat keineswegs begangen haben. Doch der Name war irgendwie in der Öffentlichkeit durchgesickert und rasch standen die Nachbarn mit Transparenten vor der Haustür, waren die Wände beschmiert, grölte der Mob hasserfüllte Parolen. Wiederum musste die Polizei eingreifen. Dabei war es ein ganz anderer Mann, der schließlich die Tat gestand und bei dem es nicht nur Prahlerei war, was durchaus gelegentlich geschah, sondern alle Indizien sprachen dafür. Aber an dem jungen Mann, den man zunächst intensiv verdächtigt hatte, blieb aufgrund des Einschreitens seines Umfelds einiges hängen. Immer nach dem Motto: „Irgendwas Wahres wird schon dran sein!“. Er war dann wohl in eine andere Stadt gezogen, um einen

Neuanfang zu wagen. An seinem alten Wohnort empfand er sein Leben nur noch als Spießrutenlaufen.

Alexander wischte sich über die Stirn. Das erinnerte alles fatal an seinen ersten Fall in der Region, als sie sich zunächst ebenfalls irrten. Danach passierte alles im Selbstlauf, was sich nicht mehr ungeschehen machen ließ. Und jetzt das hier. Alexander klickte sich durch die Kommentare. Die Fälle an den Mühlen wurden aufgebauscht und kein gutes Haar an der Polizei gelassen.

„Wir sollten das selbst in die Hand nehmen", schrieb da einer, „wenn hier schon ein Serienkiller umgeht! Wie lange noch?!" Ein Stück weiter stand: „Diese Pappnasen von Bullen kriegen eh nix gebacken. Alle Macht dem Volk!"

Das fehlte alles noch, dachte Alexander bei sich, hätte gern die Seiten verlassen, konnte sich aber nicht davon trennen. Er las eine Meinung nach der nächsten und brummelte nur Unmutsäußerungen vor sich hin. Die Zeit verrann.

Im Laufe der Ermittlungen kristallisierten sich drei absolut separat laufende Stränge heraus. Die zunächst vermuteten Verbindungen erwiesen sich als haltlos. Also kein Serienmörder, der da in der Region umging und von dem noch weitere Taten zu erwarten waren.

Bei der nächsten Teamsitzung fasste Alexander die Ergebnisse zusammen: „Wir können also definitiv davon ausgehen, dass es sich um drei Einzelfälle handelt“, betonte er, was ein Raunen in der Runde erzeugte.

„Ich glaube nicht, dass es da Widerspruch geben muss. Die Sachlage ist eindeutig“, fuhr Alexander fort und das Gemurmel verstummte.

Janine hatte drei große Tafeln vorbereitet, auf denen die jeweiligen Fälle grob markiert waren. Darauf standen Eckdaten und waren Spurenhinweise notiert. Entsprechende Fotos ergänzten die Informationen. Pfeile wiesen auf Zusammenhänge hin. Aber letztlich stand jede Sammlung von Details für sich allein. Und so kommentierte es Alexander auch.

„Im Zuge unserer Ermittlungen sind wir ja zeitweilig von einem Serientäter ausgegangen. Diese Vermutung hat sich schließlich als unbegründet erwiesen. Wir sehen hier ganz klar, wo die Grenzen zu den einzelnen Fällen zu ziehen sind.“ Und er wies auf die jeweiligen Trennungen, die auch deutlich auf den Tafeln markiert waren.

„Fall zwei ist eindeutig ein Brudermord. Das Bekennerschreiben war nichts als Hochstapelei von Ansgar Hoyer. Einer der typischen Täter, die auf sich aufmerksam machen wollen. Auch der Psychiater hat ein übertriebenes Geltungsbedürfnis konstatiert und eine gespaltene Persönlichkeit. Ansonsten bestehen allerdings keinerlei Motive, die für die Tat eins oder drei herhalten könnten. Es gibt keine Verbindungen, weder beruflicher noch privater Art. Wir haben alles geprüft und die entsprechenden Spurenakten, die ausermittelt waren, bereits geschlossen, nicht wahr, Eduard?!"

Eduard Schiller nickte stumm. Große Worte waren nicht sein Ding, für ihn zählten nur Taten. Seine Tätigkeit als Aktenführer war übersichtlich und korrekt nachvollziehbar. Keiner machte ihm sein Aufgabengebiet streitig. Im Gegenteil. Die anderen waren froh, in ihm jemanden gefunden zu haben, der dieses Metier akribisch beherrschte. Er hätte auch einen idealen Buchhalter abgegeben.

„Wir nehmen uns heute Ansgar Hoyer noch einmal vor. Ein vernünftiges Geständnis wäre natürlich die beste Variante, um auch vor Gericht bestehen zu können." Alexander blickte zu seinem Team. Wohlwollendes Nicken kam von verschiedenen Seiten. Otto und Falk saßen – wie immer wie ein Zwillingspärchen vereint – nebeneinander.

„Genau", sagte Otto und Falk bestätigte: „Exakt!"

Wolfhard grinste. Auf die beiden war Verlass, immer miteinander im Duett und auch in den Kommentaren ein Herz und eine Seele.

„Wolfhard, dich brauche ich heute noch einmal zur Vernehmung bei Ansgar Hoyer. Die anderen widmen sich weiter den dringend anstehenden Aufgaben. Bei Fall eins wäre es die erneute Überprüfung von Franz Gerber und Wolfram Köhler. Die beiden waren in einem Verein mit dem Opfer und sie hatten über ihn Gelder investiert, von denen sie reichlich verloren haben. Bliebe noch der dritte Fall im Bunde. Hier wäre inzwischen Eifersucht als Tatmotiv nicht auszuschließen. Der Tote hatte offensichtlich eine Affäre. Falk und Otto, checkt das bitte noch einmal. Ihr hattet ja die Ehefrau des Toten schon befragt. Da muss es einen Hinweis geben, um wen es sich handelt. Und wenn wir die Frau haben, dann ist vielleicht der Weg zum Täter nicht mehr weit. Hier ist der entsprechende Hausdurchsuchungsbeschluss."

Falk schenkte Otto aus der Kaffeekanne nach und Otto bedankte sich mit einem leichten Kopfnicken. „Wir sind quasi schon auf dem Weg", sagte Falk. „Sobald wir den Kaffee hier ausgetrunken haben", ergänzte Otto, schaufelte sich zwei Löffel Zucker in seine Tasse und rührte um.

Alexander griff ebenfalls nach seinem Pott und nahm einen großen Schluck. Das heiße Getränk sorgte stets dafür, dass seine Gehirnwindungen besser funktionierten. So auch heute.

„Das wär's dann meinerseits", sagte er. „Noch Fragen?"

Keiner hatte offensichtlich Bedarf. Die Aufgaben waren verteilt.

Falk und Otto standen vor der Tür des Anwesens der Familie Thinius. Gerit öffnete nach wenigen Augenblicken die Haustür.

„Nanu", sagte sie, als die Beamten sie begrüßten. „Ich dachte, ich hätte Ihnen schon alles gesagt?"

„Das mag sein", entgegnete Falk und Otto ergänzte: „Aber wir müssen uns dennoch erneut bei Ihnen umschauen, wenn Sie nichts dagegen haben!" Der letzte Halbsatz war eher rhetorisch gemeint. Selbst wenn Gerit Thinius etwas einzuwenden hätte, war der Beschluss eindeutig, den ihr die Männer präsentierten.

„Darf ich noch einmal einen Blick darauf werfen“, erkundigte sich Gerit, nachdem sie die beiden Beamten ins Haus gebeten hatte. Sie setzte sich ihre Lesebrille auf und überflog das Schreiben. Keine alltägliche Post, dachte sie bei sich. Aber was war unter den gegebenen Umständen schon alltäglich. Nichts mehr. Von jetzt auf gleich war ihre heile Welt zusammengebrochen. Dabei hatten sie sich so schön eingerichtet. Und nun würde alles an ihr hängen. Vielleicht sollte sie das Haus wieder veräußern? Gerit hing ihren Gedanken nach, bis sich Falk räusperte.

„Wir müssten dann auch noch einmal in das Arbeitszimmer ihres Mannes. Das ist zwar schon durchsucht worden, aber vielleicht findet sich ja noch etwas. Wo hat er denn ansonsten im Haus seine privaten Dinge aufbewahrt?“

„Ich glaube, Ihre Kollegen haben wirklich schon alles in Augenschein genommen. Könnte höchstens sein …“ Gerit überlegte.

„Ja?“, hakte Otto aufmunternd nach.

„Könnte sein, dass er auf dem Dachboden noch einiges abgelegt hat. Daran habe ich neulich nicht gedacht. Ich glaube, da war noch niemand von Ihnen. Aber was wollen Sie da schon finden.“

„Gut, dann würden wir uns den Bereich einmal vornehmen“, sagte Otto und wie auf ein Signal erhob sich zeitgleich auch Falk.

„Das soll die gute Frau mal uns überlassen, ob wir was finden“, murmelte Falk vor sich hin und Otto, der ihn wohl verstanden hatte, nickte.

Auf dem Dachboden befand sich alles in mustergültiger Ordnung. Kartons waren mit Notizen versehen, die den Inhalt angaben. In der Ecke des Raumes befand sich ein kleiner Verschlag, den sich die Männer nun vornahmen.

„Komisch, dass da vorher noch keiner dran gedacht hat“, äußerte Otto.

„Na ja, man kann nicht alles im Auge haben und schließlich sind wir ja jetzt hier. Dann wollen wir uns mal umschauen. Wäre nicht das erste Mal, dass uns noch was auffällt!“

„Genau“, grinste Otto. „Werden wir Alexander eine gute Vorlage liefern.“

Nachdem sich jeder ein paar Handschuhe übergestreift hatte, vertieften sich beide in die Untersuchung des kleinen Raumes, der knapp vier Quadratmeter maß. Insofern gestaltete sich die Suche übersichtlich, zumal auch hier alles ganz ordentlich verstaut war.

Otto kniete sich vor die kleine Schreibtischablage hin und schaute darunter. „Gib mir mal deine Taschenlampe“, forderte er seinen Kollegen auf.

„Gut, dass ich immer mein Sturmgepäck dabei habe“, sagte Falk und zückte das Gewünschte.

„Wusste ich es doch“, hob sich die Stimmung von Otto. „Bei meinem Schreibtisch habe ich auch so ein Spezialversteck für wichtige Dinge.“

„Nein, sag bloß?!“

„Doch. Da gibt es immer mal etwas, was man nicht draußen rumliegen lassen sollte.“

„Und das wäre?“

„Ich muss dir ja auch nicht alles aus meinem Leben verraten!“

„Schade eigentlich! Das wäre es jetzt gewesen“, sagte Falk. „Und, gibt es was in deinem ominösen Geheimversteck?“

Otto verdrehte seinen Körper noch weiter nach unten und langte in das Fach. „Ich hab's!"

Was er zutage förderte, war ein Handy.

„Na, wenn uns das jetzt nicht so allerlei offenbart", freute sich Falk. „Werden wir mal die Nummern prüfen, die Volkmar Thinius in der letzten Zeit so angerufen hat, beziehungsweise wer sich bei ihm gemeldet hat. Was ist das denn für ein Gerät?"

„Mit einer Prepaid-Karte. Insofern war da auch nicht mit großem, eventuell entlarvendem Schriftwechsel vom Anbieter zu rechnen."

„Aber wir können ja seine Frau noch einmal danach fragen. Vielleicht hat sie doch was davon gewusst!"

Die beiden verließen mit dem Handy als Beweisstück den Raum und liefen die Treppe nach unten.

„Und?", fragte Gerit. „Haben Sie etwas finden können, was den Fall vielleicht aufklärt."

Otto hob das Telefon hoch: „Tja, das mag schon sein. Kennen Sie dieses Gerät?"

Gerit schüttelte den Kopf, nachdem sie genauer hingeschaut hatte: „Nein, das gehört uns nicht. Wir haben alle Geräte von einem anderen Hersteller."

„Aber es lag in dem kleinen Abstellraum, den Ihr Mann benutzt hat. Und insofern muss es doch wohl ihm gehört haben."

„Tja dann?" Gerit fehlten weitere Worte.

Die Luft im Raum war stickig. Elsa Kupfer saß schon in einer Ecke an ihrem Schreibtisch und wartete auf ihren Einsatz, als die Männer den Raum betraten. Sie trug wieder einen knielangen Rock und eine dezente Bluse. Adrett wie immer, fuhr es Alexander durch den Kopf, als er auf die Protokollantin schaute und sie mit einem Hallo begrüßte. Elsa lächelte.

Im Grunde war sie bei fast allen Fällen ebenso wie die Beamten auf dem Laufenden. Dadurch, dass sie alle Aussagen protokollierte, bekam sie einen recht umfassenden Einblick in die Geschehnisse. Meist verhielt sie sich absolut neutral, sowohl innerlich als auch äußerlich. Nur bei den beiden Jungen im ersten Fall an der Mühle hatte sie sehr an sich halten müssen, um nicht zwischendurch zu lachen. Kindermund tut Wahrheit kund, war ihr dabei eingefallen, als sie alles Wort für Wort notierte. Jetzt dachte sie wieder an Benjamin und den besonders aufgeweckten Laurenz.

Heute würde es wieder eine ganz klassische, ja normale Situation sein. Aber was hieß im Polizeialltag schon normal ... Ein Mörder sollte zu einem Geständnis bewegt werden. Das hatte eben Alexander zu ihr gesagt: „Wir hoffen, dass wir heute endlich Nägel mit Köpfen machen können. Es gibt zwar dieses Bekennerschreiben von Ansgar Hoyer. Aber das allein reicht eben nicht aus. In den vorherigen Vernehmungen hat er sich auch immer nur so nebulös geäußert. Wir werden ihm schlicht und einfach noch einmal die Fakten darstellen. Vielleicht verhilft ihm das zu einer vernunftbedingten Einsicht!"

Alexander erwartete keinen Kommentar von Elsa, sondern wandte sich gleich Wolfhard zu: „Dann lass ihn mal vorführen."

„Wird gemacht, Chef!"

Wolfhard lief zur Tür, die ins Nebenzimmer führte, öffnete sie und sprach in den Nachbarraum: „Wir sind dann so weit. Bringt uns mal den Verdächtigen Ansgar Hoyer."

Wolfhard hatte sich noch nicht hingesetzt, da ging auch schon die Tür zum Flur auf und zwei Uniformierte brachten den Mann. Einer führte ihn bis zum Tisch in der Mitte des Raumes und gab ihm das Zeichen, sich auf den Stuhl zu setzen, was Ansgar Hoyer kommentarlos tat.

„Wir wollen heute noch einmal Ihre Sicht der Dinge hören", fing Alexander an. „Sie haben sich in Ihrem Bekennerschreiben als Mühlenmörder geoutet. Schildern Sie uns noch einmal das Tatgeschehen in diesem Fall."

Alexander wollte nur der Vollständigkeit halber erneut die Beschreibung aus dem Munde von Ansgar Hoyer hören. Er konnte es nicht gewesen sein, aber immerhin behauptete er es.

„Also, wir haben in der Vereinsversammlung zusammengesessen. Und dann im Anschluss im ‚Kühlen Grunde' noch das eine oder andere Bier gemeinsam getrunken. Irgendwann hat er mich beleidigt. Da waren wir schon dabei, uns auf den Heimweg zu machen. Er hat angefangen und mir eine gelangt. Und ich habe mich schließlich gewehrt und ihm die Fresse poliert. Muss ich wohl nicht mehr so ganz die Übersicht gehabt haben. War ja auch eine Menge Alkohol im Spiel, da ist man doch gar nicht zurechnungsfähig. Aber jedenfalls hat der sich irgendwann nicht mehr gerührt. Und dann habe ich Panik bekommen. Ich wusste nicht, was ich tun sollte, bis mir die Idee mit der Mühle kam. Dorthin habe ich ihn in meinem Auto gefahren und dann mit einem dicken Tau an den Flügel, der unten stand, gefesselt."

Elsa Kupfer schrieb fleißig mit.

„So, so", sagte Alexander. „Sie haben Ihren Kontrahenten also zuvor verprügelt und dann an der Mühle angeknotet?"

„Genau so war das, Herr Kommissar."

Ansgar strahlte jetzt.

Alexander blickte zu Wolfhard und blinzelte kurz. Das war das Zeichen zur Übernahme der Befragung.

„Und er hat sich auch nicht mehr gewehrt", hakte Wolfhard nach.

„Wie konnte er, wo er doch schon tot war. Ich hatte ihn schlicht und ergreifend erledigt."

„Waldemar Schulze war aber noch lebendig, als man ihn am Mühlenflügel angebunden hat", konterte Wolfhard.

„Ach was", sagte Ansgar. „Ich habe ihn umgebracht und dann ein Zeichen gesetzt. Man kann schließlich nicht alles ungestraft tun. Genauso wie mit meinem Bruder. Der hat mich auch in Rage gebracht ..."

„Immer der Reihe nach", fiel Alexander ihm ins Wort. „Zunächst sind wir noch beim ersten Mord, den Sie gestanden haben."

Ansgar ruckte unruhig auf seinem Stuhl hin und her.

Er hatte sich mit seiner Aussage vertan. Ganz deutlich. Dabei wollte er doch als der Mühlenmörder in die Annalen der Region eingehen. Das hatte im Gespräch mit dem Psychiater entschieden besser geklappt. Der zumindest schien überzeugt von seiner Täterschaft und hatte ihm, wie es schien, sogar Respekt gezollt. Zwischendurch hatte er auf jeden Fall anerkennend genickt. Ganz eindeutig. Ansgar rieb die Hände ineinander.

„Das kann übrigens auch ein Nachspiel haben, wenn Sie uns hier falsche Tatsachen vortäuschen", sagte Wolfhard.

Ansgar überlegte ein Weilchen. Alexander trommelte dabei nervös mit den Fingern auf dem Tisch. Da stahl ihm wieder einmal jemand kostbare Lebenszeit, indem er sich wichtig machte. Wie er diese Angeber hasste. Es war nicht der erste Fall, bei dem jemand Taten gestand, die er nie und nimmer begangen haben konnte. Irgendwie schien es, als ob solche Typen sich in der Situation der Vernehmung wohlfühlten. Wie konnte man nur so irre denken. Irre war sicher das Stichwort, überlegte Alexander bei sich. Der hier hatte garantiert nicht alle Tassen im Schrank. Wahrscheinlich war auch der letzte klare Gedanke durch den Alkohol abgetötet.

„Na gut", fing Ansgar jetzt an. „Im ersten Fall war ich das doch nicht. Aber es klang so passend. Beides war eine Grundidee."

„Also nehmen Sie Ihr Geständnis zurück, was den ersten Fall an der Mühle angeht?", erkundigte sich Wolfhard.

„Ja, wenn Sie denn meinen!" Ansgar wand sich auf dem Stuhl.

„Nicht wenn wir meinen, sondern wenn Sie es jetzt tun wollen. Können Sie sich nicht einmal klar äußern?" Alexander hatte das Gefühl zu platzen.

„Dann gehen wir jetzt noch einmal die andere Tat durch. Gestehen Sie den Mord an Ihrem Bruder Anselm?" Wolfhard war nach der Frage aufgestanden und lief durch den Raum, so wie der Staatsanwalt. Auf und ab, ab und auf. Offensichtlich musste auch er sich beruhigen. Alexander blickte seinen Kollegen besänftigend an.

„Wir haben ja Ihre Aussage, wie alles an jenem Tag beziehungsweise den beiden Tagen abgelaufen ist. Schildern Sie uns noch einmal den Ablauf." Alexander schob den Bericht des Gerichtsmediziners zu Wolfhard hinüber, der sich wieder gesetzt hatte. Im Grunde brauchten sie nur eine Bestätigung vom Täter.

„Der hat mich einfach auf die Palme gebracht. So ganz genau weiß ich aber nicht mehr, was abgelaufen ist. Wahrscheinlich hatte ich ein wenig zu viel getrunken. Und dann ist man doch nicht zurechnungsfähig oder?" Ansgar hatte die Hände auf dem Stuhl abgestützt und wippte vor und zurück.

Diese Frage wieder, fuhr es Alexander durch den Kopf. Na klar, da trank sich jemand um den Verstand und wenn er dann ausrastete, hoffte er auf Milde beim Gericht. Das war schon eine verdrehte Welt.

„Es kommt ganz darauf an", antwortete Alexander und war nicht bereit, auf dieses Thema näher einzugehen. „Wann ist da was passiert bei Ihnen zu Hause."

„Na ja, das ist es eben. Daran kann ich mich nicht erinnern. Kann sein, dass es ein Gerangel zwischen meinem Bruder und mir gab, kann aber auch sein, dass nicht. Bestimmt hat er angefangen. Der war sowieso immer so ein Stänkerer. Und dann habe ich ja in Notwehr gehandelt. Ich hatte schließlich auch Verletzungen! Die konnten Sie ja noch sehen, als Sie mich festgenommen haben. Hier die Schmarre an der Schläfe, die ist immer noch nicht weg und stammt eindeutig von Anselm, diesem Schnorrer. Der wollte mich nur um mein wohlverdientes Erbe bringen!"

Auch das noch, dachte Alexander und wechselte Blicke mit Wolfhard, der die Augenbrauen hochzog. Jetzt drehte der Beschuldigte den Spieß um. Erst leugnete er den ersten Fall, zu dem er sich bekannt hatte, und jetzt machte er auch noch einen Rückzieher bei der Tat an seinem Bruder. Von wegen Notwehr! Aber wenn er einen Anwalt bekam, der sich in diesen Fall hineinsteigerte, dann konnte es auch sein, dass er relativ glimpflich davonkam. Immerhin lag auch das Gutachten des Psychiaters vor, das dem Mann eine eindeutige Persönlichkeitsstörung bescheinigte.

„Ich muss mal dringend mit dir reden!" Heidelinde Gerber wedelte mit einem Schreiben durch die Luft. Ihre Stirn hatte sie in Falten gelegt.

Franz wusste, wenn ihn seine Frau in diesem Ton ansprach, dann war nicht gut Kirschenessen mit ihr. Dennoch versuchte er, das Gespräch auf eine lockere Weise zu beginnen: „Na, mein Stern, wo brennt es denn?" Dabei war ihm sofort der Absender des Briefes ins Auge gefallen. Der verhieß nichts Gutes.

„Natürlich soll man keine fremde Post öffnen", begann Heidelinde.

„Eben. Warum hast du es denn dann getan?", konterte Franz.

„Weil ich mir schon seit längerem darüber im Klaren bin, dass hier etwas gewaltig schiefläuft. Neulich habe ich nämlich schon so ein Schreiben auf deinem Tisch im Arbeitszimmer gefunden. Das war alles so was von eindeutig!"

„Ja, Liebes, was denn?" Franz hoffte, irgendwie alles hinauszögern zu können, insofern verkniff er sich eine Bemerkung zur Schnüffelei in seinen Privatsachen.

„Nun tu mal nicht so. Wir sind finanziell am Ende. Das ist ein höllisches Desaster. Du hast all unser Erspartes in den Sand gesetzt. Aber auf mich nicht hören wollen! Dabei wollten wir doch unser Rentnerdasein in Frieden genießen."

Jetzt schluchzte Heidelinde auf und Franz nahm sie in die Arme. „So beruhige dich doch, mein Schatz. Es wird alles nicht so heiß gegessen, wie es gekocht wird."

„Na, das musst du gerade sagen. Wo du nie einen Kochtopf anrührst. Höchstens um den vom Pudding auszulecken."

„Jetzt findest du wenigstens deinen Humor wieder", sagte Franz und hoffte auf ein Ende dieser Diskussion. Aber seine Frau hielt immer noch den aufgerissenen Umschlag und den Brief darin in der Hand.

„Nein", empörte sie sich jetzt. „Das ist nicht etwas, was sich mit Humor aus der Welt schaffen lässt. Ich höre dich noch, wie du geschwärmt hast, was das doch für tolle Anlagen mit super Gewinnen wären. Hätte ich mir gleich denken sollen, dass bei so einem Prozentsatz viel zu viel Risiko dabei ist. Aber du hast mich mit deinem Freund Wolfram einfach überredet. Und dann war der Vermögensberater doch so ein Netter, mit dem ihr mal zur Schule gegangen seid, gemeinsam Handball gespielt habt, der sich mit euch im Verein engagiert."

„Aber", warf Franz ein, „das mit der Eurokrise und den ganzen wirtschaftlichen Zusammenbrüchen war doch nicht vorherzusehen."

„Du bist gut. Als vernünftig wirtschaftende Hausfrau weiß ich, was auf mich zukommt, wenn ich mein Umfeld prüfe. Und ich schaue mir auch jeden Abend die Tagesschau an. Da ist man doch auf dem Laufenden!"

„Die Sache mit der Solartechnik war doch das absolute Nonplusultra. Alle haben damit Gewinne eingefahren. Wir ja auch …"

„Zu Beginn vielleicht. Deshalb ist mir das auch nicht aufgefallen. Aber hier – in diesem Schreiben steht es ganz deutlich. Das Geld ist weg. Absolut. Und das habt ihr doch schon seit Monaten gewusst. In dem anderen Brief, den ich mal gelesen habe, stand das schließlich auch schon so drin." Heidelinde hatte sich in Rage geredet und war hochrot im Gesicht. Die Arme stützte sie jetzt in der Taille ab.

„Wir haben ja nicht alles auf eine Karte gesetzt", rechtfertige sich Franz. „Auch die Investitionen in die Seniorenwohnanlagen waren eine tolle Idee. Das hat sich perfekt gerechnet."

„Dass ich nicht lache!" Heidelindes Zorn wuchs. Doch dann sackte sie in sich zusammen und ließ sich auf einen Küchenstuhl fallen.

„Wir sind pleite. Definitiv. Ich kann alle meine Sachen für die nächste Reise vergessen. Vielleicht nehmen sie die in den Boutiquen bei Hagemeyer wieder zurück, damit wir wieder etwas flüssig werden. Die Quittungen habe ich alle aufgehoben." Sie glaubte das, was sie gerade vorschlug, nicht wirklich .

Auch Franz hatte sich auf einen Stuhl gesetzt. Käsebleich im Gesicht. Er kam nicht daran vorbei, seiner Frau jetzt die Wahrheit zu sagen.

„Stimmt, Heidelinde. Das Geld ist futsch. Aber wir haben doch uns noch."

„Ha, ha!", lachte Heidelinde hysterisch auf. „Und wovon sollen wir leben?"

„Na ja, von meiner Rente und du hast doch auch deine."

„Das ist lächerlich. Meine Rente kannst du vergessen, aufgrund der wenigen Arbeitsjahre. Und wir haben immerhin einen gewissen Lebensstandard und Freunde. Da können wir doch nicht auf einen Schlag alles runterfahren. Soll ich vielleicht künftig meine Garderobe im Billigshop kaufen?"

Franz seufzte auf. Das waren Sorgen, die seine Frau da hatte. Für ihn stand eine ganz andere Frage im Raum, ob er nämlich demnächst überhaupt noch etwas in Freiheit einkaufen könnte.

„Ich rufe mal Wolfram an. Vielleicht setzen wir uns zusammen und beratschlagen, wie wir am besten Schadensbegrenzung vornehmen können."

„Mach, was du willst. Ich fahre jetzt zu meiner Mutter."

Das tat Heidelinde immer, wenn es Stress in der Partnerschaft gab und Franz war es diesmal sogar sehr recht.

„Tu das. Und grüße schön."

Bei den Worten war Heidelinde allerdings schon aus der Küche hinausgerauscht und die Treppe nach oben geeilt, um sich umzuziehen.

Wenig später klappte die Haustür und ein Wagen wurde gestartet. Franz fühlte sich sterbenselend. Er griff zu seinem Handy und rief seinen Freund Wolfram an.

„Ich hab gleich gesehen, dass du das bist, Franz. Was gibt es denn, mein Bester?"

„Krisensitzung!"

„Wieso?

„Heidelinde hat die Schreiben von der Bank gelesen. Sie hat mich gerade zur Rede gestellt. Es sieht nicht gut aus."

„Dann lass uns treffen."

Augenblicke darauf klappte die Haustür erneut und Franz startete seinen Pkw, um sich mit seinem Freund Wolfram zu treffen und das weitere Vorgehen zu beratschlagen.

Das erste Bier am Tresen tranken sie in einem Zug, schweigend.

„Erzähle, was ist los", forderte Wolfram seinen Freund auf.

„Ich weiß nicht, wo mir der Kopf steht. Das ist alles dermaßen schiefgelaufen. Was sollen wir nur tun?"

„Wir tun gar nichts. Wir lassen einfach alles auf sich beruhen. Du hast doch im Mindener Tageblatt gelesen, dass es da ein Bekennerschreiben gibt. Das ist doch wirklich eine geniale Lösung."

„Ich weiß nicht."

„Doch, glaube es mir. Es gibt immer mal irgendwelche Idioten, die gern auf sich aufmerksam machen und die Schuld von anderen auf sich nehmen."

„Kann ich mir eigentlich nicht wirklich vorstellen", zweifelte Franz.

In dem Moment klingelten kurz nacheinander die Handys der beiden. Bei Franz war Alexander am anderen Ende, bei Wolfram war es Wolfhard. Die beiden kommentierten die Anfragen der Beamten nur ganz kurz angebunden. Beide schauten sich dabei in die Augen. Schließlich beendeten sie die Gespräche.

„Du wirst nicht raten, wer da eben am Telefon war", sagte Franz.

„Und du nicht, wer es bei mir war", entgegnete Wolfram.

„Sag du!"

„Nein du!"

Es war ein altes Spiel aus Kindertagen, wer zuerst mit der Wahrheit herausrücken sollte. Aber hier funktionierte es nicht mehr.

„So eine Scheiße aber auch. Das war die Kripo, die mich zur Klärung eines Sachverhaltes befragen will."

„Genau wie bei mir", stöhnte Franz.

„Dann sollten wir uns mal einen Schlachtplan machen", warf Wolfram ein.

Beide Männer bestellten noch ein Bier. Der Termin für die Befragung war erst für den nächsten Morgen angesetzt.

Seit jenem Vorfall mit Lena und der anschließenden kurzen Aussprache gingen Alexander und Janine getrennte Wege. Beide versuchten einsame Begegnungen miteinander zu vermeiden und suchten immer die gleichzeitige Nähe anderer Kollegen. Zumindest Wolfhard musste es sein. Der allerdings konnte nur den Kopf schütteln. Was war denn in die beiden gefahren? Erst lief es doch ganz harmonisch an und nun lag schon wochenlang Spannung in der Luft. Das war ja nicht zum Aushalten.

Eines Morgens, gleich nach der Dienstbesprechung konnte Wolfhard nicht mehr an sich halten und lief zu Alexander, der sich sofort in sein Zimmer zurückgezogen hatte.

„Ich muss dich mal kurz sprechen", sagte Wolfhard.

„Dazu hattest du doch eben in der Runde mit den anderen ausgiebig Gelegenheit. Ich muss auch arbeiten."

„Was du nicht sagst. Du hast mal wieder eine Laune ... Und genau deshalb bin ich jetzt bei dir."

Wolfhard schloss die Tür zum Flur hinter sich.

„Was ist mit euch los?"

„Wieso, wen meinst du", versuchte Alexander auszuweichen und wusste doch zugleich, dass er keine Chance bei dem Älteren hatte.

„Na, ist doch klar. Ich meine dich und Janine. Das kann man ja nicht mehr länger mit ansehen."

„Dann schau doch nicht hin", warf Alexander schnippisch ein, wobei ihm das Herz heftig schlug.

„Wenn ich dich nicht so schätzen würde, dann würde ich auf dem Absatz kehrtmachen und die Tür hinter mir zuschlagen. Wahrscheinlich willst du das."

„Setz dich doch", lenkte Alexander ein und Wolfhard zog sich einen Stuhl an den Schreibtisch.

„Ich hatte den Eindruck, als ob das mit dir und Janine etwas werden könnte. Ihr seid doch ein wundervolles Paar. Und mit deiner Tochter hatte sie sich ja auch schon angefreundet, wie ich hörte."

„Hat der Buschfunk mal wieder funktioniert?"

Alexander lehnte sich zurück, verschränkte die Arme hinter dem Kopf und wippte mit dem Stuhl.

„Das hat nichts mit dem Buschfunk zu tun. Ich bin hier nicht umsonst bei der Polizei. Ich bekomme schon alles mit, was nötig ist."

„Ach, Wolfhard. Dann muss ich wohl geständig sein." Alexander versuchte dem Gespräch eine leichtere Note zu geben.

„Janine hat sich vor kurzem bei mir ausgeheult. Nicht ganz freiwillig. Aber es ging um eine Befragung und dann brach sie plötzlich in Tränen aus. Was hast du denn mit ihr angestellt?"

„Ich? Gar nichts! Sie wollte mit mir nichts mehr zu tun haben und alles zurückfahren, was da gerade so sanft begonnen hatte", sagte Alexander entrüstet.

„Mein Eindruck war da ein gänzlich anderer. Könnt ihr nicht wie zwei normale Erwachsene miteinander reden und alles aus der Welt schaffen, was euch da gerade belastet? Das mit deinen Kindern kann doch nun auch nicht so ein enormes Problem sein. Allenthalben wachsen die Knirpse in Patchworkfamilien auf."

„Ich wollte das für meine Mädchen vermeiden. Aber nun hat sich alles anders ergeben."

Alexander zog die Nase hoch und nestelte ein Taschentuch hervor. Wolfhard schaute gerührt. Also, das war ihm jetzt aber irgendwie peinlich.

„Wir könnten ja heute Abend ein Bier zusammen trinken. Und dann erzählst du einfach mal. Meine Rita hat heute ihren Mädchenabend."

Jetzt flog ein Lächeln ins Gesicht von Alexander. Also, bei Rita von Mädchenabend zu sprechen, das war schon witzig. Aber Wolfhard hatte die Formulierung offensichtlich so gewählt, um seinen Vorgesetzten aufzuheitern.

„Und, was meinst du?", fragte Wolfhard. „Oder hast du schon was Besseres vor, als mit deinem alten Kollegen ein Stückchen Freizeit zu verbringen?"

„Gute Idee, Wolfhard. Ich muss hier auch wirklich noch dringend den Bericht beenden. Was hältst du vom Gasthaus Kreft, gleich bei mir in Unterlübbe? Ich lade dich auch ein."

„Muss nicht sein, aber natürlich gern. Verdienst ja doch ein paar Euros mehr als ich. Nimmst du mich dann nachher mit? Rita hat heute mein Auto, weil ihres in die Werkstatt musste. Sie hat mich früh nur an der Dienststelle abgesetzt und gemeint, ich solle mir dann eine Mitfahrgelegenheit für den Heimweg suchen. Ach ja, die Frauen, immer zu Scherzen aufgelegt. Ich und Mitfahrgelegenheit!"

„Geht klar, lieber Wolfhard", beschloss jetzt Alexander und irgendwie war ihm schon ein Stein vom Herzen gefallen. Er wollte sich wohl seine Probleme von der Seele reden.

„Ich shuttle dich auch später nach Hause. Trinke ja sowieso am liebsten was Alkoholfreies."

„Und dann kann ich mich den echten Männergetränken widmen. Ach, danke Alex. Man muss es ja nicht übertreiben, aber gelegentlich ein Glas, das ist nicht verkehrt."

Wolfhard war jetzt aufgestanden und wandte sich der Tür zu.

„Bis in Kürze", warf er noch in den Raum und schloss die Tür hinter sich.

Alexander starrte auf den Bildschirm seines Computers und auf die Akten, die vor ihm auf dem Tisch lagen. Am nächsten Morgen stand die Befragung von Franz Gerber und Wolfram Köhler an. Beide waren in die Dienststelle zitiert worden und sollten gleich früh dran sein. Alexander spürte, dass sich so langsam etwas in die richtige Richtung bewegte, als es an der Tür klopfte.

Otto und Falk schauten herein. Otto in seiner Linken einen Ordner. „Chef, wir sind hier auf eine spannende Spur gestoßen", fing Otto an.

„Dann kommt mal rein. Worum handelt es sich denn?"

„Also wir haben doch im Hause der Familie Thinius das Handy in dem separaten Raum im Dachgeschoss gefunden", fuhr Falk fort.

Alexander nickte auffordernd.

„Und das Telefon haben wir gecheckt. Ist ein Prepaid-Teil, aber natürlich lassen sich auch da die angerufenen Teilnehmer beziehungsweise die Anrufer ermitteln."

„Das habt ihr natürlich schon prompt erledigt, wie ich euch kenne", ergänzte Alexander und die beiden Männer vor seinem Schreibtisch strahlten. „Gibt es Auffälligkeiten?"

Otto stellte sich in Positur: „Eine Nummer sticht deutlich hervor. Eigentlich ist fast nur die angerufen worden oder von dort wurde durchgeklingelt."

„Wer ist der Teilnehmer?", fragte Alexander. So langsam reichte es ihm mit dem Katz-und-Maus-Spiel. Er wollte den Bericht für Staatsanwalt Marc Oberländer noch beenden. Die Sache mit Sven Kruse aus dem Fall vom Vorjahr war endlich erledigt. Und seinerseits sollte sie baldigst zu den Akten gelegt werden.

„Valentina Steffen", antwortete Falk. „Und die Einzelgespräche waren zum Teil stundenlang. Schade, dass man die nicht mehr rekonstruieren kann. Das wäre sicher eine wichtige Erkenntnis."

„Ach, da würden wir wohl nur Liebesgeturtel von ihr und von Volkmar Thinius hören", fiel ihm Otto ins Wort.

Alexander horchte auf. Das war nun wirklich neu. Die vermutete Liaison hatte einen Namen bekommen. Und er entschied: „Dann befragt ihr bitte morgen mal die Dame. Am besten einigermaßen diskret. Falls sie verheiratet sein sollte."

„Das machen wir umgehend, Alex. Sonst noch irgendwelche Hinweise, wie wir vorgehen sollen?" Otto und Falk schauten sich fragend an und dann zu ihrem Vorgesetzten.

„Ihr macht das schon. Da verlasse ich mich völlig auf euch. Wir haben hier früh noch eine Befragung zum ersten Fall und hoffen, dass sich diese heiße Spur auch als fündig erweist. Da bin ich mit Wolfhard dran. Viel Erfolg für euch und meldet euch bitte umgehend, sobald ihr zurück seid. Auch wenn wir dann noch nicht fertig sein sollten."

„Geht klar", sagte Otto und Falk nickte.

Wenig später holte Wolfhard Alexander ab und die beiden fuhren heimwärts, zunächst Richtung Restaurant. Dort parkte er den Wagen direkt neben der Gaststätte.

Wolfhard stieg aus und reckte sich: „Gute Idee, von dir, Alex, mich hierher einzuladen und vor allem auch zu chauffieren. Da lasse ich mir das jetzt mal so richtig gut gehen. Und du schüttest mir dein Herz aus. Soweit du magst."

Die beiden standen einen kurzen Moment im Eingangsbereich, als eine Kellnerin schon auf sie zukam und sie begrüßte: „Sie wollen sicher zu Abend essen."

„Exakt", erwiderte Wolfhard. „Aber es wäre schön, wenn wir dabei etwas ungestört sein könnten. Wir haben noch etwas Dienstliches zu besprechen."

„Kein Problem", antwortete die Kellnerin. „Dann nehmen wir einen Tisch da hinten in der Ecke, wenn Ihnen das recht ist?" Und sie wies seitlich in den Raum.

Alexander und Wolfhard schauten sich an und nickten einstimmig.

„Ich habe gerade Janine noch auf dem Flur getroffen, als ich zu dir kam. Sie hängt wirklich total durch", eröffnete Wolfhard das Gespräch, als beide saßen und die Speisekarte vor sich hatten.

„Ach, das ist alles so schwierig", versuchte Alexander einen Ansatz für eine Erklärung. Und er erzählte von der Auseinandersetzung mit seiner Frau, davon, wie er mit Janine zusammengefunden hatte und was dann mit Lena bei ihrem Besuch geschehen war. Wolfhard stoppte ihn nicht. Nur die Kellnerin unterbrach den Redefluss, als sie die Bestellung aufnahm und während sie die Getränke brachte.

„So viel also zum Stand der Dinge", beendete Alexander seine Ausführungen, als die Kellnerin für jeden einen Teller auf den Tisch stellte. Beide Männer bedankten sich.

„Dann wollen wir es uns erstmal schmecken lassen“, sagte Wolfhard. Woraufhin eine Ruhe einsetzte, die nur vom Geklapper des Bestecks und den unterschwellig herüberklingenden Gesprächen an den Nachbartischen unterbrochen wurde.

„Also, wenn du meine Meinung hören willst“, fuhr Wolfhard fort, indem er sich mit der Serviette den Mund abwischte und sie auf den leergegessenen Teller platzierte.

„Ja, das möchte ich schon. Deshalb habe ich deinem Vorschlag zu diesem Gespräch von Mann zu Mann auch zugestimmt.“

„Also, meine Rita, die ist auch nicht meine erste Frau.“

Alexander schaute erstaunt auf. Das wusste er noch gar nicht von seinem Kollegen.

„Ich war vorher schon einmal verheiratet und da habe ich einen Sohn. Der ist aber lange aus dem Gröbsten raus.“

„Das will ich meinen“, fiel Alexander ein und lächelte.

„Logisch. Hat selber schon eine Familie gegründet und ich bin Großvater von einer bezaubernden Enkelin. Aber es geht ja um mich und Rita. Damals kriselte es heftig in meiner Ehe. Meine frühere Frau hatte sich Hals über Kopf in ihren Handballtrainer verliebt und wäre mit ihm am liebsten durchgebrannt. Was aber hier auf dem Lande eher unwahrscheinlich ist.“

„Und trotzdem magst du diesen Sport so sehr?“, warf Alex dazwischen, während Wolfhard leicht die Stirn krauszog.

„Das eine hat mit dem anderen nichts zu tun. Ich bin im Grunde dem Schicksal dankbar, dass es so gekommen ist. Sonst hätte ich mich ja nie nach einer anderen

Frau umgeschaut. Rita war die Sprechstundenhilfe bei meinem Hausarzt und gerade solo. Wir haben uns quasi gesucht und gefunden. Wenn ich mich nicht mit ihr zusammengetan hätte, würde ich nie erfahren haben, was ich eigentlich vermisst hatte."

Alexander schaute seinen Mitarbeiter groß an. So lange Reden, und vor allem so offene, war er von ihm nicht gewöhnt. Wolfhard war zwar an allem interessiert und gab auch immer seine Kommentare ab. Aber ausführliche Vorträge vermied er lieber.

„Und, was hast du vermisst?"

„Die Liebe!"

Jetzt war Alexander baff. So ein ehrlicher Satz. Und eigentlich war vielleicht auch alles ganz einfach. Er musste nur zupacken und unter die eine Geschichte endlich einen Schlussstrich ziehen, um sich für die neue zu öffnen.

„Also, mit Rita hast du die große Liebe gefunden?", hakte Alexander nach.

Wolfhard nickte: „Exakt. Ich bin total glücklich mit ihr. Natürlich gibt es Höhen und Tiefen, wie in jeder Beziehung. Aber ich habe meine damalige Entscheidung nicht einen Augenblick bereut. Es musste so sein."

„Und dein Sohn, wie ist es mit ihm gelaufen?", wollte Alex wissen.

„Na ja, am Anfang gestaltete sich das schwierig. Aber, kommt Zeit, kommt eben Rat. Man muss da nur Geduld haben. Die fehlte mir natürlich zwischendurch. Aber meine Rita hat mir stets zur Seite gestanden. Und mein Sohnemann sieht jetzt in der Patchworkverbindung seiner Alten eine echte Bereicherung. Hat er doch noch einen weiteren Vater und eine Mutter dazu bekommen. Gibt es mehr Geschenke! Wobei der neue von meiner Verflossenen schon ein Arschloch ist. Aber das ist nun ihr Problem und schon lange nicht mehr meines."

„Magst du noch einen Nachtisch", erkundigte sich Alexander und Wolfhard strahlte.

„Du denkst aber auch an alles. Da schaue ich doch gern noch einmal in die Karte. Und du, du solltest die Gelegenheit beim Schopf packen und dich umgehend mit Janine aussprechen. Euch beiden Jammergestalten mag man ja in der Dienststelle gar nicht mehr begegnen. Selbst Heike hat mich schon drauf angesprochen. Und mit der hattest du doch anfangs auch mal was am Laufen?"

Jetzt schüttelte Alexander heftig den Kopf, wurde aber dabei puterrot.

„Ihr seid erwachsen. Das geht mich alles nichts an. Aber jetzt mit Janine, die Verbindung finde ich einfach viel schöner. Und Heike scheint ja im Bereich der Verkehrspolizei ihre Seligkeit gefunden zu haben."

Als die Kellnerin das Dessert brachte, fiel Wolfhard in Schweigen und genoss jeden Bissen deutlich sichtbar. Alexander freute sich einfach daran.

„Du hast bestimmt recht. Bist schließlich auch viel lebenserfahrener als ich. Ich sollte auf deinen Rat hören. Morgen rede ich mit Janine."

Wolfhard nickte zufrieden. Da hatte sich dieses Gespräch doch in mehrerlei Hinsicht gelohnt.

„Hast du noch einen Wunsch?", erkundigte sich Alex, aber Wolfhard schüttelte jetzt den Kopf.

„Gut, dann lasse ich mir die Rechnung bringen." Und er winkte die Kellnerin heran.

Wenig später saßen beide im Peugeot von Alex und Wolfhard druckste ein wenig herum: „Also, mein Lieber, wo wir da gerade so am Austausch von Wahrheiten sind. Wie wäre es denn mal mit einem neuen Auto?“

Jetzt fing Alexander an zu lachen: „Weißt du, wie lange ich schon mit dem Gedanken spiele? Aber das ist eine Gabe meines Vaters und ich würde ihn furchtbar enttäuschen, wenn ich jetzt das Fahrzeug wechsle. Außerdem fährt er doch ganz manierlich.“ Alex tätschelte seinen Vordersitz neben dem rechten Oberschenkel.

„Na gut“, entgegnete Wolfhard, „das ist ein Argument. Man sollte die Geschenke seiner Altvorderen in Ehren halten. Nichts für ungut. Man hört eben nur manchmal so unter Kollegen, dass die sich lustig drüber machen.“

Jetzt entrüstete sich Alexander doch: „Das geht die aber eigentlich alle einen feuchten Kehricht an.“

„Bleib ruhig“, fiel ihm Wolfhard ins Wort. „Ich weiß ja jetzt Bescheid und werde die Bande bremsen. Und nun zu morgen. Ich habe vorhin nur am Rande mitbekommen, dass Otto und Falk sich da ein Gspusi von Herrn Thinius vornehmen. Das klingt gut. Wir dann noch mit den beiden aus dem Verein von Waldemar Schulze. Da muss es doch mit dem Teufel zugehen, wenn wir nicht endlich zu Potte kommen.“

Alexander startete seinen Wagen und dachte darüber nach, wie doch seine lockere Ausdrucksweise schon auf die Kollegen übergegriffen hatte. Zu Potte kommen, gehörte früher nicht zu Wolfhards Wortschatz. Beide fuhren in den Abend hinein.

Falk und Otto hatten beobachtet, wie Detlef Steffen das Haus verließ. Die Dame vom anderen Ende der Telefonleitung jenes Herrn Volkmar Thinius war also offensichtlich verheiratet. Das hatten beide auch noch vor ihrer Fahrt zu dem Haus herausbekommen. Die beiden Polizisten warteten, bis der Mann um die Ecke gebogen war. Dann schauten sie auf ihre Armbanduhren.

„Geben wir uns noch fünf Minuten", sagte Falk und Otto nickte. Als der Uhrzeiger den passenden Punkt erreicht hatte, öffneten beide gleichzeitig die Türen des Autos und erhoben sich aus dem Wagen, der auf dem weiträumigen Parkplatz des Familienzentrums stand. Sie liefen auf die gegenüberliegende Straßenseite.

„Eigentlich kann man hier sehr gut parken", stellte Otto fest und Falk ergänzte: „Fällt überhaupt nicht auf, wenn man halbwegs unbeobachtet bleiben will. Und dann schau mal. Das Haus der Steffens ist auch relativ schwer einzusehen. Gut getarnt, würde ich mal sagen."

Die Männer liefen langsam bis zum Eingang des Hauses und beobachteten währenddessen alles ganz genau. Ihre Blicke tasteten Meter für Meter ab, um alles fotografisch genau festzuhalten.

Es dauerte ein paar Augenblicke, ehe sich die Haustür öffnete und Valentina fragend schaute: „Wollten Sie zu meinem Mann? Der ist gerade zur Arbeit und ich habe auch einen Termin."

Falk zückte seinen Dienstausweis und stellte sich und seinen Kollegen vor: „Es geht nur um ein paar

Auskünfte. Wir denken, Sie könnten uns sachdienliche Hinweise geben."

„Wieso das?" Valentina war noch keinen Meter vom Eingang gewichen.

„Sollten wir das nicht lieber hinter verschlossener Tür besprechen?", warf Otto ein und Valentina nickte.

„Natürlich, wie unaufmerksam von mir. Gestatten Sie, dass ich vorausgehe." Sie lief durch den schmalen Flur und betrat das Wohnzimmer. „Nehmen Sie doch Platz und darf ich Ihnen etwas anbieten?"

„Nein, danke. Wir würden dann gern gleich auf unsere Fragen zu sprechen kommen", fing Falk an.

„Sagt Ihnen diese Handynummer etwas?", fragte Otto und schob ihr einen Zettel hin.

In das Gesicht von Valentina legte sich ein Hauch von Röte, kaum sichtbar und nur für Eingeweihte bemerkbar, deren regelmäßiger Umgang mit Menschen in Befragungssituationen sie geschult hatte. Otto und Falk tauschten kurz Blicke, was Valentina indes nicht bemerkte.

„Sollte sie das?", fragte die Frau.

„Ich denke schon", entgegnete Otto. „Und es wäre vernünftig, wenn Sie hier bei der Wahrheit blieben. Es handelt sich um die Telefonnummer von Volkmar Thinius, der unlängst ermordet wurde, was Sie ja sicher den Medien entnommen haben. Sie haben vergleichsweise außerordentlich oft mit ihm telefoniert beziehungsweise, er mit Ihnen. Können Sie uns das erklären?"

Valentina rutschte unruhig auf dem Sofa hin und her. Was sollte sie jetzt tun. Alles leugnen? Aber es schien ja so, als hätten die Beamten bereits ihr Verhältnis mit Volkmar herausbekommen.

„Ja, wir hatten eine Beziehung miteinander", brachte sie heraus und fing plötzlich an zu schluchzen.

„Bis zu jenem Tag, an dem er sich dann mit einem Mal nicht mehr bei mir meldete. Ich weiß überhaupt nicht, was da passiert ist."

Otto und Falk saßen auf dem Sofa und schauten unbewegt und ernst auf die Frau.

„Wann genau war das, als Sie sich zum letzten Mal sahen?", erkundigte sich Falk und hielt seinen Notizblock in der Hand.

„Ich habe mir das notiert", gewann Valentina ihre Fassung wieder und stand auf. „Einen kleinen Augenblick. Ich hole nur meine Unterlagen."

Sie verschwand kurz aus dem Raum, um gleich mit einem Terminkalender in der Hand wiederzukehren. „Hier", sagte sie. „Da habe ich mir die letzten Begegnungen aufgeschrieben. Immer mit einem kleinen Herz versehen." Wieder war diese leichte Röte im Teint zu erkennen.

„Und was haben Sie nach diesem letzten Treffen getan?", wollte Falk noch wissen.

„Ich habe mich hingelegt. Ich war einfach nur müde."

„Was war denn mit Ihrem Mann zu diesem Zeitpunkt?"

„Der hatte einen dienstlichen Termin und war unterwegs."

„Aha, und wann ist er wieder bei Ihnen zu Hause aufgetaucht?"

„Das war, Moment mal, ich muss kurz nachdenken. Ja, das war am nächsten Vormittag. Etwas eher als erwartet. Das war dann schon etwas ungewöhnlich."

„Inwiefern?"

„Weil man sonst die Uhr nach ihm stellen kann."

„Hat Ihr Mann sich da irgendwie auffällig verhalten?"

„Wieso das denn? Nein, bestimmt nicht. Er wollte wie immer nur eine Kanne Kaffee. Mehr nicht. Dann zog er sich in seinen Bastelraum in der Garage zurück. Das war auch ganz normal. Was er da genau gemacht hat, kann ich Ihnen gar nicht beantworten. Darum habe ich mich nie gekümmert."

„Dürfen wir uns in Ihrem Haus noch ein wenig umschauen?"

„Wenn es sein muss", erhob sich Valentina. Die Bemerkung war ihr herausgerutscht. Aber was hätte sie auch jetzt dagegen unternehmen können?

Falk und Otto liefen durch das Haus, während Valentina auf dem Sofa im Wohnzimmer sitzen blieb. „Sie finden sich ja sicher auch allein zurecht", klang es durch den Raum. „Durch den Flur geht es ins Obergeschoss und über den Keller in die Garage."

„Wohin zuerst?", fragte Otto.

„Ich würde mal sagen, Bastelraum in der Garage. Vom Schlafzimmer halte ich nichts. Die Spuren finden wir bestimmt nicht mehr. Da hätte höchstens Heike eine Chance." In der Garage schauten sie sich um und streiften sich die Handschuhe über.

„Sieht sehr nach Computerfreak aus", bemerkte Falk.

„Scheint mir auch so", entgegnete Otto.

„Also, wenn ich eine Frau hätte", fing Falk an.

„Ja, wenn du eine Frau hättest", warf Otto grinsend ein.

„Und ich hätte den Verdacht, die hintergeht mich. Dann würde ich mir was einfallen lassen, das herauszubekommen. Vor allem, wenn ich als Technikkenner solche Möglichkeiten hätte."

„Meinst du eine versteckte Kamera?", kombinierte Otto.

„Ich würde es so machen. Man muss sich ja auch immer in einen Täter hineinversetzen."

„Na, Moment mal, von Täter können wir noch nicht reden. Vielleicht taucht da jetzt der Ansatz eines Verdachts auf. Und ich glaube, wir sollten dringend Alex verständigen, damit er sich nicht übergangen fühlt. Kennst ihn doch, der schnappt ja gelegentlich auch ein wie eine Mimose."

„Gut, dann lass uns das hier abbrechen und erstmal mit ihm telefonieren. Sollten wir aber lieber draußen machen, nicht dass uns die Gattin hinterherspioniert, wo sie doch sonst nie in dieser Garage was zu schaffen hat ..."

Alexander und Wolfhard saßen gerade mit Franz Gerber zusammen, als das Handy von Alex klingelte. Er schaute auf das Display und erkannte sofort, dass der Anruf von Falk kam.

Alexander erhob sich, nachdem er verständigende Blicke mit Wolfhard getauscht hatte.

„Machst du mal einen Augenblick allein weiter? Ich bin gleich wieder da", sagte Alexander.

„Keine Frage. Herr Gerber wollte sowieso gerade erzählen, wie das bei der Versammlung noch abgelaufen ist. Diesen Bereich kennen wir ja eigentlich schon."

Franz Gerber stand der Schweiß auf der Stirn. Eben hatte er in mühevoller Kleinarbeit alle Fakten von sich gegeben, die ihm zum besagten Abend noch einfielen. Immer in der Hoffnung, er würde sich nicht verhaspeln und alles würde exakt so sein, wie schon beim vorherigen Mal in der Befragung beantwortet.

Wolfhard machte sich indes seinen Reim darauf. Auch bei Wolfram Köhler, der noch in einem Nebenraum wartete, waren sie schon an diesem Punkt angelangt. Stets in Etappen. Und beide sagten im Grunde fast Satz für Satz das Gleiche aus. Das konnte nicht stimmen. Das war eindeutig eine zurechtgelegte Masche.

„Möchten Sie vielleicht ein Glas Wasser?", bot Wolfhard an, um die Zeit zu überbrücken.

„Gern", bedankte sich Franz und fuhr mit Zeige- und Ringfinger im Halsausschnitt seines Hemdes entlang, so als ob ihm alles zu eng würde.

Wolfhard stand auf, öffnete kurz die Tür nach nebenan und ließ ein Getränk kommen.

Die Protokollantin Elsa saß in einer Ecke und wartete auf ihren nächsten Einsatz. Derzeit wurde nur geschwiegen. Insofern wirkte sie fast wie unsichtbar. Wolfhard lächelte sie an, was sie ein wenig verlegen erwiderte.

In Franz' Gehirn funkten die Gedanken durcheinander. Das hier hielt er bestimmt nicht mehr lange durch. Dabei hatte er mit Wolfram vereinbart, dass sie dichthielten. Und wenn jeder exakt bei seiner Variante der Geschehnisse blieb, dann konnte eigentlich auch nichts schief gehen. Eigentlich. Aber jetzt, so in die Enge getrieben, konnte er sich einfach nicht mehr konzentrieren.

Franz sah wieder jenen Abend vor sich. Den lachenden Waldemar Schulze, der zunächst in seinem angetrunkenen Zustand noch alles für ein Spiel gehalten hatte. So wie sie fast. Doch eben nur fast. Irgendwann hatte sich bei ihm und Wolfram Hass und Rache extrem zusammengeballt, während sie Waldemar zur Rede stellten.

„Kümmere dich gefälligst darum, dass alles wieder ins rechte Lot kommt", hatte Wolfram gerufen. Woraufhin Waldemar nur hämisch gelacht und ihnen

Geldgeilheit vorgeworfen hatte. Da war die Faust von Wolfram in das Gesicht von Waldemar geschnellt. Einmal, zweimal. Die Brille zerbrach gleich beim ersten Schlag und flog auf den Boden. Franz hatte die Nase bersten hören. Der Schlag war wuchtig gekommen und Waldemar jetzt offensichtlich doch zu Tode erschrocken. Von einer Gegenreaktion hielten ihn die Fesseln mit den Tauen zurück, wie er sie immer im Jachtclub zu knoten pflegte. Sie waren fest um den Mann gelegt, der sich nicht mehr aus eigener Kraft daraus befreien konnte.

„Ich tu alles, was ihr wollt", hatte Waldemar gejammert und sich dabei in die Hosen gepinkelt. Oder war es schon beim Schlag auf die Nase gewesen. Franz konnte sich nicht mehr erinnern. Nur dass ihm der Anblick dieser Gestalt Ekel verursacht hatte. „Was willst du schon noch machen. Ist doch eh alles zu spät", hörte er sich noch sagen und dann verdrehten sich die Augen von Waldemar, der zuletzt gejapst und geröchelt hatte. „Mein Herz", waren seine letzten Worte, „mein Herz."

Er und Wolfram hatten vor ihm gestanden. Hilflos und doch auch irgendwie erleichtert. Dann hatten sich beide darum gekümmert, dass keine Spuren blieben. Dabei wechselten sie nicht ein Wort. Jeder tat das Seine, so als sei alles verabredet gewesen. Als dann das Boulevardblatt zuerst die Tat aufbauschte und auf der Titelseite in schrillen Worten davon berichtete, hatten beide den Eindruck gewonnen, als wären das gar nicht sie gewesen. Als hätte ein anderer das getan.

Nein, das war doch kein Mord. Der Schuldige war eigentlich seiner gerechten Strafe zugeführt worden, dachte Franz bei sich.

Als Alexander wieder das Zimmer betrat, sagte Franz Gerber klar und deutlich: „Ich möchte eine Aussage machen. Und nein, einen Anwalt benötige ich nicht dazu, falls Sie mich das jetzt fragen wollen!“

Alexander, Wolfhard und Elsa sahen sich kurz an. Jetzt schien es ernst zu werden. Und Franz fing an: „Wir haben mal eine ganz friedliche Zeit miteinander verbracht. Waren gemeinsam in der Schule, in Vereinen. Man konnte sich aufeinander verlassen. Das haben wir, Wolfram und ich, immer gedacht. Insofern schien uns unser Geld in den Händen von Waldemar absolut sicher. Er hat auch immer geschwärmt, wie viele Leute er mit seinen guten Beratungen schon glücklich gemacht hätte. Das musste man ihm einfach glauben …“

Alexander hatte sich zurückgelehnt, Wolfhard tat es ihm gleich und Elsa schrieb alles Wort für Wort auf.

Später konfrontierten sie Wolfram mit dem Geständnis seines Freundes. Er schluckte nur kurz und sagte dann seinerseits: „Gut, dann will ich jetzt auch berichten, was geschehen ist. Schließlich können wir es nicht mehr aus der Welt schaffen.“

Als Alexander und Wolfhard nach dem zweiten Geständnis für einen Augenblick vor die Tür gegangen waren, atmeten beide die frische Luft tief ein und schwiegen kurz. Ein paar Vögel zwitscherten unbekümmert und der Wind strich ums Haus.

„Das habe ich jetzt aber in dieser Intensität nicht erwartet“, sagte Wolfhard.

„Ich fühle mich wie gerädert. Kannst du dir gar nicht vorstellen.“

„Doch, ich kann. Irgendwie ist das jedes Mal ähnlich. Einerseits ist man erleichtert, wenn jemand seine

Tat gestanden hat, andererseits belastet es einen auch wieder. Wie eine Zwickmühle."

„Hm", brummelte Wolfhard. „Was wollte eigentlich Falk vorhin von dir? Das war er doch? Oder? Er wollte sich ja von dieser Valentina aus bei dir melden!"

„Tja, und hier bahnt sich eine nächste Lösung an. Die beiden haben die Frau zur Rede gestellt und sie hat das Verhältnis mit Volkmar Thinius gestanden. Na gut, dabei ist auch nicht so viel herausgekommen. Sie hat zwar kein wirkliches Alibi für die Tatzeit. Aber das muss sie wohl gar nicht. Ihr fehlt offensichtlich das Motiv. Falk und Otto haben sich schon umgeschaut, ohne Durchsuchungsbeschluss. Den holen wir jetzt mal fix ein und dann klären wir auch diesen Fall."

„Wird aber auch Zeit", meinte Wolfhard. „Da quälen wir uns jetzt schon monatelang in mühevoller Kleinarbeit mit diesen drei merkwürdigen Taten herum, die zusammenzuhängen schienen und dann auch wieder nicht. Ich mochte ja die Zeitung schon nicht mehr aufschlagen. Immer in Panik, da steht der nächste Tote drin, der an einen Mühlenflügel gefesselt wurde. Sollte mal endlich wieder Ruhe bei uns einkehren."

„Da stimme ich dir absolut zu. Mir fällt gerade ein, dass Heike doch Fingerabdrücke an dem Auto des Toten Volkmar Thinius gefunden hat. Die werden wir jetzt mal mit dem Gatten von Valentina abgleichen lassen. Wenn es da mal nicht Übereinstimmungen gibt!"

„Also Mord aus Eifersucht. Einer der Klassiker. Warum nicht! Das könnte schon gut passen und würde allerlei erklären", schloss sich Wolfhard an.

„Triffst du dich denn heute mit Janine?", erkundigte sich Wolfhard noch. „Die hat mich vorhin so angestrahlt."

„Ja", entgegnete Alexander. „Ich habe sie zum Abendessen und einem kleinen Spaziergang eingeladen. An der Weser entlang, von der Schiffmühle aus. Da bringe ich sie dann über die Fischerstadt nach Hause."

„Ach, Schiffmühle und Fischerstadt. Da waren wir zwei auch schon gelegentlich. Im Grunde kennst du dich hier schon richtig gut aus. Wenn ich das mal so mit den Einheimischen vergleiche, die häufig blind durch die Gegend gehen."

„Das ist überall dasselbe", warf Alex ein. „Nimm mal einen Berliner und frage den nach dem Weg. Der schickt dich sonstwo hin. Haben auch alle keine Ahnung, dafür aber eine große Klappe."

„Kommt mir irgendwie bekannt vor", grinste Wolfhard. „Dann mal Daumendrücken für heute Abend."

Beide verabschiedeten sich und gingen in verschiedene Richtungen auseinander.

Zwei Stunden später liefen Alexander und Janine an der Weser entlang. Erst schweigsam, bis einer das Wort ergriff.

„Es tut mir leid", sagte Alexander.

„Nein, mir tut es leid. Wir hätten nicht so lange warten sollen", fuhr Janine fort.

„Was haben wir uns damit nur angetan?", stellte Alex eine Frage, die er nicht wirklich beantwortet haben wollte, zu sehr waren ihm die Schmerzen der letzten Zeit bewusst, als er die Frau immer wieder im Dienst sah, ihren Duft aufnahm, aber nicht an sie herankam.

Janine legte beide Arme um den Hals von Alexander, hielt ihn ganz fest und küsste ihn auf den Mund. Es schien, als wollten beide den Augenblick erweitern und sich nie und nimmermehr von dieser Stelle rühren. Ein paar Radfahrer sausten an ihnen vorbei. Eine alte Dame führte ihren Terrier aus und lächelte verständnisvoll. Mehrere Jogger umrundeten die beiden.

„Lass uns noch ein Stückchen durch die Fischerstadt schlendern", schlug Alexander vor und Janine stimmte sofort zu.

„Gute Idee. Ich liebe dieses Eckchen von Minden auch."

Der Raddampfer lag prächtig an der Hafenmauer. Ein paar Möwen kreischten und ein Entenpaar hatte es sich auf einem winzigen Grasbüschel bequem gemacht.

„Und was tun wir nun?", fragte Janine einige hundert Meter weiter, vor ihrer Haustür. „Ich würde uns ja noch einen Kaffee machen. Wenn du mit hochkommst."

Sie lächelte und ihre gelockten Haare wippten leicht im Wind.

„Danke für die Einladung. Genau das habe ich erwartet", sagte Alexander, griff Janine um die Taille und stieg mit ihr die Treppen zum Hauseingang hoch. Auf jeder Stufe küssten sie sich, so als hätten sie viel nachzuholen.

Sanft fiel die Haustür hinter ihnen ins Schloss.

Am Morgen darauf stand Alexander mit seinem Team der ermittelnden Mordkommission „Wallholländer" vor dem Haus von Valentina und Detlef Steffen. Alexander hielt den Durchsuchungsbeschluss in den Händen.

Heute waren sie auf der absolut sicheren Seite. Es waren genügend Leute im Einsatz und sie hatten nichts versäumt.

Heike lächelte herüber und schwang ihre schwere Tasche von einer auf die andere Seite. Es schien, als würde sie nicht schnell genug zum Zuge kommen. Alex nickte ihr kurz zu. Dann klingelte er an der Tür. Diesmal öffnete Detlef Steffen, mit Jogginghose und einem Feinrippshirt bekleidet. Er hatte, wenn überhaupt, andere Besucher erwartet. Jedenfalls nicht die Polizei. Vielleicht einen Paketboten?

Alexander grüßte kurz, stellte sich vor und erklärte in knappen Worten, warum sie gekommen waren. Detlef Steffen erbleichte, aber er behielt die Fassung.

„Tun Sie, was Sie nicht lassen können."

„Ihre Frau hat Ihnen schon gesagt, dass unsere Kollegen gestern hier im Haus waren?"

„Nein", betonte Detlef energisch und drehte den Kopf in Richtung Treppe. Seine Frau stieg gerade aus dem Obergeschoss herunter.

„Da war auch nichts, was ich dir hätte sagen können", erklärte sie. „Die Polizisten haben von einer reinen Routinebefragung gesprochen. Ich wollte dich einfach nicht beunruhigen."

„So kann man das auch sehen", murmelte Detlef Steffen in sich hinein, während das Team rechts und links an ihm vorbeilief und in das Haus eindrang.

„Wir benötigen dann auch Ihre Fingerabdrücke", sagte Heike jetzt zu dem Mann, der sich auf einen Sessel im Wohnzimmer gesetzt hatte.

„Ja, tun Sie Ihre Arbeit. Ich will Ihnen da gar nicht im Wege stehen", gab Detlef Steffen von sich und rührte sich keinen Millimeter.

Augenblicke später kamen zwei Kollegen aus der Garage zurück und hielten ein Aufnahmegerät in der Hand. Sie tauschten sich mit Alexander kurz flüsternd aus. Der wandte sich an Detlef Steffen: „Könnte es sein, dass Sie heimlich Aufnahmen von Ihrer Frau gemacht haben? Und von deren Liebhaber? Wir haben da gerade etwas in Ihrer Garage gefunden."

Detlef Steffen zuckte mit den Schultern: „Kann sein. Ich weiß nicht mehr. Ich weiß überhaupt nichts mehr."

Wenig später führten zwei Polizisten den Mann nach draußen und brachten ihn zu ihrem Fahrzeug. Ohne große Regung ließ er alles mit sich geschehen. Über seine Rechte hatte man ihn gleich zu Beginn aufgeklärt, aber er hatte gar nicht richtig zugehört.

Alexander setzte sich hinters Lenkrad und Wolfhard stieg auf der Beifahrerseite ein.

„Magst du ein Gummibärchen?", fragte Alex.

„Na, du hast Humor", entgegnete Wolfhard. „Eben nehmen wir da einen dringend Tatverdächtigen fest und dir ist nach Süßigkeiten. Mir hat es im Gegenteil den Appetit verschlagen."

„Eine äußerst seltene Situation", konnte sich Alexander nicht verkneifen, woraufhin Wolfhard die Stirn runzelte.

„Sorry, nicht böse gemeint", entschuldigte sich Alex sofort und besänftigte seinen Kollegen damit.

„Tja, dann wollen wir uns mal in den Endspurt begeben. Die Befragung jetzt gleich im Anschluss in der Dienststelle?"

Alexander nickte dazu.

„Gut, dann müsste ich nur mal meine Rita anrufen, dass sie das Essen gar nicht warmzustellen braucht."

„Ich glaube, dass macht Sinn", entgegnete Alexander und dachte daran, dass seine beste Verstärkung doch schon wieder beim Lieblingsthema gelandet war.

Wolfhard betätigte die eingespeicherte Nummer in seinem Handy: „Rita, mein Engelchen, es tut mir so leid, aber das wird jetzt nichts … Ja, ich weiß … Nein, natürlich nicht … Ach, mein Mäuselchen …" Wolfhard schaute zwischendurch zu Alex hinüber und verdrehte die Augen. „Ja, sag ich ihm. Bussi dann!" Wolfhard beendete das Gespräch mit seiner Frau.

„Ich soll dich übrigens schön grüßen und sie drückt uns für den Rest, den wir noch vorhaben, die Daumen."

„Danke. Können wir gebrauchen." Alexander war mit dem Auto schon ein gutes Stück Richtung Dienststelle vorangekommen.

Wenig später parkten sie vor dem Gebäude. Der Abend roch frisch und Alexander rekelte sich kurz, nachdem er ausgestiegen war.

„Du glaubst gar nicht, wie lange ich nicht mehr Fahrrad gefahren bin", gab Alex von sich und machte mehrere Kniebeugen.

„Sag es mir einfach", antwortete Wolfhard.

„Ich kann mich nicht erinnern", seufzte Alex. „Meist wird es nur die Minirunde zum Joggen quer durch die Bastauwiesen."

„Geht's dir da wie dem Verdächtigen mit seiner Erinnerungslücke? Klingt doch idyllisch und würde mir völlig ausreichen, na, vielleicht nicht gerade als Jogger, aber als Spaziergänger schon."

„Weißt du was, jetzt konzentrieren wir unsere Kräfte und schauen mal, wozu sich Herr Steffen noch äußern wird. Alles andere dann morgen. Eine Nacht in der Gewahrsamzelle wird ihm vielleicht auch etwas mehr Klarheit verschaffen."

Wolfhard überlegte nur kurz, dass man Detlef Steffen ja auch einfach erstmal in die dortige Übernachtung hätte schaffen können, um erst morgen früh die Befragung zu starten, dann wäre er doch noch zu seinem leckeren Abendbrot mit Rita gekommen. Aber sein Chef war eben nicht zu bremsen, nur äußerst selten jedenfalls. Die beiden Männer liefen ins Haus.

Nichts störte die Aufmerksamkeit in dem kahlen Raum, in dem sich nun der Verhaftete befand. Er saß auf einem Stuhl, ihm gegenüber jetzt Alexander und Wolfhard. Alle zunächst schweigend, bis Alex das Wort ergriff: „Sie geben also zu, Volkmar Thinius beobachtet zu haben?"

Detlef Steffen rührte sich nicht.

„Wir haben die entsprechende Technik im Bastelraum Ihrer Garage gefunden und außerdem haben die Kollegen Aufnahmen sichergestellt, die sowohl Ihre Frau als auch Volkmar Thinius in eindeutigen Situationen zeigen."

Wolfhard blickte von Alexander zu Detlef Steffen, der einlenkte: „Ja, ist wohl so."

„Seit wann wussten Sie, dass Ihre Frau Sie betrügt?", fragte Wolfhard, während ihm einfiel, dass das ja nun auch kein sonderlich gutes Thema für seinen Chef war. Ausgerechnet das Hintergehen in einer Ehe! Aber die Frage ließ sich nicht vermeiden.

„Muss schon ein Weilchen her sein."

Der Mann wirkte fahrig und seine Antworten kamen nur sehr zögerlich.

„Haben Sie daraufhin Ihre Frau einmal zur Rede gestellt?", wollte Alexander wissen.

„Wieso sollte ich", warf Detlef Steffen ein.

„Tja, wieso eigentlich nicht?", fragte Alexander. „Sie hatten doch das Beweismaterial für ihre Affäre in der Hand."

„Und was hätte das gebracht?", seufzte Detlef Steffen tief auf und stützte seinen Kopf auf die Hände. Die

Ellbogen dicht beieinander auf dem Tisch. „Ich kann nicht mehr!“

„Könnte es sein, dass Sie aufgrund Ihrer Erkenntnisse Ihren Nebenbuhler ausgeschaltet haben?“, fragte jetzt Alexander direkt.

Detlef Steffen zuckte zusammen: „Ich sage kein Wort mehr.“

„Gut“, entgegnete Alexander. „Dann lassen wir Sie jetzt in eine unserer Zellen bringen. Wenn Sie einen Anwalt verständigen möchten, können Sie das gern noch tun. Alles andere dann morgen.“

Ein Polizist brachte den Beschuldigten ins Untergeschoss. Alexander veranlasste noch, dass Detlef Steffen besonders gründlich beobachtet werden sollte. Zu sehr noch hing ihm die Geschichte aus seinem ersten Fall hier in Minden an, wo just an diesem Ort jemand eigenhändig aus dem Leben geschieden war. Der Vater des getöteten Kindes, der seinerseits beim vermeintlichen Mörder zugeschlagen hatte. Alex fühlte einen kolossalen Berg auf seiner Brust. Das waren wieder diese gedanklichen Verbindungen, die sich nicht lösten. Er dachte sofort an seine Töchter. Vielleicht hätte er sich nie eine Familie zulegen sollen, jedenfalls nicht bei diesem Beruf!

Detlef Steffen hörte hinter sich die Tür der Gewahrsamzelle ins Schloss fallen. Sein Atem ging schwer. Er lief auf und ab, immer wieder. Er konnte sich nicht konzentrieren. Hatte er da jetzt eigentlich schon etwas gestanden? Konnte man ihm etwas nachweisen? Ansonsten hatte er so ein perfekt funktionierendes Gehirn, was all die Technik meisterte, mit der er jeden Tag auch bei seinen Kunden im Außendienst zu tun hatte. Aber jetzt ließ es ihn im Stich.

Er legte sich auf die Pritsche, verschränkte die Arme unter dem Kopf und starrte an die Decke. Zwischendurch hörte er immer wieder Geräusche an der Tür. Offensichtlich beobachtete man ihn. Ob die etwa dachten, dass er sich das Leben nehmen würde? Das wäre ja nun das Letzte! Das hätte er gar nicht mit seinem Glauben vereinbaren können. Aber ob das andere damit in Einklang zu bringen war? Eigentlich nicht. Detlef Steffen befand sich in einer ausweglosen Situation, dessen war er sich vollends bewusst.

Am anderen Morgen schaute Alexander zuerst bei Heike vorbei.

„Wusste ich es doch, dass du schon da bist", strahlte er sie an und Heike lächelte zurück.

„Ja, wir beide können das wohl nicht lassen. Ist eine Berufskrankheit, dieses nicht Abschaltenkönnen, wenn etwas ins Rollen gebracht ist. Ich habe die ganze Nacht kein Auge zugetan und bin schon seit fünf Uhr in der früh hier", erklärte Heike.

„Mir hat das auch keine Ruhe gelassen. Bin daheim alles noch einmal durchgegangen. Es tendiert alles in eine Richtung", sagte Alexander. „Wie sieht es denn mit seinen Fingerspuren aus? Finden die sich auch am Auto des Toten? Hast du das schon abklären können?"

„Aber ja. Sind identisch!"

„Gut, aber das allein reicht noch nicht, ist vielleicht ein Indiz, aber mehr nicht. Er kann sich ja auch irgendwann, aus irgendeinem Grund rein zufällig auf dem Pkw abgestützt haben."

„Ich glaube nicht an Zufälle", erwiderte Heike. „Und das solltest du auch nicht tun."

„War jetzt halt nur so ein Gedankengang."

„Dafür habe ich aber noch eine viel schönere Spur, die sich als tragbar erweisen könnte."

„Etwas vom Haupthaar? Die stehen bei unserem potenziellen Täter ja recht üppig."

„Genau, und zum Glück verliert ja jeder Mensch jeden Tag jede Menge davon. Und das hilft mir wiederum bei der Arbeit", lächelte Heike siegessicher. „Nicht nur, dass an dem Benzinkanister, den wir gefunden haben, auch ein halbwegs gut erhaltener Fingerabdruck von besagtem Herrn stammt, darüber hinaus hatte sich doch ein Haar in den Rillen des Schraubverschlusses verklemmt. Bestimmt auch nur deshalb, weil er Locken hat."

Heike stöhnte ein wenig auf: „Ach, die hätte ich auch gern. Warum verteilt Mutter Natur nur immer alles so ungerecht?"

„Was willst du denn mit der Lockenpracht eines Mörders?", scherzte Alex.

„Na ja, ich müsste deshalb nun nicht gleich zum Mörder werden. Aber schönes Haar ist schon was."

Alexander schüttelte den Kopf. Frauen! Die hatten auch so ihre Probleme …

„Wäre natürlich bestens, wenn diese Details ihn zur Wahrheit bewegen würden", stellte Alexander fest.

„Genau. Das ist nun dein Job. Ich lasse mal alles noch hieb- und stichfest prüfen. Aber für meine Begriffe ist es eindeutig."

„Und wann hättest du dich schon mal geirrt?", warf Alexander ein.

„Ach, lieber Kollege, das kann auch mir passieren!" Aber Heike bekam dennoch einen strahlenden Glanz in den Augen.

Alexander lief über den Flur zu seinem Büro und verständigte auf dem Weg dahin Reinhold Riechmann.

„Wir können wohl in Kürze das gesamte Mühlenrätsel abschließen", erklärte er seinem Vorgesetzten, nachdem er dessen Zimmer betreten hatte, ohne Umschweife.

Reinhold Riechmann erhob sich und setzte ein Lächeln auf: „Das klingt gut. Ich höre!"

Alexander fasste mit wenigen Sätzen die ersten beiden, schon aufgeklärten Fälle zusammen. Hier gab es die geständigen Täter, die auch überführt waren. Im letzten Fall nun waren die Ermittlungen alle in die eine Richtung gemündet: eine Eifersuchtstat.

„Wie genau alles abgelaufen ist, werden wir bald erfahren. Wir setzen uns gleich noch einmal mit Detlef Steffen zusammen."

„Hat er einen Rechtsbeistand?", wollte Reinhold Riechmann wissen, dem selbstverständlich an einer perfekten, unanfechtbaren Abwicklung gelegen war.

„Aber ja doch. Den hat er gestern noch angerufen. Wird bei dem Gespräch dabei sein. Aber das ist kein Hinderungsgrund!"

„Ich weiß. Für Sie nicht!"

„Dann will ich mal. Mir war jetzt nur wichtig, dass Sie nicht mehr zu lange auf die Folter gespannt werden."

„Danke. Dann hört auch endlich diese Zeitungsschmiererei von den Todesmühlen auf."

Da war es wieder, dieses Wort, das Alexander wie ein Messer ins Herz stach. Er drehte sich um und verließ abrupt das Zimmer, was Reinhold Riechmann nicht verunsicherte. Er saß hinter seinem Schreibtisch und rieb sich die Hände. Endlich, dachte er bei sich. Das wurde aber auch Zeit.

Detlef Steffen hatte sich mit seinem Anwalt ausgetauscht. Er hatte noch am Vorabend einen Bekannten aus der Nachbarschaft angerufen, den er von gemeinsamen Aktionen der Straße kannte. Ab und an unternahm man etwas zusammen, das verband. Die Männer begrüßten sich gerade, als Alexander und Wolfhard dazutraten.

„So, dann können wir ja beginnen", stellte Alexander fest. „Ich hoffe, Sie haben die Nacht bei uns gut überstanden", erkundigte er sich höflich.

Detlef Steffen schaute zu ihm hin und nickte.

„Alles spricht dafür, dass Sie Volkmar Thinius umgebracht haben. Es wäre auch in Ihrem Sinne, wenn Sie uns jetzt ein Geständnis liefern. Das könnte die Strafe mildern."

Anwalt und Mandant schauten sich an und schließlich nickte der Anwalt.

Im Hintergrund hatte sich heute eine andere Protokollantin platziert. Schade, dachte Alexander bei sich, Elsa Kupfer wäre ihm lieber gewesen, aber die neue Kollegin musste sich auch einarbeiten.

„Ich bin an dem Abend nach Hause gekommen und keiner von den beiden hat mich bemerkt", fing Detlef Steffen an.

„Sie meinen Ihre Frau und Volkmar Thinius?", warf Alexander ein.

„Ja, wen sonst", entgegnete Detlef Steffen und fuhr fort: „Ich habe mich dann klammheimlich in die Garage zurückgezogen. Dort ist ja mein kleiner Arbeitsbereich, wo ich sowieso häufig rumbastle. Bemerkt haben die beiden mich nicht. Das konnte ich auf dem Bildschirm sehen: Sie machten weiter, als ob nichts geschehen wäre. Na ja, war ja auch nicht, nur ich war nach Hause gekommen. Von wegen Zuhause ..."

Für Augenblicke herrschte Stille, aber keiner wollte ihn mit einer Nachfrage unterbrechen oder den Redefluss beenden.

„Ich konnte mich einfach von dem Anblick nicht lösen, wie mich meine Frau da betrog. Vermutet hatte ich das schon geraume Zeit. Aber von der Vermutung bis zur klaren Einsicht ist ein weiter Weg. Ich habe das auch immer versucht zu verdrängen."

Alexander kamen diese Worte sehr bekannt vor. Da beschrieb einer sein Gefühlsleben.

„Aber schließlich hatte ich mir eines Tages die ganzen technischen Kleinigkeiten besorgt und im Schlafzimmer installiert. Ich wollte es ja nicht wahrhaben und hoffte immer noch, bis zum letzten Augenblick. Aber diese Bilder konnten nun nicht lügen."

Die Protokollantin schrieb.

„Ich bin so lange sitzen geblieben, bis dieser Typ mein Haus verließ. Einen Moment habe ich noch gewartet, weil ich das alles nicht fassen konnte. Aber dann habe ich mich erhoben. Irgendeine innere Stimme hatte mir zugeflüstert, dass ich ihn zur Rede stellen muss. Vielleicht auch gehofft, dass sich alles aufklärt. So ein Schwachsinn aber auch! Also bin ich nach draußen."

Die Atmosphäre im Raum schien zu bersten.

„Es war ja schon dunkel und weit und breit niemand zu sehen. Bis ich auf dem gegenüberliegenden Parkplatz des Familienzentrums einen Wagen entdeckte, bei dem das Standlicht angeschaltet war. Da muss er drinsitzen, habe ich mir gedacht. Er konnte nicht auf andere Weise verschwunden sein. Der sah nicht nach Fahrrad aus und ein Motorengeräusch hatte ich nicht gehört."

Detlef Steffen räusperte sich.

„Kann ich mal ein Glas Wasser bekommen?"

„Aber selbstverständlich", sagte Alexander und Wolfhard kümmerte sich darum, stellte ein Glas auf den Tisch und schenkte aus einer geöffneten Flasche ein.

In gierigen Zügen trank der Mann das Glas leer und hielt es erneut über den Tisch. Wolfhard füllte es noch einmal.

„Ein Weilchen habe ich ihn beobachtet, wie der so völlig verträumt hinter seinem Lenkrad saß. Wahrscheinlich hat er sich die lustvollen Stunden mit meiner Frau ausgemalt. In mir stieg so ein furchtbarer Hass auf. Ich habe mich auf dem Dach abgestützt und die Fahrertür geöffnet, um ihm ins Gesicht zu schauen."

Das musste alles stimmen, dachte Alexander bei sich. Auf dem Dach und an der Tür waren die Fingerabdrücke gefunden worden.

„Und dann hat der mich doch einfach nur so angegrient und gemeint, was ich denn wohl von ihm wolle! Ich habe ihn auch gleich am Hemd gepackt und angebrüllt, was ihm denn einfallen würde, mit meiner Frau rumzumachen."

Jetzt stoppte der Redefluss. Detlef Steffen saß still und vor seinem inneren Auge lief die folgende Situation ab. So, als ob er alles noch einmal erleben würde.

„Na, du armseliges Würstchen", hatte sich Volkmar aus dem Griff von Detlef befreit und aus dem Wagen erhoben. „Was willst denn du überhaupt von mir?"

Nachdem er ausgestiegen war, überragte er den Mann um Haupteslänge. Die Eichen rauschten im sanften Wind.

„Seit wann hast du ein Verhältnis mit meiner Frau?“, schleuderte Detlef Steffen heraus.

„Ach, Verhältnis, das ist nicht das rechte Wort. Sie hat sich halt verknallt in mich. So was passiert gelegentlich. Ist nicht die Erste, das kann ich dir versichern.“

Detlef Steffen war zwar einen Kopf kleiner als sein Kontrahent, aber durchaus sportlich. Regelmäßig ging er ins Fitnessstudio, um ja nicht zu viel Fett anzusetzen und keinen Bauch zu bekommen. Er war durchaus muskulös zu nennen. Seit geraumer Zeit hatte er sich auf Karate verlegt, um imaginäre Gegner in Schach halten zu können.

„Drück einfach ein Auge zu. Mensch Alter, mach dir doch keine Gedanken wegen den Weibern.“ Volkmar Thinius war sich unsicher, wie er die Situation einschätzen sollte. Sein Gegenüber war zwar offensichtlich kein ernst zu nehmender Gegner, aber man wusste nie, woran man war. Insofern hatte er die kumpelhafte Nummer aufgelegt.

„Das ist meine Frau, mein Haus, mein Leben! Was fällt dir ein, dort einfach einzudringen“, stieß Detlef hervor.

„Mach mal halblang. So toll ist das nun auch wieder nicht, dein armseliges Leben. Und was die Frauen angeht, so hatte ich schon bessere.“

Detlef sah jetzt den Film von vorhin ablaufen, wo sich Valentina und Volkmar in seinem Ehebett gewälzt hatten. Stöhnend, lustvoll, in intensivster Glückseligkeit. Und keiner von beiden hatte den Eindruck gemacht, als ob da irgendwas gestellt oder vorgespielt gewesen war.

„Vielleicht hatte deine Valentina auch nur von der Langweiligkeit ihres Ehelebens die Nase voll. Davon hat sie jedenfalls erzählt.“

In Detlef brodelte es und dann sah er seine Rechte zu einem harten Kantenschlag ausholen. Da war nichts von ritueller Begrüßungszeremonie, die die Spielregeln vorschrieben und auf denen sein Karatelehrer bestand, der großen Wert auf ein angemessenes Verhalten legte. Bislang hatte er jede Prüfung erfolgreich bestanden und sich entsprechend hochgearbeitet. Karate ist ein Helfer der Gerechtigkeit, hörte er seinen Sensei flüstern und schlug in schnellen Takten zu, während Volkmar in sich zusammensackte.

Erst als er am Boden lag und sich nicht mehr rührte, hielt Detlef inne und schaute sich um. Die Nacht hüllte sich in Ruhe, nur ein Käuzchen gab Laut.

Alexander räusperte sich: „Es gab also eine Auseinandersetzung mit Volkmar Thinius?“

„Ja“, bestätigte Detlef Steffen und berichtete von den Worten seines Nebenbuhlers, die ihn auf die Palme gebracht hatten, sodass er sich nicht mehr zurückhalten konnte, woraufhin die harten Schläge folgten.

„Und was geschah danach?“, forderte Alexander ihn zum Weiterreden auf.

„Ja, dann lag er so zusammengesackt da und rührte sich nicht. Ich glaube, ich stand eine ganze Weile neben ihm und wusste nicht, was ich tun sollte.“

„Sie hätten zum Beispiel die Polizei rufen können“, warf Wolfhard ein.

„Das hätte ich vielleicht wirklich tun sollen“, gab Detlef zu. „Aber dann erhellte plötzlich das Mondlicht den Mann und den Wagen und ich entdeckte auf der Rückbank ein paar Zeitungen. Obenauf lag eine mit einem großen Foto von einer Mühle, mit einem daran festgebundenen Mann. Da kam mir die Idee ..."

„Welche?", fragte Alexander.

„Ich bin kurz nach Hause und habe mir aus der Werkstatt ein dickes Tau besorgt. Wir segeln ja immer in den Ferien." Detlef stoppte.

„Wahrscheinlich sollte ich segelten sagen, in der Vergangenheitsform."

Er hielt noch einmal inne und holte tief Luft.

„Mein Auto stand ja sowieso nicht direkt vor der Haustür. Ich hatte ein Stück weiter weg geparkt. Mit dem Tau bin ich zum Parkplatz gefahren. Alles war so, wie ich es verlassen hatte." Detlef Steffen dachte nach. Wenn er jetzt sagte, dass er geglaubt habe, alles wäre vielleicht gar nicht wirklich geschehen, dann würde man ihn bestimmt für verrückt halten. Und das war er nun beileibe nicht.

„Hatten Sie etwas anderes erwartet?", nahm Alexander den Faden behutsam auf. Detlef Steffen schaute mit Erstaunen im Blick hoch.

„Vielleicht."

Alexander verzog keine Miene und auch die anderen im Raum hielten ihre Gefühle im Zaum.

„Ich habe den Mann in meinen Kofferraum gelegt, nachdem ich zuvor eine Plane dort ausgebreitet hatte. Bei seinem Auto habe ich nur die Tür geschlossen. Mehr nicht. Und dann bin ich losgefahren."

Detlef Steffen erinnerte sich wieder ganz genau. Er war durch die Nacht geirrt, über Wege, die er natürlich kannte und Zeit seines Lebens wieder und wieder gefahren war. Aber nun war er sich so ziellos vorgekommen. Wobei immer wieder dieses Mühlenbild aus der Zeitung in seinem Hinterkopf auftauchte. Als er den Beitrag damals gelesen hatte, hatte er sich noch mit Valentina daüber unterhalten, wie furchtbar das doch sei, wenn jemand so eine Hinrichtung an einem Traditionsort inszenierte. Da hätte er nie gedacht, dass das einst zu einer Parallele für ihn führen könnte.

Irgendwann hatte das Auto den Weg zu einer Mühle gefunden, die ausreichend abseits lag. Zeugen wollte er bei seinem weiteren Vorgehen nicht haben. Er saß in seinem Wagen und wartete, die Minuten flossen zäh dahin. Aber irgendwann gab er sich einen Ruck und stieg aus. Dann lief er um das Auto herum und öffnete den Kofferraum, wieder in der vagen Hoffnung, er könnte alles auf Start zurückfahren und ihn leer vorfinden. Doch seine Plane verbarg etwas Unförmiges.

Detlef schaute sich noch einmal um, dann griff er zu und hob den schweren Mann aus dem Fahrzeug, dem währenddessen etwas aus der Jackentasche fiel, was unbemerkt blieb. Er trug Volkmar Thinius zur Mühle, legte ihn dort zunächst ab, ging noch einmal zurück zum Auto und holte das Tau. Dann schlang er das dicke Seil um den Mann und zog ihn am Mühlenflügel hoch. Er hielt nicht inne, bis das letzte Stück in fachmännischen Knoten verbunden war.

Schließlich begutachtete er sein Werk. Es sah fast so aus, wie auf dem Bild in der Zeitung. Aber plötzlich bekam Detlef Steffen ein Gefühl der Unsicherheit. Ihm fielen die Spuren ein, die er mit Sicherheit hier hinterlassen haben würde. Er musste noch etwas tun, aber was? Langsam lief er zu seinem Auto zurück und dann hatte er die zündende Idee. Vorhin hatte er neben dem Toten eher unbewusst den Reservekanister wahrgenommen. Der stand schließlich immer dort, für den Notfall. Das jetzt war eindeutig einer. So langsam graute der Morgen. Er musste sich sputen, wenn er ungesehen davonkommen wollte.

Die Spannung im Raum knisterte. Alle blickten auf Detlef Steffen, der ein Weilchen zu lange geschwiegen hatte, doch dann die Erinnerungen in wenigen Worten zusammenfasste.

„Sie sind also mit dem Kanister zur Mühle und haben den Mann damit übergossen?“, fragte Alexander, dem sofort einfiel, wie Heike das Portemonnaie des Toten gefunden hatte. Er sah sie vor sich, wie sie es hochhielt und die erste Spur damit präsentierte.

„Ja!“

„Haben Sie sich eigentlich überzeugt, ob er wirklich tot war?“, wollte Alexander noch wissen. „Immerhin sind Sie doch Sportler, wenn ich das richtig sehe …“

„Nein, das habe ich nicht getan. Ich bin einfach davon ausgegangen, dass er sein gerechtes Ende gefunden hat und wollte alles noch erledigt wissen.“

Bei der Bezeichnung „gerechtes Ende“ schauten sich die anderen Anwesenden im Raum erneut an. Jeder hing seinen Gedanken nach, aber alle ähnelten sich. Denn zu oft rechtfertigten sich Täter im Nachhinein mit dem Gerechtigkeitsgedanken, der einfach nur abgeschmackt war.

„Ich habe seitlich an der Plane das Feuer entzündet“, fuhr Detlef Steffen ganz leise fort.

„Entschuldigung, jetzt haben wir Sie alle nicht wirklich verstanden“, forderte Alexander eine Wiederholung heraus und der Mann sagte diesen Satz noch einmal.

„Dann bin ich zum Auto und einfach nur weggefahren.“

„Ohne noch einmal auf den Ort des Geschehens zu schauen?“, wollte Alexander wissen.

„Das hätte ich nicht gekonnt."

„Was haben Sie dann gemacht?", folgte eine ergänzende Frage von Wolfhard.

„Ich bin einfach nur durch die Gegend gefahren. Bestimmt ein paar Stunden. Irgendwann kam ich zu Hause wieder an und Valentina war sehr überrascht, mich schon zu sehen. Sie hat mir dann aber die übliche Kanne Kaffee gekocht."

Detlef ließ den Kopf sinken.

„Danke", sagte Alexander. „Ich glaube, das reicht erst einmal für diesen Moment. Wenn das Protokoll fertig ist, benötigen wir noch Ihre Unterschrift."

Alexander erhob sich und die anderen taten es ihm gleich. Detlef Steffen wurde von zwei Polizisten abgeholt.

„Die Überführung in die Untersuchungshaft ist in die Wege geleitet", sagte ein Weilchen später Kriminaloberrat Reinhold Riechmann mit zufriedenem Gesichtsausdruck, als Alexander vor seinem Schreibtisch stand. „Da haben Sie und Ihr Team gute Arbeit geleistet. Ich bin ja so was von froh, dass wir das endlich vom Tisch haben. Können wir also die ermittelnde Mordkommission ‚Wallholländer' langsam auflösen. Wo es nun mit dem letzten Fall auch keinerlei Parallelen gebracht hat, ist die Vermutung mit dem Serienmörder endgültig ausgeschlossen. Alles nur Trittbrettfahrer. Alles klar mit dem Staatsanwalt?"

Alexander nickte und dachte an die Berichte für Marc Oberländer, die noch ausstanden. Die übliche, völlig unspektakuläre Kleinarbeit bei der Kripo. Die, über die niemand schrieb und die auch niemand sehen wollte.

„Dann werde ich die Truppe noch einmal zusammenrufen und die Ergebnisse bekannt geben", sagte Alexander.

„Machen Sie das, ich bin dann gleich dabei", ergänzte Reinhold Riechmann. „Muss nur erst ein paar Telefonate erledigen. So in einer Stunde wäre das meinerseits völlig unproblematisch."

„Gut", sagte Alexander. „Ich melde mich bei Ihnen." Und er verließ das Büro seines Vorgesetzten.

Alexander lief durch die Flure. Jetzt würde er sich um all die Dinge kümmern, die sich angestaut hatten – um die Scheidung von Olga und das vernünftige Umgangsrecht mit Lena. Dass er seine Große zu sich nehmen würde, hatte er zwar nicht völlig aus den Augen verloren, aber er verschob es auf eine etwas spätere Zeit. Vielleicht, wenn sie etwas älter war und selbst entscheiden konnte, bei wem sie sich wohlfühlte. Die Tochter seiner Nachbarin hatte ihm ja durchaus Hoffnung gemacht. Britta Westermann hatte in einem der Gespräche davon erzählt, wie dann durchaus die Vierzehn- und Fünfzehnjährigen von einem Elternteil zum anderen wechselten. Das konnte richtig gut gehen, hatte sie gemeint. Bis dahin wollte er sich um einen regelmäßigen Kontakt in den Ferien kümmern.

Dann stand ein Wiedersehen mit seinem Freund Andreas ganz oben auf der Liste dessen, was dringend zu tun war. In den zurückliegenden Monaten war der Kontakt nur außerordentlich spärlich verlaufen. Hier mal eine Mail, dort mal eine SMS, ganz selten ein Telefonat. Aber beide waren viel zu beschäftigt mit sich und der Welt und all dem, was alltäglich zu erledigen war. Freundschaften müssen gepflegt werden, hatte Alexander jetzt wieder seine

Mutter im Ohr. Stimmt, dachte er bei sich. Und dann gibt es Freundschaften, die eben nur eine gewisse Haltbarkeitsdauer haben. Es währt auch nicht alles lange im Leben. Die Weisheit nun war von ihm. Denn seit er sich von Berlin verabschiedet hatte, war der eine oder andere Kontakt im Sande verlaufen. Natürlich freuten sich die ehemaligen Kollegen, wenn er bei seinen Besuchen in der Hauptstadt in der Berliner Dienststelle vorbeischaute. Aber viel Zeit hatten sie nicht für ihn, waren doch alle immer in ihren Job verstrickt. So, wie er. Der Beruf und das Private ließen sich nicht wirklich trennen. Und die Überbelastung im Job führte natürlich dazu, dass häufig die Familienharmonie gestört wurde. Mancher versuchte, einfach das Thema Arbeit daheim völlig auszusparen. Aber das klappte auch nicht immer. Schließlich kreisten die Gedanken um die jeweiligen Fälle, die gerade zu klären waren. Das färbte einfach ab. Da konnte man sich nicht immer, so wie es nötig gewesen wäre, um die scheinbar kleinen Alltagssorgen zu Hause kümmern.

Klar, mache ich das, hatte sich Alexander selbst im Ohr und dachte an viele Aufträge seiner Frau, die er einfach nicht erledigen konnte, weil die Zeit dafür fehlte. Oder die Nerven.

Während Alexander wieder zu seinem Büro lief, um von dort aus Janine anzurufen, die das Team zusammentrommeln sollte, dachte er auch an die jetzige Frau in seinem Leben. Und ein Lächeln legte sich auf sein Gesicht. Er sollte sich auf die wirklich wichtigen Dinge konzentrieren. Dazu gehörte die Liebe unbedingt. Auf jeden Fall hatte Janine schon berufsbedingt alles Verständnis der Welt für das, was er tat. Nicht so wie

Olga, die abfällig mit den Schultern zuckte und meinte, andere Leute hätten auch so ihre Sorgen, er solle mal die seinen nicht so aufbauschen.

In seinem Zimmer stand er kurz neben seinem Schreibtisch und schaute in die Ferne. Ja, die Entscheidung, Berlin den Rücken zu kehren, war gut gewesen. Doch, das musste er sich innerlich nur immer wieder bestätigen und nicht mit Wehmut an die schönen Zeiten denken, die hinter ihm lagen.

Das Leben steht alle sieben Jahre an einem Scheideweg. War das jetzt ein Spruch seiner Mutter oder woher kam ihm das nun in den Sinn? Ach, egal. Alexander streckte sich, öffnete das Fenster und atmete tief die frische Luft ein. Kein Vergleich mit der in Berlin, also ein weiterer Pluspunkt für diese Region. Sobald er jetzt in die Hauptstadt fuhr und sich dort durch die Straßen bewegte, spürte er so eine Beklemmung, die auch mit der schlechten Luft zusammenhing. Ein intensives Gemisch aus Autoabgasen und Ausdünstungen einer Großstadt, Fabriken, Menschen, Tiere. Dazu der ständige Geräuschpegel. Ein ewiges Brummen und Kreischen und Dröhnen. Die Stille hier, daheim in seinem Haus, die war auch körperlich zu spüren. Alexander genoss das alles.

Nun schloss er das Fenster und setzte sich an seinen Schreibtisch. Dann betätigte er die eingespeicherte Nummer von Janine.

„Was gibt's Alex?", fragte sie. „Bei mir steht gerade der Kriminaloberrat vor dem Schreibtisch. Er sagt, wir wollen uns gleich mal zusammensetzen!"

„Genau, deshalb rufe ich an. Würdest du dann bitte allen Bescheid geben? Ich denke, wir sollten uns zu dreizehn Uhr im Besprechungsraum treffen."

„Die Zeit passt gut. Bis gleich."

Das Gespräch war unterbrochen worden und es klang so unterkühlt. Alexander fühlte sich unwohl. Doch Augenblicke später klingelte es bei ihm und er erkannte im Display Janine als Anrufer.

„Tut mir leid, Alex, dass ich so förmlich war. Aber Reinhold Riechmann wollte und wollte nicht gehen. Hat noch mit mir geplaudert. Der ist wirklich froh, dass wir das jetzt hinter uns haben."

„Und ich erst!", erwiderte Alexander.

„Sehen wir uns heute Abend?", fragte Janine. „Wir sollten das feiern. Ist doch ein toller Anlass."

„Prima Idee. Wollen wir irgendwo hingehen?", erkundigte sich Alex.

„Ich glaube nicht. Wir treffen uns einfach bei mir, wenn du magst oder bei dir?"

Alexander überlegte kurz und dachte an die kritischen Blicke seiner Nachbarin Hertha Jendritzky. Nein, heute wollte er das nicht riskieren. Heute wollte er sich einfach in den Abend hineinsinken lassen, ohne Wenn und Aber.

„Bei dir wäre mir lieber. Vielleicht gleich ziemlich im Anschluss an die Arbeit, ich müsste lediglich vorher was besorgen. Ich rufe nur meine Nachbarin an und bitte sie um eine Futtergabe für meinen Albert." Alexander dachte an einen großen Blumenstrauß, wie beim ersten Abend und lächelte vor sich hin.

„Ich liebe dich", kam ein Echo von Janine.

„Ich liebe dich auch", antworte Alexander und beendete das Gespräch.

Die auswertende Runde für die ermittelnde Mordkommission „Wallholländer" verlief entspannt. Alle hatten in den zurückliegenden Monaten auf Hochtouren gearbeitet. Stück um Stück hatten sie sich der Lösung beziehungsweise den Lösungen genähert. Alexander bedankte sich bei seinem Team und auch Kriminaloberrat Reinhold Riechmann fand formvollendete Worte, bei denen man eine Stecknadel im Raum hätte fallen hören können. Nur die Technik surrte sanft vor sich hin.

Als Alexander später die Dienststelle verließ, fühlte er sich beschwingt und notierte sich einen guten Vorsatz nach dem anderen auf seine persönliche To-do-Liste. Das Gefühl der Leere, das ihn indes zeitgleich beschlich, versuchte er zu verdrängen. Es befiel ihn jedes Mal, wenn er einen Fall gelöst hatte. So, als ob man in ein tiefes Loch fiel. In Berlin war das immer ganz bedrückend gewesen in der letzten Zeit und auch hier in Minden verlief es nach einem ähnlichen Muster. Das aber wollte er sich diesmal nicht erlauben.

Nein, selbst wenn sein bester Kollege Wolfhard schon das Stichwort Psychodoc in einem seiner Gespräche hatte fallen lassen. Er würde kein Kandidat für einen Seelenklempner werden. Er doch nicht. Alles im Leben konnte man in den Griff bekommen. Und den Tiefen folgten eben auch die entsprechenden Höhen. Man musste nur dran glauben. Ganz fest!

Alexander fuhr sich durch sein akkurat geschnittenes Haar, in dem die grauen Fäden immer mehr wurden. Er lief zu seinem Auto und blickte wohlwollend darauf. Wir beide bleiben schon noch ein Weilchen ein Pärchen, beschloss er für sich. Sollten die anderen denken, was sie wollten. Und er fuhr zum nächstgelegenen Supermarkt. Dort befand sich auch ein Blumenladen.

Schon beim Eintreten fielen ihm die Rosen mit den großen gelben Blüten auf. Solche hatte er auch beim ersten Treffen mit Janine dabeigehabt. Und genau die hatten ihr gefallen. Es würde eine gute Entscheidung sein.

„Was hätten Sie denn gern", fragte eine freundliche Frauenstimme.

Alexander zeigte auf die große Vase mit dem gelben Rosenbündel: „Die hätte ich bitte in einem schönen Strauß gebunden!"

„Alle?", fragte die Verkäuferin erstaunt.

„Ja, alle. Es ist für einen ganz besonderen Anlass."

„Damit werden Sie aber bestimmt Aufsehen erregen", betonte die Frau. „Wer soll denn der oder die Beschenkte sein, wenn die Frage erlaubt ist?"

„Es ist für die Frau an meiner Seite", sagte Alexander und schaute in eine imaginäre Ferne.

Und ein weiteres Mal darf mein Kommissar Alexander Rosenbaum in Minden agieren, nachdem er bereits zwei Fälle erfolgreich gelöst hat. Darüber freue ich mich sehr, denn diese Figur begleitet mich seit dem Jahr 2011 auf Schritt und Tritt. Wenn ich unterwegs bin, dann sehe ich die Pfade, die er gehen könnte. Aus einer anfänglichen leichten Distanz ist inzwischen eine tiefe Verbundenheit geworden.

Auch dieses Buch ist mit zahlreicher Unterstützung entstanden. Zunächst von den geneigten Lesern, die mir mit aufmunternden Worten zur Seite stehen. Ohne sie würde eine Buchproduktion ja schließlich wenig Sinn machen. Und dann gab es fachkompetente Hinweise von meiner Freundin Inge F. aus der Spurensicherung, von meinem Cousin Jürgen R., der auch im Polizeidienst tätig ist. Hierbei nun konnte ich auch auf die freundlichen Auskünfte von Silke W. zurückgreifen, eine Mindener Fachanwältin für Familienrecht, denn in dem Bereich hat ja mein Kommissar bekanntlich einige Probleme am Hals. All das, was Sie hier gelesen haben, sollte Hand und Fuß haben. Wobei einem Autor natürlich stets eine gehörige Portion Fantasie zu eigen ist. Und ein Roman bleibt ein Roman und wird kein Tatsachenbericht.

Meine Familie und meine Freunde haben mir weiter beim Schreiben viel Mut gemacht. Dies ist auch ein Buch der Erinnerung an Klaus, der an der Seite meiner Mutter mein Leben Jahrzehnte begleitet hat. Die Vollendung dieses dritten Bandes konnte er leider nicht mehr erleben.

Bei Lesungen erfahre ich großen Zuspruch, der mir unendlich viel Kraft gibt.

Schließlich ist es mein Peter, der an meiner Seite steht und zu mir hält, der mir Anregungen gibt und mich in allen Bereichen unterstützt. Ohne seine Zuneigung würde ich das alles hier nicht geschafft haben.

DANKESCHÖN!

Andrea Gerecke
Hille, im Frühsommer 2013

Die Beweggründe für die Versetzung aus der Hauptstadt nach Minden möchte Kommissar Rosenbaum nicht jedem erklären. Er will nur gute Arbeit leisten und auf andere Gedanken kommen. In Berlin hatte er die schlimmsten Verbrechen zu klären, doch Sexualverbrechen an Minderjährigen gehörten bislang nicht zu seinem Arbeitsfeld. Und nun ausgerechnet ein solcher erster Fall. Rasch scheint der Täter gefasst, doch es waren nur Indizien und der „Mörderische Feldzug" geht weiter ...

Andrea Gerecke. Mörderischer Feldzug
328 Seiten. Paperback. ISBN 978-3-8271-9410-7
E-Book 978-3-8271-9609-5 (Pdf)
978-3-8271-9809-9 (Epub)

Mit seinem unschlagbaren Charme überwältigte er jeden, ob Mann oder Frau. Nun liegt der überaus schöne Sven Kruse auf der Rückbank seines Porsche tot im Mittellandkanal. Ist der Tote Opfer einer Autoschieberbande, sind seine unzähligen Frauengeschichten ein Motiv oder hat er sich bei Bestechungen Feinde gemacht? Ein neuer Fall für Kommissar Alexander Rosenbaum aus Berlin, der aufgrund seines problematischen Familienlebens weiterhin im westfälischen Minden ermittelt.

Andrea Gerecke. Der Tote im Mittellandkanal
312 Seiten. Paperback. ISBN 978-3-8271-9416-9
E-Book 978-3-8271-9619-4 (Pdf)
978-3-8271-9819-8 (Epub)

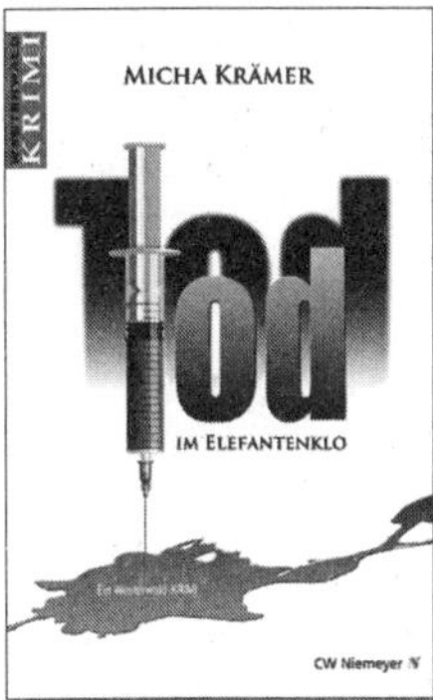

Nina Morettis dritter Fall

Schnell wird klar, woran Natascha Watzlaw gestorben ist, deren Leiche in der Betzdorfer Innenstadt gefunden wird. „KROK!" Eine Droge aus Russland, die ihre Konsumenten bei lebendigem Leib verfaulen lässt. Doch wer rammte der jungen Frau die Nadel mit der tödlichen Injektion in den Nacken? Richtig knifflig wird es für Kommissarin Nina Moretti, als der Lebensgefährte einer Kollegin tot aufgefunden wird.

Micha Krämer. Tod im Elefantenklo
288 Seiten. Paperback. ISBN 978-3-8271-9520-3
E-Book 978-3-8271-9634-7 (Pdf)
978-3-8271-9834-1 (Epub)

Weitere Spannung pur ...

www.niemeyer-buch.de

Eine Frau hängt am Pranger der Petzer Kirche. Ihr wurde die Kehle durchgeschnitten, aber es findet sich kein Blut. Es zeigt den Kommissaren Wolf Hetzer und Peter Kruse, dass sie es mit einem brutalen Mörder zu tun haben. Dass eine Frau gleichzeitg Drohbotschaften erhält, erfahren sie zu spät. Aber wer kann wissen, ob es sich um denselben Täter handelt oder jemand die Gelegenheit nutzt, sich einen unliebsamen Menschen vom Hals zu schaffen.

Nané Lénard. SchattenTod
320 Seiten. Paperback. ISBN 978-3-8271-9415-2
E-Book 978-3-8271-9618-7 (Pdf)
978-3-8271-9818-1 (Epub)

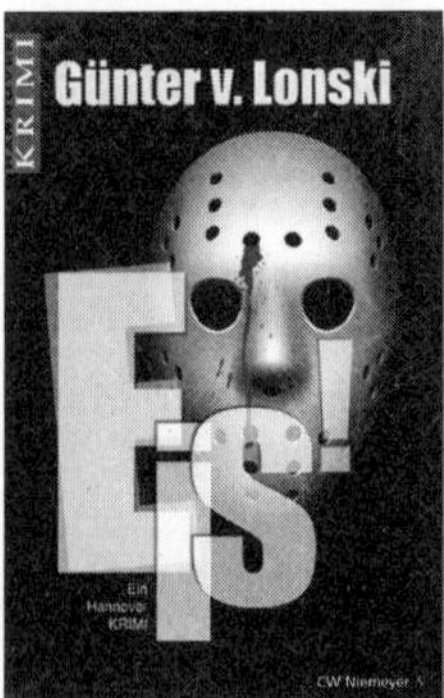

Eine Schießerei am Steintor. Fast zeitgleich ein Überfall mit Geiselnahme am Raschplatz. Kommissarin Kalenberger muss hin, gerät in die Schusslinie und wird arbeitsunfähig. Da verschwindet Pia, die beste Freundin ihrer Tochter. Pia wollte nach Hannover und hat angeblich den Mann ihres Lebens kennengelernt. Der Mann wird brutal ermordet. Kalenberger ermittelt nur widerwillig. Doch dabei gerät sie immer tiefer in die Loverboy-Szene. Sie bringt sich in tödliche Gefahr.

Günter v. Lonski. Eis
296 Seiten. Paperback. ISBN 978-3-8271-9455-8
E-Book 978-3-8271-9620-0 (Pdf)
978-3-8271-9820-4 (Epub)

Ein bankrotter Flughafen, einst als amerikanische Air Base genutzt, gerät immer wieder in die Schlagzeilen: Warum hat die Landesregierung der Betreibergesellschaft den Flughafen für einen symbolischen Euro abgekauft? Verseuchtes Trinkwasser und eine rätselhafte Mordserie rufen Bernd Kaltenbach, den unkonventionellen Reporter des „Rhein Mosel Express", auf den Plan. Seine erste Spur führt nach Koblenz. Plötzlich ist Kaltenbach tiefer in den Fall involviert, als es ihm selber lieb ist.

Andreas Schmidt. HahnBlues
320 Seiten. Paperback. ISBN 978-3-8271-9481-7
E-Book 978-3-8271-9628-6 (Pdf)
978-3-8271-9828-0 (Epub)

Weitere Spannung pur ...

Der neue Fall für Lisa Grundberg und Markus Heitkämper beginnt mit einem abgetrennten Finger, den Kinder beim Geocachen finden. Schnell stellt sich heraus, dass der Cachefund einen Mord ankündigt und dass der Täter beabsichtigt, acht Caches zu legen. Lisa ist entsetzt. Acht angekündigte Morde? Sie setzt alles daran, das zu verhindern, doch der Täter scheint ihnen ständig einen Schritt voraus zu sein. Oder hat er es eigentlich auf Lisa abgesehen? Soll sie das achte Opfer werden?

Sabine Hartmann. Sechs, Sieben, Cache!
408 Seiten. Paperback. ISBN 978-3-8271-9457-2
E-Book 978-3-8271-9625-5 (Pdf)
978-3-8271-9825-9 (Epub)

Lukas Kowalski, Top-Manager einer großen Versicherungsgruppe in Hannover, wird nach einem schweren Verlust zwangsversetzt. Die Routine endet mit einer kuriosen Anfrage: Kowalski soll eine versteinerte Saurierspur in Obernkirchen versichern. Kaum ist die Police unterzeichnet, verschwindet die Sandsteinplatte über Nacht und es gibt das erste Todesopfer. Kowalski nimmt die gefährliche Spur auf, die ihn in eine bizarre Welt der Glückskekse und chinesischer Gangsterkartelle führt.

Jan Beinßen. Steinzeichen
216 Seiten. Paperback. ISBN 978-3-8271-9417-6
E-Book 978-3-8271-9627-9 (Pdf)
978-3-8271-9827-3 (Epub)

Das Ende einer Geburtstagsfeier: Ein Schock, denn eine Teilnehmerin der Party lebt nicht mehr. Die Tote liegt in der Wohnung ihrer Freundin Laura Feldmann. Laura aber ist verschwunden. Falls sie noch lebt, verfügt sie über Wissen, das ihre tote Freundin nicht mehr preisgeben kann. Bestürzende Nachrichten scheinen Chefermittler Morlock zu bestätigen, dass Laura lebt. Damit verbunden ist eine furchtbare Gewissheit: Ihr bleiben nur drei Tage, bevor auch sie sterben muss …

Horst Friedrichs. Opferwissen
344 Seiten. Paperback. ISBN 978-3-8271-9541-8
E-Book 978-3-8271-9617-0 (Pdf)
978-3-8271-9817-4 (Epub)

www.niemeyer-buch.de